異常現象
Lust Alert
上
AUTHOR
西耳
Lust Alert
異常現象
Lust Alert

異常現象
Lust Alert

LUST ALERT

目錄

CONTENTS

第一章

許姿的律師事務所位於成州市中市值最高的一幢商業大樓裡，該大樓高聳入雲，是精英人士的身分象徵。

為了氣勢，為了炫耀，前年她大砸血本租下了一整層樓。當然這「血本」也不是出自她的口袋，而是她有錢的爺爺。

只是近兩個月來，她正為了換新地方而發愁。

大樓管理室說，有大老闆花高價想租下二十三至二十五樓，恰好二十三、二十五樓目前都空著，只剩她所在的二十四樓租出去了，自己頓時成了「絆腳石」。大樓願按照合約款項，進行相應的賠償。

對於許姿來說，這不是換地點和錢的問題，而是她不想就此讓步。因為，這位將自己「趕盡殺絕」的大老闆，正是她的新婚丈夫，俞忌言。

一位外人眼裡成功的上流人士，她眼裡的牛鬼蛇神。

「Jenny 姐，我重新挑了三個地點，麻煩妳看一下。」

說話的是跟了許姿一年的小助理，費駿。人年輕，長得眉清目秀又帥氣，做事效率也高，唯一讓許姿不滿意的是他的背景。

他是俞忌言的親外甥。

他到底是不是俞忌言安插進來的眼線，許姿也還在確認。對方剛入職時，她可沒少在工作中找他麻煩，但他真的很聰明，一一通關。

大辦公室視野通透，一大片白光穿過桌上的鬱金香，覆在許姿的側身，照得她巴掌大的小臉雪白如瓷。她一隻手扶著額頭，另一隻手滑動著平板，看著這些讓她不甚滿意的新地點。

費駿清咳一聲，單手撐向桌面，「其實 Jenny 姐，我舅舅雖然話少看起來也滿凶的，但他是個講道理的人。妳好好和他聊聊，或許我們就不用搬了。」

許姿算是有張傾城的臉，但不笑時，眉眼稍顯凌厲，「我倒是想和他聊聊，但我們已經兩個月沒碰面了。」

費駿吃驚地皺起眉，兩個月沒碰面？豈不是兩個月沒有性生活？難怪最近脾氣大。

費駿做了一個手勢，「那打電話聊？」

許姿生硬地擠眉一笑，「你舅舅日理萬機，沒空。」

費駿隨手點開平板，看了看日期道：「今天二十六號了，舅舅應該已經在新加坡回來的飛機上了。」說著，他又驚覺，「我靠，今天是曾祖父的生日，差點忙到忘了，晚上我坐妳車走？」

一談起家裡事，他語氣就變得輕鬆起來，感覺對面坐著的人不再是自己的老闆，而是舅媽。

許姿垂下目光，在電腦上翻閱起案件資料，淡聲答：「晚上我不開車。」

「不然我們一起搭計程車？」又嘀咕了一聲，「不對啊，妳有潔癖，不搭計程車。」

鍵盤上纖細的手指忽然一挪，許姿抬眼說：「你舅舅會來接我。」

費駿飛快地打了個響指，拿起平板站起身，嬉皮笑臉地說：「原來是放閃啊。好吧，那我在這裡，祝舅舅舅媽百年好合，早生貴子。」

有些話，走遠了，他才敢說：「我覺得我們鐵定不用搬，沒什麼是好好睡一覺解決不了的。」

許姿懶得理。

成州市一入秋，天氣就乾燥。

許姿一天下來要擦無數次護手霜，像她這種從小愛美的人，實在見不得肌膚上有一點乾裂。她算是很會投胎的幸運兒，出生富貴，長得貌美還夠高䠷，尤其是胸部太會長了，一到秋冬，穿著針織衫就很顯胸。

正確來說，她的確是被男生追著長大的。

在二十五歲以前，許姿曾幻想過自己的婚姻對象，高大英俊這是基本條件，最深得她心的，是溫和善良。但噩夢一夜襲來，爺爺安排了一場他特別滿意的聯姻，而她嫁給了自己最厭惡的男人，俞忌言。

三個月前，他們還在法庭上針鋒相對。

三個月後，他們竟拍了結婚照。

太諷刺，太荒唐。

許姿有多討厭俞忌言？

大概就是，她提出了分房和無性婚姻的要求，她也向他放話，不出兩年他們一定會離婚。這一年，她都在致力蒐集這位大老闆的出軌證據，但他多油多聰明啊，嚴防死守，沒落下一個把柄。

沒事，她有時間耗，她就不信，像這種級別的富豪，身邊沒幾個情婦。

成州市國際機場，第二航廈。

秋天天暗得早，不到六點，輕薄的黃昏色就被黑夜漸漸壓下。此時是淡季，地下一樓的車輛出口流量不大，石墩旁站著一個身形修長的男人，合身的過膝大衣，腳邊落了一地枯黃的落葉。

一縷冷空氣吹入俞忌言的脖間，他聞了聞，在新加坡待了兩個月，連此處的空氣都感到有些陌生了。

助理聞爾將賓士開到了老闆前方，停穩後，快速下車，替老闆推上行李箱。

在聞爾眼裡，老闆是不怒自威甚至不近人情的，所以他做事向來謹慎小心，連講話通常都要先在腦子裡潤過幾遍。

他微微鞠躬，「俞總，車開過來了，導航定在了晚上用餐的溪柳院。」

俞忌言目視前方，講話總是言簡意賅：「把地址改到恒盈中心。」

「公司搬遷的事，我一直有在跟進。」聞爾緊張道，「目前恒盈中心的管理室還在和二十四樓的租戶商量。」

他擔心老闆是在暗斥自己辦事不力。

俞忌言不喜高調，尤其是私事。所以亞匯的員工只知道他已婚，以及妻子是一名富家小姐，其餘一概不知，低調到甚至沒聽聞過婚禮一事。

就算是貼身助理，聞爾也沒聽老闆提過自己的婚姻，如果不是無名指上戴著婚戒，他絲毫察覺不出來老闆已婚。

「跟工作無關。」俞忌言一句帶過，然後坐進了駕駛座。

聞爾將行李箱放到後車廂後，走到車窗邊和老闆交代：「車裡的溫度已調至二十五度，薰香換成了雪松味，以及您要的消毒紙巾也準備好了。」

「好，辛苦了。」俞忌言點頭，誇人臉上也從不帶笑。

這幾年來，聞爾早已習慣了自家老闆的性格，即使做得再好，他也只會像此時一樣，看似沒有感情的簡單誇獎。不過，社畜都明白一個道理——工作就是拿錢做事，不必在老闆身上找溫暖。

這幾年來，成州市大幅發展，路上的車跟著城市人口一同劇增。一到週五就塞得水泄不通。越是靠近金融區越繁華，細密通亮的燈如星火。

俞忌言做事穩，開車也是。前後車主都急躁得直按喇叭，刺耳的叭叭聲要將街道震碎，他還有閒情逸致聽起古典樂，彷彿外面的嘈雜與他無關。

窗外的光影覆在他臉上，鼻子過挺，五官很立體。其實他皮膚白，是斯文的模樣，眼神卻疏離冷淡，顯得整個人很不溫和。

他最擅長做挑戰耐心的事，他的妻子卻剛好相反。

悠揚的古典樂裡突然混進了微信的提示聲，不只一條。俞忌言打開手機，小方塊裡的漂亮頭像一直在來信，是她不耐煩的催促。

「你到哪了？」

「塞車，等我一下。」

「週五這個時間點，文西路最塞，導航預估的時間肯定不準。別誤事了，你直接過去吧，我自己開車去。」

「不塞了。」

「……」

說來也巧，路的確通暢了。

俞忌言關掉螢幕，筆直地往前開去。

過了兩個紅綠燈後，他便抵達了恒盈中心樓下。他放下右側車窗，微微探頭，看到了路邊熟悉的身影，招了手。

外面太冷，許姿很快上了車。

她上車後的第一件事，是打開前面擺放的濕紙巾，擦了擦手，然後從ＬＶ的包包裡掏出一隻雪松森林味的護手霜，繞著指骨纖細的手指塗抹了幾圈。

如果不看感情只看外表，他們的確是天造地設。

許姿很少坐俞忌言的車，印象裡只坐過三次，都是迫於要跟親戚見面的無奈情況。但她也承認，坐他的車很舒服，開得又穩又平。

只是他們毫無交流。

無意間，許姿的目光瞟到了俞忌言手上的鉑金婚戒，她笑得諷刺，「還以為你去新加坡出差，連今天的聚餐都忘記了，得麻煩我回家幫你拿婚戒呢。」

在許姿心裡，他們雖是兩種人，至少在對待這場婚姻上是同一個態度。平時只有見長輩時，她才戴婚戒，她認為他也是。

俞忌言平穩地轉了個彎，臉上看不出任何情緒，跳過了這個話題：「今天是爺爺九十歲大壽，別像上次一樣掃了他老人家的興致。我能配合的，希望妳也可以。」

提起上次，許姿還是心裡有股火。

他們的爺爺關係要好，每逢佳節兩家都會聚餐。上回，在飯桌上，兩個老人都說他們看起來不夠親密，非說許姿都不喊「老公」，總直呼全名。當時，她的確覺得過分，所以一直在推脫，即使她撒了嬌，但瞅得出老人家並不開心。

許姿沒抬杠，挑眉一應：「可以，上次算我不懂事，這次我竭力配合。」

俞忌言似乎有了點神色變化，用餘光看了她一眼，只見她低眉一笑，繼而又看向自己。

「俞忌言，沒有男人能忍受得了無性婚姻，尤其是一個有錢有勢的男人。你去新加坡待了兩個月，無非也是想娛樂一把，解解悶吧？」

俞忌言平視前方，不疾不徐的開著車，聲線微低：「嗯，賭場不錯。」

這老狐狸真會避重就輕。

許姿暫時壓下心底的火，「你懂我在說什麼，最晚明年，我一定會和你離婚。」

這樣的話，俞忌言聽了上百次，他像帶著一種奉陪的姿態點點頭。

「嗯。」

而通常在這種「狠話」面前，他都是一字回應。

溪柳院是一家上過米其林指南的中式餐廳，坐落在一個老巷子裡，鬧中取靜。店如其名，進門就是涓涓流水，竹影浮動。

這裡平時一位難求，但經理是俞忌言的好友，立刻幫俞老爺安排了最好的包廂，富祥閣。

「俞總。」

溪柳院的經理緩步上前，握住了向俞忌言的手。

俞忌言笑道：「韓經理，好久不見。」

「可不是嗎？上次見面都是去年六月了，你生意都要做到上市了，大人物難見啊。」

俞忌言只是笑笑。

這些無聊的攀談，許姿沒興趣聽，也沒興趣打入他的社交圈。

直到韓經理笑著看了她兩眼，「俞總，這位就是你的新婚妻子？」

俞忌言點頭，「是。」

「真的很漂亮啊。」韓經理直誇，美人誰不愛呢，尤其是視覺動物的男性。

許姿客氣一笑。

漂亮這兩個字，她從小聽到大了，所以她自信，偶爾也有些自傲。

俞忌言應了韓經理：「還好。」

聞言，許姿收起笑容。他這兩個字是什麼意思？是認為她不夠漂亮？

韓經理拍拍俞忌言的肩，「你妻子的美貌都比得上大明星了，俞總還真是謙虛。」

沒和韓經理多寒暄，俞忌言趕著去包廂幫爺爺慶生。許姿跟在他身後，隔著些許距離，每次都是在開門前，她才會和他並肩作作樣子。

她笑了笑，「不愧是俞老闆，見過不少世面啊。」又湊近了一些，看向他的側臉，「我很好奇，你到底睡過幾個大美女啊？」

這種套話水準，簡直就是關公面前耍大刀。

俞忌言沒出聲，只緩緩抬起手，比了個「一」的手勢。

「一個？十個？一百個？」她盯著他身體，挑眉笑道，「沒想到我們俞老闆看起來沒那麼壯，體力這麼好？」

俞忌言隨她猜，始終沉默。

「咪咪啊。」

走廊盡頭女人的聲音越來越近，是老愛叫許姿乳名的俞忌言母親，她穿著墨綠色旗袍，扭著婀娜身姿走來。

自從第一次見到許姿後，俞媽媽就想讓她做自己兒媳。

俞媽媽過分的熱情卻讓許姿困擾，即使俞媽媽是一個不錯的婆婆，她也不想融入俞家。

俞媽媽拍了拍不識趣的兒子：「替姿姿把外套脫了。」

怕許姿介意乳名，還是改了口。

許姿一緊張，扯住自己的大衣，「沒事，我自己來。」

能不讓他碰自己就不碰，討厭一個人，就是連隔著衣服碰自己都感到反胃。

許姿剛解開一顆釦子，一雙男人的手就伸到了胸前，手很好看，白皙又骨節分明，溫熱的指尖碰觸到自己的肌膚，使得她身子輕顫了顫。如果身前的人不是俞忌言，她承認，這樣替自己解釦子和脫外套的動作，相當撩人。

俞忌言將厚重的羊絨外套攬在了手肘處，然後拱起了另一隻手臂。這點默契，許姿還是有的，她雖不情願地將手挽了進去，但臉上始終掛著漂亮的笑容。

俞媽媽很滿意。

富祥閣裡很熱鬧，俞家長輩都到齊了，都是商人，各個穿金戴銀，脖間的翡翠、珠寶都價值不菲。有的在聊天，有的在哼戲曲。

「姿姿啊。」

叫許姿的不只俞老爺一個，是每個長輩都叫了一遍。

許姿任何一次出現在俞家，都備受矚目。她穿了一條喜慶的紅色長裙，是絲綢材質，稱得身段玲瓏有致，又優雅知性。

俞忌言將兩人的大衣掛在了衣架上，裡面是一件略貼身的黑色高領衫，隔著衣物，能依稀看到肌肉線條。一條剪裁合身的西裝褲，顯得雙腿筆直修長。

許姿等俞忌言走回身邊，再次挽上他的手臂，一起和長輩打招呼。

外貌、氣質、學歷、事業、家庭……每一項都過於適合。

「大伯好。」

「叔叔嬸嬸好。」

許姿和俞忌言一同向長輩打招呼，但比起俞忌言，她的語氣像丟了魂似的。

不過，對德高望重的俞老先生來說，許姿的態度很真實。她只要笑得甜，說的話也甜，就夠討喜了，足以讓俞老把她當成親孫女疼。

俞老先生穿著中式盤釦紅衫，雖已高齡九十，但精氣神極佳，一頭白髮也不顯老。

許姿將手中的禮物袋遞給俞老，「爺爺，生日快樂，祝您福如東海長流水，壽比南山不老松。」

俞老先生拍著她的手背，「謝謝姿姿。爺爺也祝妳和忌言，百年好合，早生貴子。」

都說紅事能沖喜，他這一年的確越活越舒坦。

飯桌上的人都套了張面具，看著熱情其實心懷鬼胎。尤其是，他們都把俞忌言當成眼裡的刺，因為他太出色，風頭壓過了自家長輩。

此時，他們都在翹首盼望這俞家剛過門的孫媳，會送出什麼厚禮。禮物袋很重，俞忌言幫忙扶著，俞老先生才打開了沉甸甸的盒子。盒子擱在桌上，他揭開，裡面是由黃金打造的松樹雕像，旁邊還有一隻金兔，是俞老的生肖，黃金在通透的白光裡，璀璨刺眼。

還是真是一份情深意重的厚禮。

許姿雖然肯定這婚會離，但對俞老，她很用心。她不是想顧俞忌言面子，而是自己丟不起臉，天生家教所致。

但她越是心細，俞老先生就越把她捧在手心。本來每年身邊的位置都是留給大兒子的，今天他卻留給了許姿。

俞老先生這一舉動可是引來了一些人的不滿。

禮物上挑不了刺，就只能從其他地方挑，先開口的是長得較刻薄的嬸嬸。

「姿姿啊，妳和忌言結婚一年了，還沒動靜呀？」

許姿當然知道這個動靜是指懷孕，她暫時還能笑著應付，「我們還年輕，還不急。」

「你們是年輕啦。」嬸嬸帶著優雅的腔調假笑道，「但是爺爺不年輕了呀，忌言可是爺爺唯一的孫子，他自然是想看你們盡快有好消息啦。」

話畢，落在許姿身上的目光如炬。

許姿只擅長打官司，可不擅長處理家庭關係。

不過這種事，通常能讓親戚閉嘴的還是男方。俞忌言起身替嬸嬸斟茶，「都怪我，今年忙著亞匯上市的事，全世界各地飛。」

嬸嬸可不敢瞎找俞忌言的茬，抿了下茶水說：「那你們還是要抓緊機會啊，爺爺都九十了。」

俞忌言就連笑起來，也看不出真實情緒，「放心，我們商量好了，明年要孩子。」

飯桌上頓時掀起一陣驚訝的交談。

許姿嚇到身體僵硬，心發慌。俞忌言這個千年老狐狸，明擺著就是要和自己對著幹！

俞老先生開心壞了，「真的嗎，姿姿？」

許姿明顯亂了陣腳，只能先應付俞老：「嗯，是……是真的。」

真個屁！

她緊盯著俞忌言，但對方根本沒看自己，忙著一一替每位長輩斟茶。

「孩子」果然能引爆一個家庭的話題，包廂裡瞬間哄然起來。

俞老拉起許姿的手道：「姿姿啊，不需要有壓力，爺爺我沒那種傳統思想，男孩女孩我都喜歡。」

俞媽媽也走了過來，興奮地摟著許姿，「明年要孩子，今年就得好好備孕，過幾天我帶些補品過去給妳。對了，下個月，妳跟媽媽先去趟永安寺，我們先拜拜。」

你一言我一語，吵得許姿頭都要炸了，這根本不是她原本的計畫！

斟茶繞了一大圈，最後俞忌言走到了俞老先生身邊。他向許姿眼神示意，隨後兩人一起拿起茶杯，向俞老先生敬茶。

俞老先生這茶像是喝出了酒的感覺，笑得合不攏嘴，「姿姿啊，都願意生孩子了，那是不是能叫得親密點了？」

幾個月前聚餐時，許姿在飯桌上的逃避，不僅讓俞老先生不太開心，也讓其他長輩看了笑話。

幾家人回去就開始暗傳，說什麼兩家老人硬湊的婚姻成不了太久，俞老先生要看到俞家後代出生很難。

老人家其實要的很簡單，就是想在垂暮之年，收穫些喜悅。許姿心想這次再扭捏的話，就顯得不夠大氣了。更何況在來的路上，她答應了俞忌言，什麼都能配合……

於是，她挽住了俞忌言的手，第一次親密地靠在他的肩旁，笑了笑，「爺爺，謝謝您培養了一個如此出色的孫子。」她還抬頭看了他一眼後，才揚著更甜的笑容說，「讓我可以嫁到一個這麼好的老公。」她還是被迫說出了「老公」這兩個字。

沒關係，這次讓他贏，她一定會揪出這個老狐狸的尾巴！

俞老先生九十大壽的聚餐算是一片祥和，且因為得到了最好的喜訊，老人家相當開心。後半場，幾個長輩興致高了，豪邁地喝起酒來。俞忌言開車不能喝，許姿倒是裝裝樣子陪著小酌了幾杯。

離場時已是九點多，外面下起了小雨，雨滴密密斜著往下落，飄落在房檐上，夜裡像是蒙上了一層冷霧。

許姿起身後，頭有點暈，臉也微微發燙，看來是酒精起作用了。她想去拿自己的大衣，但發現身前有人影拿著自己的大衣走來，還體貼地替自己裹上了身。

伴著點醉意，她眼前的光影有點朦朧。她看到了，又是那雙好看的手，在幫自己繫釦子。目光稍稍往上抬，是一張好看的臉，再稍稍往下挪，針織衫貼著胸膛，是有線條感的起伏。

「忌言啊，聽說晚一點要變天了，你趕緊帶姿姿回家吧。」

是俞媽媽的聲音。

這也讓許姿清醒過來。她揉了揉額頭，沉了幾口氣，不知道是不是半醉半醒的原因，她竟對眼前的男人講道：「你真醜。」

俞忌言動作一頓。

俞媽媽聽見了，只以為是小倆口的情趣。她摸了摸寶貝兒媳的小臉蛋，心疼地道：「瞧你大伯，自己喝上癮，連姿姿也不放過。」

就像是一對恩愛的夫妻似的，俞忌言攬著許姿的肩，和媽媽告別：「嗯，妳也早點回家。」

穿著旗袍的服務生，遞給俞忌言一把黑傘，他先撐開，再將許姿摟了進來。

她見長輩們都走得差不多了，便用力地將他的手從肩上拍下。

俞忌言收回了手。

從餐廳的庭院一直到走進車裡，他們都沒有交流，周身安靜到只有雨水啪嗒拍落傘面的聲音。

關上車門後，俞忌言先打開暖氣，只是低頭時，餘光裡的影子很慌亂。他抬眸，看到許姿抽著消毒紙巾，不停擦拭著自己的右肩，也就是他剛剛碰過的地方。

這是她一貫的動作。

俞忌言毫不在意地回頭，發動引擎，賓士穿過簌簌的雨幕，平穩地開在路上。

不勝酒力的許姿，靠在真皮座椅上像是睡著了，身子骨軟軟地陷下去，腦袋垂向車窗那邊。不記得過了多久，她慢慢睜開眼，發現自己是躺下的。

原來是這隻老狐狸調整了座椅。

看到車已經停在悅庭府的地下停車場，許姿直起身，該有的禮貌她不會少：「謝謝你。」

俞忌言沒反應過來，「什麼？」

許姿指了指椅子，「幫我調整了椅子。」

「哦，不客氣。」俞忌言的話語也帶著點疏離，「因為妳一直往我身上靠，沒辦法，我只能讓妳躺著。」

許姿無語。

什麼叫她一直往他身上靠？還一副很無奈的樣子？是她愚蠢，像他這種自私自利的人，怎麼可能會替別人著想。

悅庭府是成州市最貴的社區之一。

這是俞忌言特意挑的婚房，確切來說，是婚前置的產。樓層不高，但面積夠大，社區綠化不輸公園。他特意購買了中間樓層，這樣每扇窗外都能看到高聳的綠樹。

要說這場婚姻最讓許姿滿意的一點，大概就是這間婚房。她承認，俞忌言很有品味，與大多數商人不同，他的風格偏文藝。

不過有件事，許姿一直很好奇，今天她剛好借著還未消散的酒精，問出了口：「俞忌言，我能問你一件事嗎？」

俞忌言剛換上拖鞋，他將覆著寒氣的大衣抖了抖，然後掛向實木衣架上：「妳說。」

許姿走近了兩步，目光朝四周繞了一圈，並不知道下面的話是否算越界，「你就從來沒想過，要和一個很愛的人結婚嗎？」

俞忌言幾乎不假思索就回答了：「沒有。」

許姿微驚。

開了一路的車，俞忌言感到有點渴，他走到了開放式的廚房裡，從白色暗紋的大理石臺上，取過一隻透明水杯，在倒水的時候，他餘光瞥向了托盤上那個超級粉嫩的瓷杯。

「為什麼？」既然問出口了，許姿就想求個明白，「難道對著一個不愛的人，你也能過一輩子？」

俞忌言不緩不急地喝水，仰起頭時，領子向下一滑，露出了鋒利又性感的喉結。

他放下了水杯，回答：「能。」

許姿被這個回答堵死了。

俞忌言雙手撐在大理石檯面，挺拔的身軀微微弓著，漆黑的眸裡沒什麼情緒，「我向來對情情愛愛的事不感興趣，所以我相信長輩的眼光。」

許姿急了起來，「那你喜歡我嗎？」

「不反感。」俞忌言答。

許姿很費解，「所以你願意和我生孩子？」

「嗯。」俞忌言答。

在法庭上有多巧舌如簧，在這隻老謀深算的狐狸面前，許姿就顯得有多笨拙。他們在任何一處的對峙，她沒贏過一次。

俞忌言抬起左手，白皙的手腕上佩戴的是百達翡麗 Calatrava 系列的白金款，簡約矜貴。他見已經快十點半，將水杯放回托盤裡，然後回了房。

他們從結婚第一天開始就分房睡，也沒有睡前說晚安的習慣。

見他回了房，許姿也拖著疲憊的身子回了房。這間婚房面積夠大，幾乎能做到在同個屋簷下，各自過各自的生活。

進屋後，許姿先打開了加濕器，床邊縈繞著水氣，裡面加了雪松味的精油，溫和助眠。

她從抽屜裡取出一個棕色髮圈，將長髮挽成高馬尾，纖細的脖頸如絲絨光滑。

不過，手指剛伸向背後的拉鍊時，她想起俞忌言明天要去香港出差，她必須要抓緊時間，跟他好好聊聊公司搬遷的事。

俞忌言的臥室在對面的走廊盡頭。

許姿穿過客廳，走到了他的臥房前。白色的歐式木門緊閉，她禮貌地敲了三聲。

過了一會，裡面傳來低沉的聲音：「請進。」

這一年來，許姿只進去過兩次，一次是婚前和長輩來看房，一次是結婚當日，她幾乎都快忘了屋裡的樣子。

手握向金屬門把，輕輕一擰，推開了門。

門敞開的瞬間，眼前的畫面令許姿腦子逐漸混沌。

俞忌言像是正打算去沐浴，身上沒有任何遮擋物，手臂、腰腹的肌肉線條緊實又流暢。當然，最私密的部位也明晃晃地袒露著，那根長條物就是在疲軟狀態下，也鼓凸得很，顯得勃發有力。

見她僵硬地站在門邊，俞忌言扯過一條浴巾，圍向腰間，不解地笑了笑，「妳不是談過兩任嗎？怎麼還害羞？」

許姿一愣，手從門把上垂下。

那兩任對象是她不想輸，拿來撐場面的謊言……當時她想，反正這婚遲早得離，撒謊又何妨。畢竟他一看就是個經驗豐富的老油條，她就是不想讓他知道，自己二十五歲了還是一個性經驗為零的處女。

屋裡是很好聞的薰香味，是淡淡的草香。

許姿雙手背到身後，緩解緊張，「我不是害羞，只是既然你讓我進來，是不是應該先穿好衣服？」

俞忌言只用一句「我們是合法夫妻」，讓她再次啞了口。

要趕明日一早的航班，俞忌言直截了當地問：「找我什麼事？」

許姿也不想耗時間，「我不想搬，你能不能再換一層？」

談到公事，俞忌言更冷漠和嚴肅：「關於辦公室租賃的問題，我交給了助理聞爾負責，妳和他以及恒盈溝通即可。」

脾氣上來時，許姿就會忍不住耍點大小姐脾氣，「就是因為和他溝通無果，所以才找你啊。」

俞忌言稍微往前走了兩步，「妳為什麼覺得我會同意？」接著，他又低哼，甚至露出了玩味的神情，「還是說，妳認為剛剛叫了我一聲老公，我就會變得好說話？」

「我……」許姿反駁不了，反而還紅了脖子。

她的肌膚太白，只要稍微紅一點就很明顯。酒精還在她身體裡隱隱作祟，腦子有些混沌。

忽然，她耳畔傳來了更不堪入耳的話，這好像還是俞忌言第一次用如此輕挑的語氣對自己說話。

「如果妳履行妻子的義務，我或許可以考慮看看。」

這一下就點燃了許姿的底線，她扯著嗓子就吼，那些禮節涵養都沒了。

「呸，俞忌言你想都別想，你這輩子都碰不到我！」

或許就是單方面執著認為，他就是一個泡在女人池裡的花心男。

她又低吼：「你很髒。」

——氣氛越發緊繃。

俞忌言修長的雙腿往前一邁，赤裸的上身雖不是壯碩型，但該有的肌肉都分外均勻，他皮膚白而薄，青筋一條條地鼓起，對許姿來說，他充滿了壓迫感。

隨後，她被逼到了門邊。

不過俞忌言什麼也沒做，只是想嚇嚇這愛回嘴的「妻子」。他在心底笑她，就是個欺善怕惡的花瓶。

俞忌言眼皮輕輕搭下，垂著眼眸看著被自己罩在身下的許姿，「月初，妳爺爺打了通電話給我，說妳的律師事務所已經兩個月資金運轉困難，以妳現在的能力，如果不是吃家裡的老本，妳根本撐不起恒盈的租金。」

許姿最討厭別人說教，尤其對方還是自己最討厭的人。

她眉心緊鎖，講話帶刺：「我爺爺並不知道我們真實的關係，你別真以為自己是我丈夫了。我如何經營我的公司，那是我的事，就算虧損嚴重也輪不到你管。」

俞忌言一直凝視著她，清秀可人的臉蛋上是被自己激怒的不悅。

良久，兩人都沒出聲。

被他胸膛前濃烈炙熱的氣息包裹住，許姿很不適，她抬起頭，煩悶到五官都皺到變形，「俞忌言，你怎麼可以這麼討人厭？我從小到大，從沒如此討厭過一個人，你算是在我這裡破了例。」

她的語氣是急且重了一些。

但說到底，俞忌言大了她四歲，並沒有打算和她鬥這種幼稚的氣。

他走回了椅子邊，聲音極淡地說：「恒盈的事，妳和聞爾談吧，他和妳表述的，就是我的意思。」

許姿感到無語，話題又回到了原點。

進來之前，她的確是想好好和俞忌言談的，但不知道為什麼，每次都是針鋒相對，鬧得屋裡都是火藥味。

他們都要強，都想壓制對方。

這種事，倒惹不怒俞忌言。

他側身站在椅子邊，側顏很立體，骨相很好，唯一缺點就是看起來不夠溫柔。他在拿起睡衣前，像是靜靜琢磨某件事，在許姿出去前，叫住了她。

許姿疲憊地轉過身，「怎麼了？」

俞忌言眼神鎖在她身上，撐了撐眉骨，「我不可能和妳無止盡地耗下去。」

許姿有點緊張，「什麼意思？」

在講起正事時，俞忌言自帶凶悍嚴肅的氣勢，「我給妳半年時間，如果半年內，妳抓不到我的把柄，說服不了妳家人和我離婚，那妳就必須履行妻子的義務，和我過正常的夫妻生活，以及生育。」

「不可能！」許姿嚇到了，心在抖但嘴不饒人，「我不可能和你過什麼正常的夫妻生活，更不可能和你這種人養育孩子。」

俞忌言不喜歡廢話：「那請妳加油。」

許姿嗓音拉高，用凶狠來保護自己，「那如果我不同意呢？」

這樣的凶狠依舊是小白兔對大灰狼，俞忌言怎麼會怕？他拿起睡衣，在走去浴室時，不冷不熱地看了她一眼，「我再重複一次，要麼，妳說服雙方家人和我離婚，要麼，做我真正的妻子。」

接著，他便拋下許姿，逕自進了浴室中。

第二日的恒盈中心，陽光明媚，身姿曼妙的女人正站在落地窗前打電話。

一入秋後，許姿幾乎都是針織衫與半身裙的搭配，還有一年四季最愛的細高跟鞋。

窗外的金融區高樓林立，景色如細密的網格一樣鋪開，中心公園是唯一能放鬆視野的區域。她眼底映著凌亂的景色，面色發愁，因為搬遷的事，依舊是無效溝通。

忽然，有人推門而入，女人穿著一條黑色緊身裙，落肩的卷髮，走起路來，風情又幹練。

她手裡握著本雜誌，盈盈笑著坐在了皮椅上，「妳老公又上《財經週刊》了，這次還給了他八頁版面，暢談亞匯準備上市的事。」

她是許姿律師事務所的頭牌律師 Betty 靳佳雲，算是成州市的半個常勝將軍。

咖啡機滴了一聲。

許姿接了兩杯美式，一杯給自己，一杯遞給了靳佳雲。

她認為話不能亂說，認真解釋起來：「一，我們是名不符實的夫妻，二……」她坐到椅子上裝忙，細柳般的眉毛輕輕一挑，「那個老狐狸說了什麼？」

靳佳雲長得比許姿妖豔一些，笑起來極為誘人，「妳自己看看？」

許姿用餘光輕輕瞥了一眼，但很快又收回目光，在電腦前敲打起鍵盤，「我今天事很多，妳大致說給我聽就好。」她從整齊的資料夾裡抽出一本，漫不經心地說，「畢竟，我對他的功成名就，也不是很感興趣。」

靳佳雲和許姿是高中同學，許姿什麼德行，她甚至比她父母還了解，一點點小小的細節都能被她精準捕捉。她清咳了兩聲，先翻到了採訪的頭兩頁，是兩張人物照。

照片是在辦公室裡拍攝的，一張全身，一張半身，都是偏黑白質感的色調。男人身穿一套褐色的西裝，坐在真皮的沙發上，背脊挺直，五官俊美突出，淡漠疏離的眼神裡蘊含著堅韌的狠勁。

都說眼睛是心靈的窗戶，俞忌言的確如此，雖有著看似斯文的外表，但並不是雲淡風輕的人，是不服輸的，擁有狼子野心的。

靳佳雲特意將雜誌折起來，拍了拍許姿的手臂，「有一說一，不管妳老公是不是什麼千年老狐狸，但長得是真帥。」

「我再一次請妳不要用老公這個詞……」

許姿扭頭想給靳佳雲警告，不過話沒說完，她的雙眼驀地被照片上那張好看的臉吸引住。講實話，拋棄「俞忌言」這個名字，照片裡男人的外貌，的確是她會喜歡的類型。

靳佳雲知道許姿討厭俞忌言，也知道他們在婚前那樁土地糾紛案上結過梁子，但她沒想到，朝夕相處一年了，他們還是沒有擦出點越界的火花。

她拿雜誌敲了敲許姿忙碌的手，「你倆還沒做過呢？」

許姿聽羞了，還敲錯了一個字母，「我為什麼要和那種人做那件事？而且我說過了，我們一定會離婚。」

「好啦，離離離，」這話靳佳雲聽到耳朵都長繭了，她儼然已經不信，「到時候我幫妳打離婚官司，讓他把一半的財產都分給妳。」

許姿挺著胸，一哼：「我只要自由，不要錢。」

靳佳雲對她這股大小姐的傲慢嗤之以鼻，隨後目光又重新落回雜誌上，她草草地翻閱了幾頁，找到了心生疑惑的幾行字，「不過呢，我覺得妳總說他是老狐狸，可能也不算誤傷他。」

在打字的手忽然停下，許姿回頭皺眉問：「什麼意思？他採訪裡說了什麼？」

「他倒是沒直白的說什麼，不過……」

「不過什麼？」許姿很急。

靳佳雲將雜誌反著立在桌上，對著許姿，用指尖在某一行上劃過一句話：「記者說，婚姻好像很旺他的事業，說他一結婚，就得到了俞氏新的股份以及亞滙準備上市。」

許姿漂亮的雙眸裡覆著一層迷茫，俞忌言曾說過的話語開始在她腦裡飛速冒出。她漸漸驚覺，掌心握攏，「難怪當時我爺爺說，俞老先生問俞忌言是否能接受這門婚事時，他一口答應。」

她越說越氣：「我當時以為原因是婚姻對他不重要，外面照常可以花天酒地。看來是我想得太簡單了，這老狐狸真會算計，拿我當獲取利益的籌碼。」

「妳也別緊張。」靳佳雲笑笑，將雜誌擺在桌上，盯著照片裡英俊的男人說，「這些都只是猜測而已，搞不好他沒妳想的那麼可怕，說不定是他之前就看上妳了啊。」

這話太不中聽，許姿差點給她個白眼，「妳是不是昨晚和妳的小狼狗翻雲覆雨一整夜，腦子還沒醒？」

靳佳雲起了身，摸了摸自己玲瓏的身段，回味了一下昨晚，的確相當滿意。

她又指著桌上雜誌裡的照片道：「女人要保持愉悅的心情，得需要性生活。其實在妳找到他把柄離婚前，不如試試他，他做生意這麼像匹狼，搞不好……」

許姿眉頭緊皺，「妳想說什麼？」

「搞不好啊……」靳佳雲雙手撐在桌沿邊，柳腰輕輕一彎，笑得壞極了，「這老狐狸在床上如狼似虎，做幾次之後，妳根本捨不得離婚。」

許姿表示無語。

算了，一身麻煩事，她也懶得管這種事，得趕緊處理手上繁瑣的工作。

不過在靳佳雲出去前，她叫住了她：「Betty。」

靳佳雲優雅轉身，「怎麼了？」

想起一個地方，許姿動了動眉稍，「妳晚上有空嗎?我想去ＸＣＬＵＢ。」

「什麼？」靳佳雲以為自己耳朵壞了，「這位有潔癖的大小姐，怎麼想著要去夜店了？」

許姿撐了撐疲憊的筋骨，「一來，最近煩心事太多了，想徹底放鬆放鬆……」她抿了抿唇，繼續道，「二來，聽說ＸＣＬＵＢ有很多年輕帥弟弟，讓我過過乾癮也好啊。」

第二章

ＸＣＬＵＢ，成州市去年新開的夜店，建在商業街最繁華的一條街裡。剛開業的前兩個月，重金宣傳的程度大到差點讓幾家老牌夜店面臨空場。

這是許姿第一次來夜店，相較於打扮大膽的年輕女子，她相對保守，除了一條緊身短裙讓筆直纖細的長腿一覽無遺外，最暴露的也只有白襯衫胸口的抽繩設計，擠出了一條雪白的乳溝。

平時一副嚴謹律師的模樣，她還是頭一回打破尺度，嬌俏裡還有幾分嫵媚，尤其是五指不經意的撩髮，引來了幾個男人的注意。

燈光迷離，強勁的節奏幾乎要震破音響，地板隨著跳舞人潮在微微震動。

靳佳雲找了個鄰近舞池的吧臺。

兩個女生來夜店，靳佳雲心裡還是有數的。她知道許姿最近事多，想來這解壓，所以幫她點了一杯酒精濃度不高的雞尾酒，自己則喝氣泡水。

她們伏著桌子，跟著音樂扭動腰身。

靳佳雲用手肘推了推許姿，「欸，妳看四十五度角那桌中間的男生，我猜他肯定是運動員。」

許姿望了過去，刺眼的光線在眼前轉了幾圈，她才稍微看清男生的模樣。對方個子很高，套了件寬鬆的白色休閒服，腿長肩寬。

恰好，男生也看了過來，兩人驀地對視上。

靳佳雲激動起來，「哇靠，姿姿，他在看妳！」

其實只是普通的對視，但在夜店這種氣氛的烘托下，會增加不少曖昧感。

許姿下意識將髮絲挽到耳後，垂了垂目光，本是一個緩解緊張的動作，沒想到直接引來了對方。

男生走得越近，五官越清晰，是很立體的英俊，還有些許年下的少年感。他禮貌地伸出手，打招呼的方式並不浮誇，「妳好，我叫譚涵，在體大讀大三，怎麼稱呼妳呢？」除了和客戶外，許姿不常和陌生人握手，她盈著漂亮的淺笑回應：「許姿，我是名律師。」

原來是律師姐姐。

男生的目光裡帶著一見鍾情的笑意。隨後，他從口袋裡掏出手機，打開了微信，亮給許姿看，「可以加妳微信嗎？」

許姿猶豫了一陣子後，還是拒絕了。

男大生走後，靳佳雲才從亢奮的音樂節奏裡反應過來——許姿已婚。

她惋惜地道：「剛剛是我第一次特別理解妳想離婚的心情，撈不到感情，又沒自由，什麼都幹不了，好好一個小狼狗就這麼溜走了。」

許姿倒不覺得可惜，「我向來對肌肉發達的男人過敏。」

這點她們恰好相反，靳佳雲就喜歡身強力壯的狼狗。她被音樂轟炸的腦子裡忽然浮現了一個人影，扭著細腰撞了撞許姿，「也是，妳一直喜歡那種高瘦禁欲感的男生，比如韋思任。」

強烈的鼓點震耳欲聾，舞池裡陣陣亢奮。

刺穿許姿耳膜的不是音樂，而是「韋思任」三個字。這個名字在任何時候被提起，她的心都會跟著一緊，立刻想起十七歲時青澀的記憶。

靳佳雲後悔自己的不過腦，見許姿臉上無光，攬上她的肩，指著舞池：「要不要去跳舞？」

許姿搖搖頭，又抿了幾口酒後，說想去洗手間。
靳佳雲囑咐她快去快回。
洗手間隔音沒到很好，但至少能稍微安靜一點，沒了震耳欲聾的音樂，也有了一絲燥熱後的涼快。
洗完手的許姿，並沒有立刻回去，而是站在窗戶邊喘口氣。她拿出手機，鬼使神差地點開了微信裡那個叫「wei」的頭像，近半年的朋友圈，只發了一張爬山的風景照，而那座山，在成州市。

那年的盛夏，空氣裡像是草莓的味道。
高中操場的水泥階梯上，許姿和靳佳雲並肩坐著，一人抱著一杯汽水，無聊地看著無雲的藍天，看著被風輕輕吹動的樟樹。
靳佳雲問許姿：「妳有沒有想過，以後要嫁給什麼樣的人？」
那是少女的幻想。
許姿把汽水抱在懷裡，抿著唇，未施粉黛的雪白臉頰，被陽光曬成粉紅，像是少女懷春的甜笑，「我只想嫁給韋思任。」
「妳真不要臉。」靳佳雲用手肘拱了拱她，「人家可是資優生，之後肯定會出國吧。」
許姿挺直了腰身，百褶裙被輕輕吹起，「他出國，我也出國，他去哪個國家，我就去哪個國家，反正我家有錢。」
少女的笑聲清脆如銀鈴，浮動在層層縷縷的陽光裡。
後來，他們都出了國，但一個去了英國，一個去了美國。
兩人的交集漸漸減少，直到結婚前夕，她從朋友口中得知他可能要回國的消息，而且還是單身。正當她欣喜若狂地幻想著兩人的可能時，爺爺的一聲令下，徹底斬斷了她的美夢。

她嫁給了自己最厭惡的男人。

將思緒拉回來的是朦朧的醉意，就算酒精濃度不高，許姿還是起了不舒服的反應。她撐在水池臺邊，按著胸口，等了許久也沒有吐出來，於是稍作休息後，便走出了洗手間。

「好巧。」

從隔壁男洗手間走出來的是剛剛那個男大生譚涵，他擦了擦手，想再試探許姿的意願，「姐姐，真的不加微信嗎？」

許姿笑著搖頭，「抱歉。」

她好像不擅長在這種環境裡周旋，不過剛往前走幾步，她便感覺到男生跟上了自己，背後罩著強烈的男性熱氣。

果然，她的手臂被抓住。

許姿回頭，運動員瞇眼笑笑，比起第一次打招呼的禮貌模樣，此時多了些目的性，「姐姐，妳長得真的很漂亮，我是真誠地想認識妳。」

酒精恰好在這時起了作用，許姿頭有點暈，高挑的身子站不穩，高跟鞋亂踏了幾步，差點扭到腳。

忽然，她的另一隻手臂也被抓住了。

感覺上是個男人，身上的香水味令她感到熟悉，是愛馬仕的大地男士香氛。光影過暗，她看不太清男人的臉，只聽見他用極低的聲線對男大生說道：「抱歉，她是我妻子。」

原來結婚了！男大生嚇得瞬間鬆手，甚至有種差點被騙的晦氣感，連忙離開現場。

與舞池隔了一段距離，但噪音還是太強烈，耳邊嗡嗡作響，許姿腦子變得混亂渾濁，她甩開男人的手臂道：「別碰我，你不是我老公。」

她想走，卻被捉了回來。

男人拽著許姿，到了夜店後門。

木門虛掩著，細細的秋風從門縫裡吹來。涼風讓許姿稍微清醒了點，好像看清了些男人的長相，時而熟悉時而陌生。她整個人晃到站不住，東倒西歪，那軟綿綿的手臂抬起來，指著男人，語句已經沒了邏輯：「我老公去香港了，你不是我老公。」

俞忌言扯了扯西裝袖子，雙手按住許姿，將她撐在牆邊，不讓她亂動。他的目光在半明半暗的光影裡，顯得毫不溫和，眉毛還輕輕上挑，帶了些侵略性。

他不說話不笑時，整個人透著無形的壓迫感。

被壓在身下的許姿悶到喘不過氣，好想逃，但她的掙扎像棉花打在硬石上，毫無用處。她一急，說起了奇奇怪怪的話：「我知道你跟剛剛那個小男生一樣，是看上我了，但是你別碰我哦，我結婚了。」尾音一落，還輕哼一聲，有些俏皮。

突然，一片高大濃黑的人影罩了下來。

許姿心臟猛跳，手指一僵，雙腿像被黏在地板上，動彈不得。她的唇被身前男人覆住，一張濕潤又帶著些香菸味的薄唇，正在自己的唇上不停研磨，甚至還企圖纏上她的舌。

她竟然在夜店被陌生男人強吻了！

許姿害怕不已，用盡了全力掙扎，五官被擠壓到變形。最後，她成功推開了男人，確切地來說，是俞忌言放了手。

而後，他再度抓住她，語氣輕佻不已：「記起上次和我接吻的味道了嗎？」

許姿顯然還沒從剛剛的吻裡回過神，她不知道是酒精的刺激，還是那番唇齒廝磨的侵略感，讓她胸悶難以喘氣。

但她確定了，強吻自己的是俞忌言。

吧檯邊，靳佳雲在晃到目眩神迷的燈光裡，拎著大衣和兩個包包，擠開亢奮搖擺的

男女，終於走進了女廁。一進去，只見幾個性感辣妹，不是在窗邊抽菸，就是在補妝，一股香水味和菸味的混合體。

「許姿……」

她把廁所隔間全敲了一遍，不是沒人，就是回應的不是許姿。她著急地打電話給許姿，卻發現手機在手上的包包裡震動。

「完蛋，這大小姐不會真的被人拐走了吧？」走出女廁的靳佳雲，找不到人簡直快瘋了，「許姿，我真服了妳！」

這時，她手上許姿的包包震動了起來。她嘟嘟囔囔地拉開拉鍊，掏出手機，定睛一看。來電顯示：老狐狸。

這下靳佳雲更急了，心裡狂喊「完蛋」，她不知道要怎麼和許姿的大老闆老公解釋！總之，先尋了一處安靜的地，戰戰兢兢地接通了電話。

不過令人意料之外的是，俞忌言只說：「靳律師，麻煩妳把許姿的大衣和包包送到B2停車場，辛苦了。」

靳佳雲心想，搞了半天，原來人跑到老狐狸那邊去了！

XCLUB地下停車場有兩層，靳佳雲下到B2時，她傻眼了，遍地豪車，眼花繚亂。她不算特別了解車，但也清楚這裡停著的車，動輒大概都要上百萬。

靠牆的賓士邁巴赫轎車，算是停車場裡最低調的一臺。

車裡放著與夜店截然不同的交響樂，是世界名曲《天鵝湖》，時而激昂時而悠揚。音量不大，外面聽不見，也不會吵到後座躺著休息的女人。

副駕駛上掛著一件黑色大衣，是俞忌言的。入秋後，他通常喜歡西裝搭配一件合身的大衣。此時，他一身灰黑地站在車旁等人，身形修長挺拔，過於沉穩反而令人忌憚。

靳佳雲只見過俞忌言兩次，反正她是滿怕這位居高臨下的大老闆的。她緊張地將大衣和包包遞給了俞忌言，「對不起啊，我看姿姿最近壓力很大，才帶她來……」

「沒關係。」俞忌言接過衣物和包包，客氣一笑，「偶爾喝兩杯的確能緩解壓力，今晚辛苦靳律師照顧姿姿了。」

靳佳雲一愣。

難怪許姿老說他是一隻千年老狐狸呢，不動聲色，也察覺不出真實情緒。和他對話，如果不是同一個等級，會有一種被他完全碾壓的窒息感。

現在的她，只有一個想法——快逃！

目送靳佳雲離開後，俞忌言拉開副駕駛車門，先將白色大衣和ＬＶ包包扔在了皮椅上，然後關上車門。

接著他走到後座，彎腰曲背，身子探了進去，兩隻手臂左右一撐，手掌抵在皮椅上。身下的女人還沒醒。身上是花香淡調香氛味，不知道做了什麼夢，極細的腰身扭了扭，襯衫的布料是很輕薄的絲質，只要稍稍一動，襯衫就會滑動，乳溝露得更多了，甚至還能看見雪白圓潤的胸部在輕晃。

或許是在夢裡感受到那道過於熾熱的目光，許姿睜開了眼，半醉半醒的樣子，滿是風情。當她逐漸看清了眼前那張臉是何人時，她本能地抬起手，想扇去一巴掌。

不過，纖細使不上力的手腕，被俞忌言一手抓住。

他輕笑道：「怎麼，一年抓不到我的把柄，就想用戴綠帽這招，逼我離婚？」

許姿呼吸聲很重，難以回答。

俞忌言身子又往下壓，但只剛壓了一寸，她就顯得害怕極了，手腳胡亂掙扎起來。

「別動我！」

可能是害怕再被強吻，她閉緊了雙唇。

車內不夠寬敞，孤男寡女關在同一個狹窄的空間裡，那聲像小貓的亂叫，比起威脅，更帶有催情作用。

俞忌言雙腿一彎，真皮座椅深深下陷，膝蓋跪在大美人的兩側，筆挺的西裝褲繃得很緊，撐出結實有力的大腿線條，是不同於平時的雄性荷爾蒙。

「滾！」許姿緊張地喊。

既然是千年老狐狸，又怎麼會滾呢？

俞忌言俯在許姿身上，細密溫熱的氣流覆向她的耳根，「既然靠吻都記不住自己老公的味道，是不是得再來點印象深刻的？」

這根本不是疑問句，是帶著強制意味的肯定句。

這一年裡，許姿見到的俞忌言，雖然令人厭惡，卻沒有攻擊性。但此時，他的眼神變得越來越壞，她慌得要窒息。

「滾開！」敵不過一個男人，她只能低吼。

可這時，俞忌言的唇已經覆在了許姿的脖頸間，她鵝頸的凹陷處很香，沒有男人能抗拒，他也一樣。他的唇剛觸到她的肌膚，她就嚇壞了，抓著他的西裝亂躲。

「俞忌言，你敢碰我，你試試看！」她柔順的長髮凌亂不堪。

做狼的人，從不喜歡被挑釁。俞忌言根本不是要碰，而是咬，他在許姿的脖子上留下了火紅的齒印。

第一次被對方如此無禮對待，許姿真的生氣了，手從他身下困難地抬起，打了他一巴掌。

啪！

巴掌聲很響，看來用了不小的力氣。

許姿不是什麼嬌弱的大小姐，脾氣很硬。明知無法勢均力敵，她仍用了最凶的語氣發出警告：「你敢動我，我就告你性騷擾！」

俞忌言臉上的巴掌紅印未消，不過他不在意，反而還覺得頗有意思。他冷哼一聲：「然後像上次一樣，再輸給我？」

「你——」許姿被噎住。

車內交響樂剛好演奏到最激昂的橋段，車內氣氛也隨之熱烈起來，包括正在進行的情欲之事。

俞忌言再低下頭，唇不再是朝脖間吻去，而是更下的胸乳。許姿方才在掙扎時，絲質襯衫早滑到沒了形，乳頭上的胸貼都露了出來。

他一看到，連半秒猶豫都沒有，直接撕開。

那是一雙很好看的酥胸，渾圓飽滿，又嫩如凝脂，重點是躺著也很挺。難怪在大學時期，有幾個品牌都想找許姿去拍內衣廣告。

自己最隱私的部位就這樣暴露在外，還是被自己最討厭的人盯著看，許姿氣憤得快哭了。

「俞忌言，是你說的半年，身為一個商人，要講誠信。」

俞忌言半抬起眼，「妳是律師，理解能力不應該這麼差。妳應該很清楚，我說的半年是指，上床。」

許姿急著喊：「你不要和我玩文字遊戲！」

俞忌言伸手撫了撫她的臉頰，她別過頭甩開了他的手，根本不想被他碰。他低哼，笑得壞心：「放心，我不會在這裡要了妳。」

這並不是一記安慰，而是恐慌的開始。

車裡一切，連同交響樂的節奏都亂了調。

俞忌言可不是什麼禁欲的人，那對雪白誘人的胸部，盯久了，他喉嚨都發緊。他先伸手拍了拍，奶子輕晃起來，更漂亮勾人了。隨後，他又使了一些力氣，啪啪兩下，掌心扇向皮肉的聲音清脆響亮。

頭一次被如此對待，許姿覺得很羞恥，可身體又本能產生了一陣酥麻感。她繼續罵道：「俞忌言，你不是人！」

這件事一旦做起來，俞忌言就有了強烈的征服欲，在她眼裡是人還是禽獸，他已毫不在意。他手臂伸向許姿的腰下，結實的臂肌撐在她軟綿的後腰，她腰好細，盈盈一握。

他頭垂下去的那刻，兩人的身體貼得很緊。

許姿在憤怒和羞恥中，從車門縫隙裡看到有人經過，幾個年輕人隨意朝賓士裡瞟了幾眼，然後笑著上了跑車。

在夜店打野炮，很正常。

許姿開始著急了，無論自己罵什麼，這老狐狸都不以為意，她只能不停地喊著他的名字：「俞忌言——」

但她很快便出不了聲了，因為自己的胸部被一張無比濕熱的口腔緊緊包覆。

奶子有些大，俞忌言一口包不住，只能含一口鬆一次，慢慢擴大領域。

許姿仰起了頭，感覺到那張濕熱的口將自己的乳肉含得好深好深……直到她感覺到他的牙齒在乳肉上細密地啃磨起來。

「俞忌言……你滾開……」

即使自己的雙乳已經被這隻老狐狸完全侵占，許姿還在拚命推他。只是每當她罵一次，俞忌言就更用力地啃，弄得她聲音都變了調，甚至嗚咽起來。

「不要……不要……」

俞忌言牙齒放鬆下來，改用了舌頭，舌根不停地發力，壓著飽滿的奶子，乳肉在舌下晃得很色情。

在他的舌頭戳向自己的乳頭時，許姿渾身打顫，帶著欲望的悶哼從嗓子裡溢出。

「啊啊……嗯嗯嗯……」

美人的呻吟讓俞忌言來了勁，他用牙齒叼住了挺立的小乳頭，甚至輕輕扯動起來。

許姿要瘋了，明明是胸在被挑逗，下體卻持續緊縮起來，甚至發癢，那種癢意好難耐。她低下頭，凌亂的目光裡是他侵占自己的凶狠樣，清清楚楚地看到他在玩弄自己的胸部。

「俞忌言……好痛……我好痛……」

許姿的胸乳是被咬扯的疼痛，乳頭都快腫了，她腦子跟炸開了一樣，只能下意識求饒。

俞忌言停下了對她強勢的折磨，鬆開嘴，朝她的脖間吹氣，「能記住自己老公的味道了嗎？」

從未有過性經驗的許姿，哪裡承受得住他這番瘋狂的挑逗，第一次被一個男人欺負到下面有熱流湧出，蜜液已浸溼了內褲。她不能再讓這種荒唐又羞恥的事繼續下去，只能選擇投降。

「嗯……記住了……」她的聲音還在顫抖。

不想在濕冷的停車場多做逗留，俞忌言將她的襯衫往上拉了拉，蓋住了那對全是自己氣味的雙乳。他沒起身，還俯在她身上，看著此時臉和脖子紅成一片，像小貓乖巧的美人，摸了摸她的額頭，眼神強勢地道：「我能做到不被妳找到把柄，也請妳乖一點，不要再用這種方式挑釁我。」

許姿真的怕了，不敢亂動，也不敢再罵人。

而後，俞忌言垂下眼，炙熱的目光掃向她更性感的下身，「如果還有下次，我就再換一個地方。」

賓士駛往悅庭府。

車窗開了一小半，許姿裹緊大衣側身縮在後座一角。她只看窗外，全然未朝前座看過一眼，直到眼底景色從斑駁到暗淡，她知道到家了。

這時，她身上的酒意早已退去，但還不如一直不清醒著呢……一想起方才他做的那些骯髒事，她想掐死他的心都有了。

悅庭府的停車場不比XCLUB遜色，建商提供給每位屋主三個停車位，方便他們的多車需求。下了車，映入眼簾的都是勞斯萊斯、法拉利這些頂級豪車。

顯得俞忌言有些低調。

他剛將賓士停進車位，解開安全帶，就聽見「砰」的關門聲，是許姿背起包，怒氣沖沖地走了，儼然一副根本不想理人的模樣。

停車場有些陰冷，牆角有寒氣冒出。

俞忌言沒有刻意追去，鎖了車，一手拿著大衣，一手握著車鑰匙，緩步走到了電梯口。只見電梯剛到，許姿便快步進去瘋狂地按關門，連和他同乘電梯的心情都沒有。

「等一下。」

俞忌言本來想等旁邊的電梯，但哪知身後傳來了急切的女人聲，是住樓下的徐氏夫婦，做食品貿易生意發家致富的。

他們挽著手親密地走了進去。

徐夫人見許姿一個人站面色難看地站在裡面，再看了看外面孤零零的俞忌言，打趣問：「許律師，和俞總吵架了？」

許姿懶得回答，只低頭盯著包包。

電梯門還沒關上，是徐總故意一直按著，徐夫人羨慕地笑道：「果然是年輕人啊，鬧點小脾氣也算是情趣。」

一會兒後，電梯裡多了一道身影。

看到俞忌言走進來，徐總終於鬆開手，讓電梯門徐徐關上。

俞忌言走到許姿身邊，輕輕攬住她，望著就不抬眼的許姿，笑道：「嗯，許律師比我小幾歲，有點小脾氣也正常。」

呸，虛假噁心！

許姿暫時任由俞忌言裝模作樣地演好男人，以她的小姐脾氣，沒在電梯裡直接大鬧一場已經很了不起了。

徐氏夫婦走了。

電梯門關上的那一刻，許姿踩了俞忌言一腳，還把他推到一旁，「滾！」

這一晚，她又氣又委屈。

俞忌言要是怕這種小貓亂叫，就做不了千年老狐狸了。他沒說話，只側身盯著許姿看，目光鎖住的位置很明顯，是胸。

即使許姿的大衣裹得很緊，但一想起剛剛被他吃奶的情景，仍是羞恥得吼了出來：「道貌岸然，下流無恥的死流氓！」

只是一緊張，吼出的話也沒什麼水準。

悅庭府是電梯入戶的設計，電梯門一拉開，是一道寬敞的玄關，暗紋的大理石檯子上，擺放著陶瓷花瓶。

和許姿急躁的性格相反，俞忌言是一個情緒極其穩定的人，像是無論如何激怒他，都難以見到他失控發怒的樣子。那種彷彿拳頭打在棉花上的感覺，讓她更生氣了。

進屋後，俞忌言換了拖鞋，放下大衣，淡淡地問道：「妳不是交過兩個男朋友嗎，他們都沒咬過妳的胸？」又哼笑一聲，「怎麼跟第一次被人碰胸一樣，亂吼亂叫？」

這事不提還好，一提，許姿臉就紅了，也不敢脫大衣，只能死死裹著。這種生意場裡的冷血動物，做錯了事不但沒有愧疚感，居然還調戲自己！

「他們都很懂得尊重女性，很溫柔，不像你……」

「那下次我溫柔一點。」

俞忌言強勢地插話，他通常只聽自己想聽的部分，也只答自己想答的重點。

許姿看到他還不要臉的笑了，頓時一股被他碾壓的不痛快，逼急了她，「不可能有下次！」

她抱著雙臂，弓著背直往臥室衝。

「許姿。」俞忌言在背後喊了一聲，「我有話和妳說。」

也許是對方的口氣中帶著一絲認真，許姿停下腳步，回過了身。

「什麼話？」她揪著大衣，往後退了一步。

俞忌言只走了兩步，便收住腳步，語氣略顯嚴肅：「結婚時，妳說妳不喜歡我，要給妳一年時間緩衝，我答應了。這一年裡，不管在什麼場合，我都給足了妳面子，所以……妳是不是也該給我點面子呢？」

許姿一臉不解，「什麼意思？」

「XCLUB是我一位朋友開的，我剛從香港回來，就接到了他的電話。他說，在XCLUB看到我的妻子穿得很性感，還和別的男人眉來眼去，問我是不是感情不和。」

聽到此處，許姿怔住。

頓了幾秒，俞忌言眼底多了份輕挑，「他還說，是不是我滿足不了自己的妻子，她才要去夜店找年輕男人作樂。」

「我……」許姿被堵得啞口無言。

倒也不想把氣氛弄得過僵，俞忌言鬆了鬆眉目說：「既然我尊重了妳提出的所有要求，那麼同樣我也希望，在妳抓到把柄和我離婚前，也能做到我提出的要求。」

他的姿態太過居高臨下，讓許姿下意識起了反抗之心，「就算我今天讓你在朋友面前丟了面子，你也不該對我做那種事。」

她不喜歡這種蠻不講理的侵略感。

對此，俞忌言沒有回應，只是撂下了一句話：「妳最好提前適應一下，畢竟六個月過得很快。」

因為俞忌言那句恐怖的話語，許姿幾乎徹夜難眠。第二天到辦公室時，連厚厚的粉底都蓋不了她臉上的疲憊。

靳佳雲一早就在辦公室等她，她優雅地坐在皮椅上，轉到咖啡機的方向，八卦似地壞笑道：「你們昨天到底做了幾次？怎麼感覺黑眼圈都要掉到嘴上了。」

許姿整個人暈暈乎乎，好玩般地回嘴：「十次。」

靳佳雲還真的信了，連忙問道：「真的假的？俞老闆精力這麼旺盛？」

見許姿瞬間板起臉，靳佳雲才意識到朋友在開玩笑，連忙道：「真無趣，我還以為他昨天是吃醋了，特意來夜店把妳帶回家嗯嗯啊啊大幹一場呢。」

「靳佳雲，妳真的是……」

許姿還沒罵出聲，辦公室的門就被推開了，是費駿。

「進來不用先敲門嗎？」她拿出老闆的姿態。

費駿顧不了那麼多了，上前就拉住許姿的手，笑得嘴都咧開，「舅媽，妳是怎麼哄舅舅的？妳太厲害了！」

許姿眉頭緊皺，「什麼意思？」

費駿喘了幾口氣，激動地解釋道：「早上恒盈的人找我，說亞匯的老闆讓步了，願意把這層留給我們。」

這真的是大好消息，許姿眼睛都亮了。

費駿挑眉道：「等等，我話還沒說完。」

「到底怎麼樣？」許姿急死了，「快點說！」

費駿清了清嗓子道：「而且恒盈說，亞滙的老闆替我們租下了這層。」

俞忌言這番舉動，許姿直到開完兩個會都沒想明白。她只知道，這老狐狸一定包藏禍心。

「您撥打的用戶，暫時無人接聽。Sorry，The subscriber……」

啪，許姿將手機朝桌上隨意一扔。

一個小時裡，她打了近十通電話給俞忌言，但都無人接聽。她脾氣太急，一急就煩。最後沒辦法，她只能讓費駿去找他。

幾分鐘後，費駿敲門而入。

他像是剛剛打完電話，握著手機，嘴裡「呃」了幾聲，有些尷尬地說：「舅媽，舅舅接了。」

明明前後差不到三分鐘，俞忌言的差別對待過於明顯。許姿盯著手機，臉色很差，緩了口氣道：「然後呢？」

又是員工又是親戚，費駿措辭謹慎：「我舅舅說，他後天下午四點回到成州市，不過不會回家，會在公司處理完急事後，趕凌晨的飛機再回香港。」

許姿嗆了一句：「皇帝都沒你舅舅忙啊。」

以為她是在氣舅舅不回家的事，費駿著急解釋：「舅媽，妳放心，我舅舅為人還是很有分寸的。亞滙明年要上市，他這段時間的確要長跑香港。但他絕對不會在香港、澳門之類的地方養情婦的。」

許姿聲調抬高：「我巴不得他有……」

聲音漸弱，和他的外甥說這些不合適。

費駿繼續道：「舅舅說，他有看到妳打了十幾通電話給他，只是一直在開會沒接到。他還要我跟妳說，他在香港很安全，請妳放心。」

太肉麻了，他低頭咯咯笑。

許姿心裡只浮現四個字——真不要臉。

事說完，費駿也收工了。

許姿煩得揉了揉頭髮，手肘撐著側額，漂亮的眼眸裡滿是煩意。忽然，她餘光瞟向了資料夾旁邊的《財經週刊》。想了想，她隨意翻開，還真巧，一翻就翻到了俞忌言的專訪。

照片上的男人的確生得一副好皮囊，玉樹臨風。

只是許姿看到文中那些過於拍馬屁的描述時，仍會嗤之以鼻。連一張照片，她都不願意正視，托著尖尖的小下巴，側目而視。

不過，盯著看久了，她有種怪異的感覺，總覺得那雙眼睛在盯自己的胸。一想起了停車場的無恥之事，她啪一聲，迅速合上了雜誌。

嗡嗡。

桌上的手機震著桌子，許姿嚇了一跳，看到是俞忌言來電，她捋了捋思緒，接通。

俞忌言直截了當地說：「費駿應該大致和妳說了我的行程吧？我近期能騰出的時間，只有後天晚上八點至九點，等我落地後，再告知妳去哪裡。」

壓根沒給自己說話的權利，許姿酸言酸語地說：「俞老闆，您都安排好了，我好像也沒得選。」

「妳有。」俞忌言聲線很低，略帶些磁性。

許姿哼笑道：「那你說說。」

電話兩頭安靜了幾秒，俞忌言說道：「如果妳想，妳也可以跟我去香港。」

許姿無言了。

一天過去，恰好是個週五。

許姿瘋了才會跟俞忌言跑去香港，她選擇前者——今晚與他共進一小時的晚餐。不過那天事後，她才想起來，今晚有高中同學聚會，還是三班和四班一起聚。她也聽說，韋思任會來。

她真是服了俞忌言，竟然早不早，晚不晚，剛好卡在這個時間點上……

俞忌言選了一家叫「鮨」的日本料理店。

路上塞了十分鐘，許姿到的時候，已經八點一刻。她很愛吃日本料理，這家店她常來，因為很喜歡這這裡的裝修，像置身在竹林裡。

她拉開木門，看到俞忌言跪坐在墊子上，脫了西裝，單穿一件深灰色高領衫，背脊依舊筆挺。

穿著和服的服務生將木門拉上。

許姿隨手想先脫下大衣，剛解開釦子，便低頭看了一眼裡面的襯衫，又是絲質的，有點貼膚。

俞忌言抬起頭，「許律師要是怕冷，可以穿著大衣和我吃飯。」

明顯是在暗諷。

許姿沒多想，脫下大衣，理了理裙身，大方地跪坐下去。

長桌上擺著一排精緻的海鮮，這些食材打眼看去，就和普通的日本料理店不同，所以人均破千也很合理。

不得不說，許姿很適合穿絲質布料的襯衫，腰細胸挺，稱得她知性又風情。

俞忌言看了她兩眼後，替她倒了杯熱茶。

惺惺作態，許姿握住茶杯，發出細細的哼音：「俞老闆，真是日理萬機啊，要約到您，還真是不容易。」

仗著有張明豔又嬌俏的臉，嗆天嗆地起來，也不讓人討厭，反而有種小作怡情的感覺。

俞忌言沒出聲。

自從見過他趴在身上咬自己胸部的一幕後，許姿總覺得他隨時都在打量自己的胸看。一緊張，她撇過頭，把襯衫往外扯了扯。

死不要臉的臭流氓，她心裡暗罵。

級別根本不同，俞忌言看一眼，就知道她在罵自己。他一手撐在大腿上，一手握起杯子，抿下一口茶，淡聲說：「許律師，似乎要的有點多啊。」

許姿稍怔，「什麼意思？」

俞忌言臉上是猜不透的笑容，「妳一方面不接受這段婚姻，不接受我，一方面又希望我能重視妳，能隨時隨地接妳電話。」

他十指合攏，手肘抵在桌面上，聲線一壓：「我想我們的關係，還不到我能把妳放在第一位，甚至百忙之中抽空陪妳聊天的程度吧。」

許姿心一緊，剛剛趾高氣揚的她，瞬間被堵到低下了頭。

見桌上的日本料理還未動，俞忌言用新筷子幫許姿夾了幾片刺身，收回筷子後說起正事：「替妳租下恒盈，並非我個人意願，是許老的決定。」

「我爺爺？」許姿一驚，皺起眉，「那他怎麼沒和我說呢？」

「他說他和妳提過幾次，但妳每次都執意用自己的方式經營公司。」他夾了片刺身到盤子裡，聲音極淡，「所以他希望，我能教妳如何做生意。」

「你教我？」荒謬到許姿就差推門而出，身子激動得往前一伏，「我是做律師的，和你這種玩陰險手段的商人不同。我是人，你是鬼。」

從認識他的第一天起，她就渾身帶刺。

俞忌言沒有回應，只斜著身，敲了敲木門。日本服務生微笑著拉開，他用流利的日語和她交流。

哼，真會裝。

許姿白了他一眼，想起之前聽到了一些他的八卦，她拿起茶杯，語帶嘲諷地說：「聽說你以前交過一個日本女朋友，難怪日語不錯。」

「妳介意？」

「我？」許姿哼笑，「你有一千個女朋友，我都不介意。我巴不得你多找幾個情婦……」

「許姿。」俞忌言突然冷聲打斷。

許姿被迫收住話，不悅地問：「幹嘛？」

「我個人做事講求公平。」俞忌言聲音很輕，卻很有威懾力：「既然我給了妳一年時間，妳什麼都沒查到，那接下來這半年，我也需要公平。」

許姿感到一陣不妙，「你要怎樣？」

「我想玩個交易遊戲。」

「什麼遊戲？」

俞忌言背挺得很直，神色自若，「妳要抓我把柄，那我也可以抓妳把柄。如果妳抓到了，我立刻和妳離婚。但如果妳被我抓到——」

話突然中斷，不太妙。

許姿有些害怕，「你想做什麼？」

輕輕放下筷子，俞忌言嘴角上揚，露出一抹不善的笑容，「除了上床，我可以做任何事。」

「你真的是個下流的瘋子！」許姿真想拿手邊的包包砸死他。

俞忌言並不怕她的凶樣，夾起一片刺身，笑了笑，「許律師，怎麼只許州官放火，不許百姓點燈呢？」

說完，他慢悠悠送進嘴裡，品嘗起來。

「成交。」許姿爽快同意。

俗話說，身正不怕影子斜，她向來潔身自好，從不留情，沒有什麼狐狸尾巴可以讓他抓。這老狐狸，絕對不可能將自己一軍。

「很好。」俞忌言露出欣賞的神色：「不愧是許律師，夠大氣，我喜歡。」

許姿臉冷下，雙手做交叉狀，「謝謝誇獎，但我不用你喜歡。」

聽他對自己說出「喜歡」兩個字，太晦氣。

穿著和服的服務生敲了兩下門，俞忌言用日語回應，服務生拉開門，將托盤裡的一碟辣油放在桌上，然後又拉上了門。

吃生魚片配辣油，是許姿的特殊喜好。當她看到俞忌言也愛這麼吃時，又一次感到了晦氣。

她不允許，他們有如此小眾的共同喜好。

俞忌言見她盯著自己的辣油，問道：「莫非許律師也喜歡配辣油？」

他將小碟推了過去。

因為他，許姿頓時覺得辣油都不香了，她無視碟子，挺直了腰身，捋著耳邊的髮絲，眉目驕傲地道：「吃日本料理就是要享受食材本身的味道，辣油味道過重，會破壞口感。」順便占上風地嗆他，「俞老闆在吃這件事上，品味有些堪憂啊。」

俞忌言將小碟挪回，夾起一片鮭魚，蘸了蘸醬，送進嘴裡，細嚼慢嚥後才說：「許律師還是第一個在吃上批評我的人。」輕輕地，他眼神往下挪，變了味，「我自認為，我還是滿會吃的。」

一語雙關。

老流氓，真是臭不要臉的老流氓！

許姿慌亂中，只能捏緊襯衫，用手臂擋著最不想暴露的部位。但身體的本能反應出賣了她，面紅耳熱，脖子是熟透的蕃茄色。

二十分鐘過去。

俞忌言在櫃檯結帳。

從包廂走出來，許姿一手揪著大衣領口，背著包包就溜了出去。反正他等一下就要去香港了，沒必要等他。

「許律師。」

許姿剛拿出車鑰匙，熟悉的聲音和腳步聲由遠至近。

俞忌言與她保持了一段距離，「我沒開車，能坐妳的車一起回悅庭府嗎？」

「回悅庭府？」許姿緊張起來，「你不是要去香港嗎？」

俞忌言舉起手機，不慌不急地解釋：「哦，在吃飯前，香港同事告知我，會議挪到了下週，這週我都會待在成州市。」

這不是在耍人嗎？

許姿真是要瘋了，早知如此，她就不用這麼急著找他談話，就能參加難得的同學聚會了……

見她面露難色，俞忌言走近了幾步，「許律師，難道妳有什麼急事嗎？」

許姿拉開車門，不悅地說道：「俞老闆，請上車。」

俞忌言點點頭，乾脆地上了車。

許姿的車是一輛白色的ＢＭＷＸ５，她喜歡中型車，開起來輕鬆舒適。她外表看起來精明幹練，內心卻很少女。俞忌言以為家裡的粉色茶杯已經是極限，沒想到她車裡的各項擺設全是粉色。

她嫻熟地駕著車，技術算不錯，很穩。

俞忌言坐得很舒服，他靠在皮椅上，雙手合攏，擱在腿間，不時望向她，「許律師，我可以問妳一個問題嗎？」

許姿最煩他這假正經的模樣：「問。」

「妳真的談過兩個男朋友？」

此時，馬路上突然衝出一隻流浪狗，許姿一個急煞車，身子往前一傾。和意外事件一樣，這個問題也讓她心一緊。

她自然不會說實話：「當然。」

俞忌言撇開眼，像是在笑。

許姿皺眉，「你這麼問是什麼意思？」

車裡沒有開燈，借著窗外的絲縷霓虹光影，俞忌言眼眉帶笑，「哦，沒事，只是覺得許律師妳很容易害羞。」

知道剛剛的臉紅，成了他的笑話，許姿喉嚨忽然發緊，整個人乾咳起來。

俞忌言笑笑，有些許輕挑：「不過滿可愛的。」

許姿真的要被弄瘋了，她撐著方向盤，看都不想看他，豎起手指警告道：「你要麼閉嘴，要麼下車。」

車裡才恢復了安靜。

又開了兩個路口，許姿的手機在震，是靳佳雲。她戴上藍牙耳機，接通，電話那頭很吵，講話的也不是靳佳雲，是一個久違了多年的男人聲音，如沐春風的溫柔。

那輕柔的聲音掃在心扉，像過了電，許姿緊張到手都在輕抖，只能結巴應答：「好……我就……過去……」

俞忌言只聽，沒出聲。

掛斷電話後，許姿不知道怎麼和他解釋，也很不想帶他去自己的同學聚會。

「俞忌言，那個……」她拐去了另一條街區，「你要不要自己搭計程車回家？」

俞忌言靠著椅子，閉目養神，「許律師不方便載我嗎？」

許姿稍愣，沉下一口氣，「倒也不是。」

「嗯。」俞忌言一字壓回。

許姿知道他根本是故意的。算了，她想反正也只是去接喝醉的靳佳雲而已，瞅了他一眼，解釋道：「今天是我們高中同學聚會，靳佳雲喝多了，我去接她，就在後面那家川菜館。」

「好。」俞忌言始終沒睜眼，面色平靜。

許姿將車停在了戶外停車場，旁邊是一棟三層樓的川菜館。

她解開安全帶時，問俞忌言：「你要一起下車嗎？還是在車上等？」

開了一整天的會，還來回兩座城市折騰，剛剛十幾分鐘的路程，俞忌言也當是休息了。

他緩緩睜開了眼，「我不下車。」

太好了！許姿暗暗竊喜起來。她拎著包包和車鑰匙，踏著高跟鞋，邁著小碎步，著急地走進了川菜館裡。

川菜館的裝潢相當簡約，許姿穿過有些吵鬧的大堂，直奔聚會包廂。她剛拐進走廊，想起電話裡的男人，便先躲在一側，從包包裡掏出粉餅和口紅，對著小鏡子補了補妝。

她深呼吸了好幾次，試圖平復狂跳的心臟。三年沒見，她很緊張。

「許姿。」

走廊裡有人在喊自己。

許姿認出來了，是四班班長徐靜，穿著寬鬆的連身裙，小腹隆起，臉上帶著溫和的笑容。

「好久不見。」她主動回話。

徐靜露出羨慕的眼神，「妳真是越來越漂亮了呢。」

許姿只是笑笑，然後問道：「靳佳雲呢？」

徐靜指著門道：「剛剛被一個男的接走了，對方說是她男朋友，看起來像個大學生。」

許姿一驚，真是服了這個有異性沒人性的朋友！

兩人在走廊上聊了一會兒，徐靜在寒暄，許姿卻客氣得稍顯生硬。

「許姿。」

忽然，從包廂裡走出幾個男人，門一打開，是一陣酒足飯飽的聒噪聲。他們幾個都是三班的同學，都發福了。

見到班花，各個都笑得很開心。

「大小姐，又變漂亮啦。」

「人家現在是大律師，許大律師。」

一人一句，嘈雜不已。

許姿的耳畔像築了層隔音膜，聽不見這些噪音。轉過身的她，目光穿過人群，定在了後面那個高瘦的男人身上，眼神倏忽深陷。

男人穿著一件淺棕色長風衣，樣貌還和高中一樣，溫柔俊逸，翩翩君子。和高中一樣的，還有她劇烈的心跳。

韋思任走到許姿身前，伸出手，「許姿，好久不見。」

看著那雙特別好看的手，許姿緊張了很久才握住，「好久不見。」

兩人的手握了足足幾十秒，才分開。

幾個男同學都喝茫了，靠在一起無聊起鬨。

「當年許姿追韋思任可真是追得轟轟烈烈啊，我還以為你們會結婚呢。」

另一個男同學遺憾地打斷道：「可惜了，我們許律師去年已經結婚了，嫁給了一個大老闆，命也是真好啊。」

韋思任有些吃驚，「妳結婚了？」

許姿遲疑地點點頭，「嗯。」

她就算再不想承認，也得接受已婚的現實。

「恭喜啊。」

「謝謝。」聊著聊著，氣氛忽然僵住，都不知道再該說什麼。

韋思任走之前，從皮夾裡取出一張名片，遞給許姿，「這是我的名片。」

許姿接過，驚愕地看向他，「我以為你會當檢察官，你也做律師了？」

「嗯。」韋思任說，「在成之行律師事務所，專打刑事案件。」

許姿輕呼了一聲，「在國內做刑事辯護，很有勇氣。」

即使高中再熱絡，擁有過一些算是親近的回憶，但三年未見，更多的是陌生。

韋思任簡單道別後，先走了。

旁邊喝茫的同學也散了。

只有許姿還站在原地，慢慢消化著情緒。

忽然，一道炙熱的目光盯到她身子發麻，她轉過身一看，是俞忌言。他像是剛從洗手間出來，高挺的身軀安靜地站立著，半暗半明的光影掃在他臉上，笑容令人發怵。

從川菜館回悅庭府的路上，俞忌言一句話都沒說，依舊閉目養神。

他的不動聲色和不顯情緒，讓許姿亂了陣腳，她盯著方向盤上的手，想起剛剛和異性的接觸——不知道這算不算「把柄」？

停車，下車，再到進電梯，俞忌言還是沒吭聲，就像真的只是恰好從洗手間出來，什麼也不知情。

走進家裡，許姿換了拖鞋，就疾步往臥室跑。只是，手剛剛擰住金屬門把，纖瘦的背就被一股力量推了進去，還沒緩過神，整個人就被推到了床上，整張臉被迫埋進了柔軟的被窩裡。

她想站起來，卻被一副重重的身體壓住。

許姿大喊：「俞忌言，出去！」

俞忌言的手已經摸上了她的腰，被如此無禮對待，她氣得雙腿亂蹬。

「滾出去！」

俞忌言身子又向下一壓，西裝上還沾著秋夜的寒氣，但呼出的熱流覆向了她的耳根，「妳喜歡剛剛那個男人？」

許姿抿緊唇，閉口不答。

俞忌言慢慢斜下臉，就這麼盯著埋在被子裡那張倔強又漂亮的小臉蛋，還用指腹蹭了蹭，「聽妳同學的意思是，他們滿遺憾你們沒能結婚？」

討厭他碰自己，許姿在被子裡困難地喊著：「別碰我！」

俞忌言輕輕拉長了音調：「哦，妳想讓他碰妳？」

許姿憤怒得想咬人，她不停地掙扎，卻次次失敗，「俞忌言，你根本不是要和我公平交易，你只是想藉機做那些齷齪的事吧？」

聞言，俞忌言沒怒，反而笑了，溫熱的唇貼近她的臉。

一感受到他帶有攻擊性的氣息，她就不停地躲，頭髮扭得亂七八糟，還吃進了幾根髮絲，黏著自己的口水，很難受。

俞忌言溫柔地幫她撥出髮絲，動作輕柔，眼神卻如狼似虎，「許律師，我很公平的。」

「公平個屁啊！」許姿一害怕就要罵人。

他們越貼越近。

在俞忌言的牙齒都快咬上她的耳朵時，見她還在掙扎，他使勁用雙腿鉗住身下纖瘦的身子，這次的熱氣是從她頭頂呼出。

「上次是我吃妳，這次……我讓妳吃。」

聽到那句「讓妳吃」，許姿嚇到臉徹底變了色，手心冒出一灘虛汗，可見她是真的怕了。她一雙手拚命尋找著救命稻草，困難地向上伸，一把抓住枕頭。

她剛想發力撐起身子，身後那隻重重的手臂壓了上來，抬起她的手，直接褪去了她的大衣。

俞忌言也脫了自己的西裝，還特意甩到了枕頭邊。

許姿唇都在抖：「俞忌言，你敢動我，我就敢告你強姦。即使是夫妻關係，女方在非自願的前提下被迫發生關係，也算……」

太吵了。

突然，許姿的口中被塞進了一根食指，她被嗆到說不出話，眼尾擠出了生理性的淚。

這老流氓太噁心了，指頭還往她喉嚨深處捅了捅，她吐不出來，就只能咬。

牙齒的咬力不容小覷，俞忌言痛得拔出手指，骨節分明的手指上滿是她的齒印，還有唾液細絲。

他甩了甩手指，嘖了一聲，「許律師還滿會咬的嘛，要不要試試咬咬別的地方？」

「滾！」許姿嚇壞了。

但吼也是徒勞。

俞忌言直接將她的身子翻了個面，她再不情願，也敵不過一個男人的力氣。凌亂髮絲拂在臉上，遮擋了她些許視線，張大的瞳孔裡滿是恐慌。

這老流氓真的在脫褲子！

緊張到快失去意識，腦子裡一片空白，許姿抱起枕頭就蓋住臉，悶在鬆軟的棉花裡罵：「我清清白白，什麼都沒做，憑什麼算我輸？你就是個老奸巨猾的死流氓，我怎麼會蠢到跟你玩遊戲！」

不管怎麼罵，壓著她的這隻老狐狸都不動聲色。

俞忌言將那個變了形的枕頭往外扯，手腕一使力，許姿唯一的保護罩沒了，只能用雙手遮住雙眼，透過十指縫隙，她看到他的手正按在褲子拉鍊上。

她方寸大亂：「要是你真的敢那麼做，信不信我真的敢告你？我是律師，法律條文我比你清楚……」

到後來，語句已不成邏輯。

俞忌言始終沒出聲，但行動遠比聲音更令人發怵。腿一曲，膝蓋又朝許姿的身子前挪動一寸，體型差的壓迫感很強。

距離又近了一些，許姿看到的畫面更清晰了。她看到他拉下拉鍊，狹窄的褲縫裡，是一條黑色內褲，中間凸起的部位，就是隔著布料，也能看清它的輪廓，像一條很長又粗的物體被迫裹住，凶悍得隨時能破土而出。

想起了他的裸體，許姿喉嚨發緊，額頭、背上、手心全在冒虛汗。她在想，這死流氓不會真要逼自己吃那髒東西吧。

她拿起枕頭就朝身前的男人砸去，「你滾開！」

但也知道，這是一記繡花拳頭。

俞忌言停下了動作，但拉鍊已經拉到了底，身子再壓下去時，褲縫間有了一片留白，那團鼓凸的長條物像要從縫隙裡擠出，蹭到了身下女人的腿肉上。

大腿的肌膚被這又軟又硬的物體壓得好燙，太過火的侵略感襲來，許姿真的要哭了。不過俞忌言沒做別的，只是抓起她的手腕，說起道理：「妳說去接醉酒的靳律師，但我可沒見到她，只見到妳和久別重逢的前任握手，握了快一分鐘。」

他的手掌向下一扣，包住了她嫩得出水的小手，挑挑眉道：「許律師，我有冤枉妳嗎？」

為了做齷齪事，這老狐狸真是煞費苦心啊……許姿真後悔自己幾個小時前的荒唐決定。

她撐開手掌，使勁掙脫，「俞老闆，和老朋友握個手而已，你每天和多少女人握手，我只是抓不到而已。」

「許律師，這可不一樣。」俞忌言輕笑道，「我握手的時候，想的是如何賺她們的錢。但妳握的時候，想的是如何和他雙宿雙飛。」

像被說中似的，許姿恐慌的臉色一暗，那種極致不舒服的壓迫感又來了。

還好，一通電話救了她。

俞忌言暫時放過她，站到床邊，拉上褲子拉鍊，撈起床上手機，一看是香港打來的緊急電話，便走出了房間。

他剛踏出去一步，許姿就衝上去將門關緊並反鎖。這片空間裡沒了他，她終於能順暢地呼吸了。

幾分鐘後，門外傳來了敲門聲，又讓許姿心一抖。

那種來回心驚膽戰的感覺，讓她煩透了。

「怎麼了？」她走到門邊不耐煩地問。

「我的西裝在妳床上。」

許姿朝凌亂不堪的床上看了兩眼，走過去，從枕頭邊拿起他的西裝，氣到真想在上面吐口水。她打開門，留了一條很小的縫隙，捏著衣角遞了出去。

門外毫無反應。

許姿抖了抖，「拿走啊。」

「把門打開。」俞忌言語氣相當平靜，卻氣勢不減。

腦子進水了，才會聽他的話。

許姿將西裝從縫隙裡直接扔了出去，一件昂貴的西裝就這樣胡亂地落在牆角。

「俞忌言，你怎麼可以這麼討人厭呢，做個讓人喜歡的人不好嗎？」

門外依舊波瀾不驚。

只有俞忌言蹲下身，拎起西裝，拍拍灰塵的輕微動靜。他站起身，將西裝挽到手肘間，寬闊又線條勻稱的背挺得很直，他隔著門縫道。

「許律師，萬一妳日後喜歡上我的話，那要怎麼辦呢？」

真是厚顏無恥到極致！

許姿冷笑一聲，反諷回去：「俞老闆，你對自己的魅力還真有信心呢。放心，不會有……」

「許律師，我指的不一定是心。」

俞忌言冷淡打斷，門留的縫隙很小，但也能聽到他的那聲低笑，很壞。

許姿又一慌，「不然是什麼？」

只聽到俞忌言咬字清晰地說道：「身體。」

第三章

那天，俞忌言暫時放過了她。

不過老流氓難得清閒一週，恒盈新辦公區的裝修在收尾階段，他只能暫時在家辦公。這導致許姿高度緊張，每天都故意拖到很晚才回家。

她知道那天那件事沒做完，俞忌言不會善罷甘休。只是，這種不知什麼時候會被逮到的恐慌感，太折磨人心了……

週五，在公司處理完一宗即將開庭的「遺產繼承糾紛案」後，許姿到家已經是半夜十一點了。推開門，她見客廳沒開燈，便斷定俞忌言是睡了。

她躡手躡腳地往臥室走。

「許律師。」

突然，從陽臺邊傳來男人的聲音，像是剛剛抽完菸，有些沙啞。

許姿嚇一跳，身子都抖了抖。她立刻按下旁邊的一盞彎條落地燈，是俞忌言從義大利買來的，一盞燈就幾十萬。

俞忌言站在昏柔的光影裡，身上的灰色毛衣顯得他有幾分難得的溫和。他抬起手，拎著一條小小的內褲，「許律師，是不是忘了拿走烘衣機裡的內褲？」

早上急著出門，便忘了拿出來……

見他打量著自己的內褲，許姿要瘋了。她跑過去一把搶走，緊緊握在手心裡。

俞忌言輕聲笑道：「沒想到許律師連內褲都這麼粉。」又特意補了一句，「這麼清純。」

汙言穢語。

許姿本想嗆回去，但她忍了。她知道這老狐狸就是想看自己急，她偏不，一聲不吭地回了房間。

房門剛關上，許姿就將內褲扔到了垃圾桶裡，被那個流氓的手碰過，她嫌髒。

她一臉倦意地放下包包，脫了大衣，將長髮夾起，打算去舒服地泡個澡。

裙子剛脫到一半，手機在洗臉臺上震動起來。

以為是工作電話，她有點煩，定眼一看，是媽媽。可電話內容，比處理工作電話更煩。

五分鐘後——

許姿換上了一套最保守的睡衣，長髮隨意一夾，少了出庭時的凌厲感，像隻漂亮慵懶的小貓。電話沒掛，她按了靜音鍵，很不情願地敲響了俞忌言的門。

裡面過了幾秒，沉聲應道：「進。」

許姿推開了門。

俞忌言正坐在落地燈下的沙發上看書，他穿著舒適的棉質居家服，身上散發著淡淡的松木香調，鼻梁上還架了副銀絲邊眼鏡，看來是剛洗過澡。

許姿心底唾棄，一個禽獸敗類，裝什麼斯文人。

俞忌言沒起身，只輕輕翻著書，抬眼問：「許律師，這麼晚了，有什麼事嗎？」

再怎麼厭惡他，但在長輩眼裡，他們是正常「夫妻」，遇到家庭聚會，還是需要一起裝裝樣子。

許姿走到沙發邊，耷拉著臉，指著電話說：「我媽媽問你，明天有沒有空一起去泡溫泉。」

方才聽到一家出遊，她便一口拒絕了。但媽媽就是逮到了俞忌言難得有空，以及從俞老那邊得知他們要備孕的喜訊，根本不許她拒絕。

聽後，俞忌言合上書，摘下眼鏡，不疾不徐地折疊好放到木桌上，命令她：「按免持聽筒。」

許姿煩是煩，但還是照做了，她握著手機，按下按鍵。

裡面是許母溫婉的聲音。

「姿姿啊，忌言去不去啊？」

許姿指著俞忌言，說著唇語：「你去不去？」

沙發一角，太安靜。

俞忌言只是輕輕點頭，不吭聲。

見女兒不說話，許母著急了些，「姿姿，妳問過忌言了嗎？怎麼不說話？」

許姿瞪著俞忌言，憋著氣應道：「他會去。」

「那太好了！」許母很開心，「忌言平常太忙了，難得能清閒一週，妳要好好抓緊時間，知道嗎？」

許姿眉頭都擰成了死結，「抓緊時間幹嘛？」

「當然是備孕啊。」許母直笑，「姿姿啊，媽媽特意幫你們訂了一間最舒服的獨棟湯屋，你們剛好可以放鬆放鬆……」

許姿聽得越來越慌，顫著手掛斷了電話。

電話掛斷後，俞忌言從沙發上慢慢站起來，他有些渴，從書桌上端起一杯熱茶，一手撐著桌沿，望著窗外說：「結婚一年，我好像的確因為工作，疏忽了對妳父母的照顧。」又抿下一口茶，「嗯，今年我得改改。」

哼，還真會裝出一副好女婿的模樣。

不過，今天弄案子弄了一整天，許姿連嗆人的力氣都沒了。溫泉的事，明天見招拆招吧。

忽然，俞忌言轉過身，叫住了許姿：「許律師，我有一份禮物要送妳。」

活見鬼，許姿哪敢要他的禮物。

從衣帽間走出來的俞忌言，手裡拎了一個大牌包裝袋，遞給了她：「這是前幾天香港客戶送給我的，他知道我已婚，特意買了一份禮物給妳。」

許姿接過袋子，撐開一看，是一套性感的黑色比基尼。

俞忌言往前走近了一點，「剛好明天去泡溫泉，希望能派上用場。」

他在笑，眼眉平靜，但在許姿眼裡，是老謀深算的詭異。不過，她也學他，不做回應，拎著袋子朝門外走。

突然，手腕被身後的男人抓住，力氣不小。許姿挪不開腳步，濃烈滾熱的男人氣息越貼越近，都覆到了她的耳畔，低啞的聲音帶了點邪惡。

「剛好，溫泉適合我們繼續。」

聞言，許姿心臟劇顫，彷彿要窒息了。

第二日，兩家人分別驅車去南郊小鎮一家叫「湖御」的溫泉，依山傍水，這裡的泉水養人，還有一家同名的溫泉物理治療館。

許姿坐在俞忌言的賓士裡。

他開車很穩，穩到她能睡著，半夢半醒間，她忽然驚醒，因為想起了那句折磨她一宿的話——

「剛好，溫泉適合我們繼續。」

此時，許姿萌生出了一個自救的交易，嘗試溝通：「俞忌言，我可以和你商量一件事嗎？」

車裡放著古典樂，悠揚婉轉。

不工作時的俞忌言，喜歡穿深色高領衫，雙手撐在方向盤上，手臂肌肉線條流暢勻稱，袖口微微上捲，手腕上的機械表有些刺眼。

「說。」他始終目視著前方。

許姿身子側去了一些，她認為這交易很公平：「我允許你出去鬼混一次，絕不抓你把柄，但今天你要配合我演好這齣戲，如何？」

直到切換到下一首音樂，俞忌言的目光才偏移到她身上，但他也只是輕輕一笑，又望向了車前。

像是直接無視了這個提議。

他這個人，外在太沉穩冷靜，話少也不顯情緒，給人的印象就是城府極深。

知道談不攏，許姿扭回身子，悶悶不樂地道：「我知道我長得很漂亮，身材也好，你忍不住對我想入非非也算正常。」

聽到這裡，俞忌言眼一抬，輕笑出聲。

許姿側目，細眉一擰，「但是，像你這種級別的有錢人，見過、談過的美女應該數不勝數，不然上次你也不會對你朋友說，我長得只是算還可以，對吧？」

她在等一個回應。

俞忌言拐進了一條街區，聲音極淡：「許律師，妳到底想說什麼？」

身為一名大律師，竟次次被逼到失去冷靜……

許姿努力壓下脾氣道：「我的意思是，你睡過的女人一定都比我漂亮，所以打賭的這半年，我們就像去年那樣各過各的，可以嗎？」

「哦——」俞忌言拉長了尾音，「原來，許律師是想反悔。」

一個「不」字正要脫口而出，又被許姿咽回，她放下了面子，「嗯，是的。」

俞忌言只回道：「君子一言，駟馬難追。」

他駁回了她的反悔。

許姿撇過眼，算了，她本來就沒抱太大的希望，晚上再說吧，難不成他還真能把自己往死裡逼？

忽然，俞忌言將賓士停在了一家便利商店門外，在解安全帶時，許姿一驚：「你要幹嘛？」

俞忌言維持拉著安全帶的姿勢，側頭笑道：「怎麼？不敢一個人待在車裡？」

這老不正經的傢伙！

許姿又開始感到煩了，「我的意思是，為什麼要停在這裡？」

俞忌言沒答，逕自下了車。

等他時，許姿逛起了朋友圈，往下翻了幾條，看到韋思任剛發了朋友圈。是一張朋友聚會的照片，挨著他的是一名卷髮美人，穿著低胸針織裙。

她看了看美人，又看了看自己，還用手摸了摸胸部，比較起來。

「比我的還大？」

恰好，這一幕被俞忌言看到了，許姿啪地放下手機，緊張地調整了坐姿。

他坐進車裡後，用指骨輕輕推了推她的手臂，「許律師，可以放妳包包裡嗎？」

「什麼東西？」許姿才不想讓自己包裡沾染他的味道。

她低下頭，粉金色的盒子太晃眼，她看清後，心驚肉跳。

盒子上寫著「岡本」、「貼身超滑」。

兩家人前後腳到了湖御。

俞忌言的父親過世得早，所以他和他母親關係很好。和許姿結婚後，俞媽媽和許家走得很近，尤其是和許母。這還是他們兩家第一次集體出遊，幾個長輩心情特別好。

深秋的山雖不青翠，但被泉池的白霧繚繞著，走在小徑裡，彷彿置身仙境。

許母是三個長輩裡性格最強勢的，這次的行程全由她定。遊玩是其次，讓兩個孩子造人，才是她和俞媽媽的目的。

許母非常喜歡這位女婿，認為俞忌言在外有本事，對長輩又謙遜有禮，頗有涵養。所以儘管婚前許姿和自己鬧得很凶，她也沒讓步半分。

他們到的時候已是傍晚。

俞忌言人脈相當廣，湖御的經理同他私交甚好，晚上，他替大家安排了一頓豐盛的日本料理大餐。

飯桌上，許母一直對女婿讚不絕口。

許姿都懶得聽，拋開旁邊他們聊天的雜音，低著頭，努力享受美食。這裡的日本料理很不錯，尤其是溫泉蛋牛丼飯。

不過吃飯前她忘了把頭髮夾起來，髮絲總滑到耳前，耽誤進食，當她正煩時，一隻好看的手伸了過來，用不知從哪弄來的橡皮筋，替她紮了一個低馬尾，動作相當輕柔。指尖很溫熱，俞忌言碰觸著許姿脖後的肌膚時，她本能敏感地顫了顫。從來沒有男人幫自己綁過頭髮，她竟害羞了。

見許姿臉都紅了，俞媽媽挽著許母打趣道：「姿姿很容易害羞啊，跟個小女孩一樣呢。」

俞忌言收回手後，望著她秀美的側顏，溫柔地道：「慢慢吃。」

許姿低著頭，勺子上都是她掌心的虛汗。

此時，那隻手又伸了過來，捋了捋她的小碎髮，聲音輕到令人發忱：「不急，才八點。」

湖御的獨棟溫泉木屋的確不錯，日式原木風，溫泉嵌在木廊裡，有一排木簾，外面幾棵銀杏樹，景色宜人。

地燈昏黃，四周飄著絲縷如煙的水氣。

而此時，拉緊的木門裡，氣氛正僵。

回到房間後，許姿就和俞忌言理論起來。她無非是想幫自己爭取一條「活路」，可惜並不順利——因為他一直不鬆口，還一臉平靜，相較之下顯得她像個亂咬人的瘋子。

許姿最討厭的類型，俞忌言就占了一半，尤其是強勢和自我。

「好吧，我知道你不會放過我。」對方的沉默真的激怒了許姿，往沙發上一坐，擺出一副隨意的樣子，「那就做十分鐘吧，十分鐘內能結束嗎？」

另一邊的沙發上，俞忌言沒作答，低頭用手機處理著工作。大約五分鐘後，他才放下手機，無視她的話題，抬眼問：「昨天給妳的禮物呢？」

許姿眼神很冷，「沒帶。」

俞忌言起了身，打開自己的黑色行李箱，從裡面取出了一套粉色比基尼，斜著手，遞給了她。

「看來，妳不喜歡黑色。」

許姿撇開眼，當然沒伸手接。

俞忌言抖了抖比基尼，態度同剛剛在長輩面前判若兩人，他強勢地命令道：「去換。」

真是羊入虎口……

浴室的白熾燈很晃眼，照得她頭疼。

許姿拎著這套粉色比基尼，看了很久。其實，她也二十五歲了，做這件事很正常，但她只是固執地想要把第一次獻給喜歡的人，而不是一個毫無感情，甚至是厭惡的男人。

每當想到這些，她就感到一陣委屈……

十分鐘後。

許姿裹著白色浴袍走出了浴室，她很愛美，不允許身上有一絲贅肉，尤其那雙長腿，線條勻稱，纖細光滑。

房間落針可聞。

繞著房間走了一圈，許姿也沒見到俞忌言。忽然，沙發上的手機在震，她壓著浴袍走過去，見到來電的是「韋思任」，她突然嚇得有點喘不過氣。

手機握在手心裡，她遲遲未接。

「接。」

身後傳來男人低沉的聲音，許姿很熟悉，是俞忌言。他呼吸的熱氣噴灑在她的後頸上，突然而來的侵略感，令她的背跟著一顫。

見她沒接，俞忌言貼得更近了些。

許姿沒回頭，但已經感受到他上身赤裸的那股熱流，耳邊又傳來他玩味的語氣：「許律師，賭一次？」

許姿知道，不管賭不賭，這老狐狸今晚都不會放過自己，便乾脆地接通了電話。但手機卻被俞忌言奪走，還按下了免持聽筒。

他眼裡的意思是——要玩，就玩大一點。

正在通話中。

許姿怒盯著俞忌言。不過，她想了想，以她和韋思任現在的關係，他應該也不至於說出什麼過分的話。

電話裡的環境很吵，還有歌聲，像是在KTV。韋思任像是喝醉了，聲音朦朧不清：「許姿，其實我很想妳……」

許姿頓時腦子一懵，閃過一道白光。

時隔三年，韋思任突如其來的表白，弄得她措手不及，立刻掛斷了電話。

可惜為時已晚，她輸了。

俞忌言像個贏家，連著的兩聲輕笑灑在她脖間。猛地，又拽起她的手腕，把她往外面帶。

許姿慌了，「是你說半年內不上床的！」又學他，「君子一言，駟馬難追。」

俞忌言未發一語。

兩人面前是熱氣蒸騰的溫泉水池，水不深，淨到見底。只是邊緣有些滑，許姿險些摔倒，還好及時抓住了他的手臂。

她又開始煩躁了，「你能不能說句話啊？」

還是得不到回應。

俞忌言拉著許姿緩緩走下臺階，踏進水池裡。泉水溫度適宜，但外面很涼，雙腿突然沒入水裡時，還是有些燙人。

水中有阻力，他費了點力，才將許姿按進水裡，讓她坐下。他使力可不輕，她就是再瘦，被按下去時，還是濺起了一陣水花。

平時穿著西裝的俞忌言，總是衣冠楚楚的模樣，沒想到脫了衣服，該有的肌肉線條都沒少，精壯有力。此時他居高臨下的姿勢，對許姿來說，產生了窒息式的壓迫感。

她不想因為這事再被折磨，想速戰速決：「你到底要做什麼，快點。」

俞忌言只是笑笑，「許律師願賭服輸，我喜歡。」

「別廢話，快點。」許姿又吼。

當然，俞忌言今晚的確沒有想放過許姿。

他一雙眼像狼一樣盯著她，手指卡在腰間浴袍上，然後一扯，隨手扔到了地上。

即使地燈並不透亮，但眼前的視物很清晰，許姿嚇得心抖。她兩次看到男人的性器，都是他的，上次距離有點遠，沒什麼特別的感覺，此時距離極近，視覺衝擊格外強烈。

是一根粗脹到上翹的陰莖，莖身上的血管像充了血，尺寸驚人。

許姿嚇得雙眼發直。

俞忌言兩腿在水裡往前一邁，下體離她的頭快沒了距離。她沒再敢抬頭，但頭頂傳來他身下的熱氣，好燙，像在灼燒她。

俞忌言看到許姿的喉嚨動了動，是緊張的吞咽，他好玩的一笑：「不是談過兩任嗎？沒見過他們的身體？」

措辭相當委婉。

許姿低頭不語。

俞忌言微微彎下腰，「那我換個方式問，」聲音輕佻至極，「我和剛剛電話裡的男人，誰的大？」

泉水像突然升了溫，許姿全身跟煮沸的紅蝦一樣，熱得發燙。她好悶，只想盡快擺脫這個窘境。

「你到底要做什麼，可以快點……」

突然，許姿的手碰到了那根燙物，她嚇得手在抖。

俞忌言沒再廢話，直接拽起她的手，撐開她的五指，握上了自己漸漸變硬的肉棒。

她沒經驗，不知道要怎麼做，很慌。

俞忌言下了命令：「把它摸大。」

許姿手很僵硬，一直沒動。

剛好，又讓俞忌言逮到機會，壞心地問：「許律師的手怎麼這麼僵？沒幫男人打過手槍？」

這老狐狸實在太狡猾。

許姿不知道怎麼弄，只能笨拙地順著莖身摸。

而這個舉動，引起了俞忌言的不滿：「妳這樣，我是射不出來的。」

從來沒有男人對自己說過如此情色的話，許姿緊張到呼吸困難。下一刻，俞忌言將她的手指扣下，按住自己的肉棒，帶著她上下滑動起來。

許姿掌心下的觸感很奇妙，莖身上的皮肉像是撐開後又縮緊，還有經脈顫跳的起伏。

這一番無禮的行為簡直快逼瘋她了，但也真的感覺到了那根肉棒在變大變粗。

這種俯看的姿勢，徹底填滿了俞忌言的征服欲，呼吸不勻稱起來，喘著粗氣道：「許律師的手真不錯，繼續。」

手被他按著，許姿哪裡能停，但就是想罵人，邊做邊吼：「你這個衣冠禽獸，人前一套背後一套……」

話語，戛然而止。

俞忌言用力抬起她的下巴，欣賞起了眼底紅潤漂亮的小唇，眼尾一彎，壞笑道：「許律師這張嘴長得真好看，等一下也叫出來給我聽聽，好不好？」

許姿的手臂被俞忌言拽到疼。

他覆著她的手，上下套弄著自己的炙熱，她掌心一片火熱，還有馬眼擠出水液的黏膩感。

她很怕髒，胸口犯起一陣噁心，不耐煩地問：「好了沒？」

俞忌言低著眉，眼帶侵略性，「那得問問許律師了。」

許姿沒抬過眼，「問我什麼？」

對方炙熱的聲音越來越貼近她頭頂，「現在這個尺寸，妳滿意嗎？」

又將了她一軍。

泉水霧氣氤氳，配著月色，倒真有幾分如夢似幻的意境。

許姿閉緊唇，打死不說。

「抬頭。」俞忌言的語氣凶狠了些。

才不要！許姿把頭埋得更深了。

當然，反骨只會挑起這隻老狐狸的征服欲。

許姿的臉太小，俞忌言一掌就能捏住。她掙扎不過，最後還是被抬起，但緊緊閉上雙眼。

她才不要看他那個髒東西。

「嗯嗯——」

許姿煩躁地嗚咽起來，但就算是唇被抿緊到發白發疼，她也絕不張口。

俞忌言極壞心，他扶著硬到極致的肉棒，抵到了她嘴邊，滾熱的龜頭一直在她臉頰上戳。

這不是她想要的性關係，她要的是溫柔，而不是強勢凶狠。

突然撲騰幾下，溫泉裡濺起激烈的水花。

許姿被俞忌言抱了起來，浴袍遇水，重到順著身子滑入水中，她身上只剩那套粉色比基尼，綁帶很細，白淨的乳肉在輕薄的布料裡晃蕩欲出。她掛在他身上，雙乳擠壓著他結實的胸膛。

好近，呼吸也近，肌膚也貼得很近。

她不知道自己要被俞忌言抱去哪裡，只是在行走中，大腿被他的肉棒鞭打著，觸到了她的敏感點，底下的小縫不受控制地張合起來。

最後，俞忌言將許姿抱到了木廊一角的沙發上。

他們渾身濕潤，白色的坐墊瞬間濕了一大片。她像一個被欺負的可憐美人，無處可藏，被他撐向牆壁的雙臂圍困住。

他低著頭，炙熱的目光掃過許姿身上每一處，一頭濕髮貼著天鵝似的脖頸上，細細的水珠自雪白的肌膚上滾落，性感死了。而後，他盯上了那對渾圓飽滿的胸部——吃過一次，就喜歡上了。

許姿又羞又氣，試圖遮掩內心的緊張，「結束了嗎？」

不過，回應不是她要的。

老狐狸就連呼吸都帶著極強的侵略性，「還沒。」

許姿又慌了。

接著，俞忌言雙腿跪向她的兩側，以一種強勢的氣息籠罩她整個人。

這樣的視覺更有衝擊力，因為此時，他的性器已經完全勃起，滾燙粗碩，上翹的角度也極其凶悍。

許姿害怕極了，但現下哪裡都躲不了。

俞忌言再次扶起肉棒，往她的乳溝間一抵，「用妳的胸，讓我射出來。」

有病，簡直有病！

許姿瞪眼，使勁推開他道：「自己去旁邊解決，這種事我才不做。」

話雖如此，但她無路可走。

俞忌言握著肉棒在許姿的乳肉間拍打，啪啪響。他沒打算讓她脫比基尼，因為她的胸部很大，那種若有若無擠出縫隙裡的視覺感，更加能刺激他。

許姿要瘋了，乳肉被怕打得發疼，甚至這老流氓還用那硬物戳到了她最敏感的小紅粒。

俞忌言挑起眉，「不做，今晚就別睡。」

急到抓狂的許姿胡言亂語起來：「俞忌言，你就只會欺負一個手無縛雞之力的女人，你真沒本事，你……」

「用妳的胸部把它夾緊。」

俞忌言完全無視她的話語，只命令他要做的事。

聽到胸部兩個字時，許姿整張臉都紅了。毫無經驗的她，難以適應這情色的挑逗話語。她就是倔強不想做這事，但俞忌言用一記威脅讓她變乖了。

「不想用胸部，那就用嘴。」

不可能！

於是，許姿抬起雙手，試著將雙乳往裡推，裹上了那根火熱的硬物，她胸上的皮膚很薄，稍微被戳幾下，就泛起紅印。

舒服，但還不夠。俞忌言剛毅的下頜繃得很緊，喉嚨發緊：「再用力一點。」

許姿聽了他的話，掌心將乳肉又往裡一擠，隨後，她感受到那根皮肉粗糙的肉棒在乳縫裡狠狠一戳，燙得她想喊出來。小圓球一樣的乳房，已經從比基尼裡擠出了一大半，像水波晃蕩，裹著極粗的肉棒，上下滑動。

俞忌言眼裡滿是欲火。

肉棒在那狹窄的乳縫裡捅進拔出，皮膚本就軟薄的一對奶子，都快被弄腫了。

許姿蹙眉喊出了聲：「俞忌言……好痛……你弄痛我了……」

俞忌言喉結用力滾落，像是咬著牙出聲：「看著它射出來。」

聞言，一直撇頭閉著眼的許姿，只能睜著眼回過頭，一根又粗又長的肉棒就這樣插在自己的乳縫裡，她又被嚇到了。

俞忌言提醒道：「不准閉眼。」

許姿不敢閉，只能眼睜睜看著俞忌言扶著肉棒往軟肉裡戳，他動一次，她的乳肉也夾緊肉棒動一次。

俞忌言頭皮一緊，「動快一點。」

氛圍淫靡，許姿逐漸失去了意識，他說什麼她就去做。本是推著乳肉，速度一加快，她無意識捧起了雙乳，粉紅的乳頭都被弄到充血。

太快了，他們的速度都太快了。

「啊啊啊……」

最終，許姿還是抑制不住呻吟了。

這種感覺實在太過奇妙，明明厭惡做這件事，但一陣一陣過電般地酥麻鑽進了骨縫，內褲上好像又有熱流湧出，竟有一些敏感的爽欲。

而她仰頭、蹙眉、咬唇的模樣，還有那酥進心底的叫聲，在俞忌言眼裡，都是絕佳的催情劑。

在持續來回抽動了幾十次後，俞忌言放過了許姿，扶著紅腫碩大的龜頭，讓擠壓噴出的濃稠白濁，全射在了她那快被磨破皮的酥胸上。

啪！

事後，徹底清醒的許姿，朝俞忌言揮去一巴掌，毫不留情。

她真的用了狠力，俞忌言的臉上是清晰的五指印。不過，他不怒反笑，扯起旁邊的一塊乾淨毛巾，替她擦拭著胸口的濃精。

啪！

許姿又揮出一巴掌，更狠，是真的氣到了。

俞忌言怔住，呼吸漸沉，不過還是沒理會，繼續將精液擦乾淨。而後，他扯過新浴巾，將單薄身涼的她裹了起來。

對此溫柔的舉動，許姿只是抖著聲音低吼出一個字。

「滾。」

她裹著浴袍，用手臂頂開俞忌言，衝回了房間裡。剛剛做的羞恥事，她一秒都不想回憶，蹙著眉，攤開手掌，又低頭看了看胸，似乎還有那股腥臭的液體味道，真令人作嘔。

此時，一條長腿邁過床沿，許姿再次被推倒。是俞忌言跟上來了。

他太強勢了，強勢到看似公平地給活路，但其實每條路都只會通向他。他就是個商人，從不做虧本買賣。

許姿非常厭惡這種感覺。

她也承認，自己的確沒他聰明，怎麼玩都會輸。

同樣繫上了浴袍的俞忌言，壓在自己身上，她也懶得掙扎了，反正殊途同歸。

她冷下聲道：「我輸了，所以我照做了，但再這樣就不對了吧？」還陰陽怪氣地喊了聲，「俞老闆。」

俞忌言垂下頭，一張立體俊朗的臉龐上是難以捉摸的神色，精壯的上身有夜裡的涼氣。他握住許姿的手腕，攤開她的手掌，往自己臉上貼，「那這兩巴掌怎麼算？」

許姿嗆回去：「那是因為你太下流。」

「這就下流了？」她的頭頂傳來一聲低笑，「許律師，還真不像談過兩個男朋友的人啊。」

聽出他的話外之音，許姿未再反駁。在親密關係這件事上，她的本能反應，的確出賣了自己。

在房間開著暖氣的情況下，兩人身體貼著身體，不出一會兒，胸前、背上都冒出了細密的汗。

俞忌言不說話，就這麼盯著許姿。

她太熱了，熱到喘不過氣，臉和脖子紅透了。

俞忌言還沒鬆開她的手，一直握著，兩人的手掌心裡都冒了汗。

「許律師臉紅起來，真可愛。」他的唇覆向了她的鼻尖。

許姿實在不想回話。

兩人實在貼得太近，許姿的腿肉又觸碰到了俞忌言浴袍裡的性器，鼓鼓一團，蹭得她身體發麻。她呼吸忽然急促起來，她太弱了，根本不是老狐狸的對手。

她撇頭，躲避他灼熱的視線道：「說完了嗎？我要去洗澡了。」

許姿一挪動身體，就被俞忌言拉了回來，他慢悠悠地笑道：「我還沒說結束。」

「你還想怎樣？」她緊緊瞪著他。

俞忌言又拿起她的手，蹭了蹭自己臉上被打過的痕跡，「剛剛那兩巴掌，很痛。」

許姿懶得廢話：「有話直說。」

俞忌言沒應，只是一手將許姿的兩隻手抓緊，朝上一抬，這讓她有了很不秒的預感。

「啊！」許姿慌張地叫出聲。

果然，俞忌言扯開了她左胸的布料，雪白的左胸彈了出來，每一下晃動彷彿都在邀請他採擷。

他一口含住。

許姿雙腿亂踏起來，「俞忌言，你算什麼男人，言而無信……」

她還沒說完整句話，便嗚咽起來。

胸被俞忌言濕潤的口含住，清醒和醉酒時的感受相差甚遠。許姿能更清晰地感受到，他牙齒在自己乳肉上的啃咬，越咬越上，直到咬到頂峰，甚至叼起乳頭時，她手都握成拳，雙腿顫了好幾下。

俞忌言咬完一邊，抬起眼道：「這是第一個巴掌。」

隨後，許姿看著他又扯下右胸的布料，用同樣的方式吮吸、啃咬，但這次更不要臉，還發出了吸吮聲，太色情。

越到後面，他越使力，牙齒叼起乳頭，舌尖還在乳頭上舔舐頂磨，弄得她一陣舒服一陣疼痛，像潮起潮落。

終於，翻滾的潮水退去。

俞忌言將比基尼扯回原樣，「這是第二個巴掌。」

公平交易完成，俞忌言站了起來。

許姿慌張地扯起旁邊的一塊毛毯，將自己裹起來，埋著頭，朝浴室跑去。

剛推開門，她便聽到身後傳來一聲輕笑。

「許律師，是我見過穿粉色比基尼，最好看的女人。」

作為回應，許姿狠狠地關上了浴室的門。

於浴室淋浴時，許姿反覆抹了三遍沐浴乳，尤其是右手和胸，抹到最後，她氣到差點扔掉蓮蓬頭。

從小，因為媽媽和爺爺過於強勢，所以溫柔的人就特別吸引她。停車場那次後，她退一萬步想過，哪怕俞忌言在做這件事時，是相互尊重的，帶著呵護的，她都不會像現在這般抗拒。

水聲停了。

許姿穿著一套水藍色的絲質睡衣坐在椅子上，一待就是半個小時，她很不想出去。

她看著手機發呆，想起了晚上韋思任的那句「許姿，其實我一直很想妳」。她彎下腰，蜷縮成一團，單薄纖瘦的背，微微抽動起伏，像是哭了。

她想，如果一年前，自己再堅持一下，是不是就能和喜歡的人結婚？

又過了十分鐘。

許姿出來了。

屋裡的燈都關了，很暗，床單被套似乎已經換新了，右側的白色棉被隆起，男人平靜地躺著，像是睡著了。

許姿看著床，沒躺上去。

湖御很難訂，每個房型都要提前一週預定，所以她無法現場加訂一個房間，而這間屋子的沙發低矮又窄，難以用來睡覺。

她似乎沒有選擇。

最後，許姿輕輕掀開被子，在邊邊角角躺下，是稍微一動，就會掉下去的程度。她抓緊了枕頭，側著身，紋絲不動。

突然，棉被有被掀動的動靜。

許姿緊張到額頭出了虛汗，下意識往床沿邊躲，一條腿都快碰地了。不過，身後又沒了動靜，好像俞忌言只是翻了個身，呼吸聲均勻輕緩。

她慢慢地將腿縮進被裡，枕著枕頭的邊角，緩緩閉上了眼。此時，她聞到了舒服的香味，是雪松。她又睜開了眼，微弱的燭光在眼底浮動。

小木櫃上放了一盞薰香，是她最喜歡的牌子的大西洋雪松味。

聞著聞著，許姿睡著了。

這還是她第一次遇到有飯店在薰香挑選上如此合自己的喜好。她想，這也算是今晚唯一舒心的事了。

隔天，許姿醒來時，床上只剩她一人。

山腳下的清晨，靜謐到能聽見清脆的鳥鳴，還有些薄霧覆在窗面，顯得昨晚的荒唐與羞恥像一場夢。

看來老狐狸先走了……想到此，她的心情頓時愉悅起來。

未料，早餐時和媽媽發生了爭吵。

許姿的父母是典型的女強男弱，媽媽謝如頤是生意場上的女強人，深得許老的喜愛，但好在父親許知棠脾性溫和，夫妻倆也算是互補。

從小，她就生活在謝如頤的控制裡，有兩件事，她最恨媽媽。第一件事，當年不允許她跟隨韋思任去英國念書；第二件事，強迫她嫁給俞忌言。

而她們的母女關係，也是從一年前開始變得緊繃。

在餐廳吃早餐時，謝如頤問許姿，昨晚有沒有抓緊時間造人。或許是許姿想到昨晚的事，表現出的臉色不太好，便被謝如頤揪到一旁碎念起來。

那些話，許姿耳朵都聽到快長繭了。無非就是說她都二十五歲了，不能再如此任性等等……當然，最近謝如頤又有一件事可以拿出來念了，就是公司的虧損。

後山的一角，是聲聲氣不成調的呵斥。

即使裹了件厚大衣，許姿的身子還是單薄得像紙片，一站就是十分鐘，臉都被冷風凍紅了。

謝如頤肩上搭了條羊絨披肩，風一吹，她扯了扯，眉頭皺緊，「都一年了，妳怎麼還在提離婚的事？妳說說看，俞忌言是哪裡做得不好？」

許姿很氣，眼眶也紅了，埋頭不語。

謝如頤深吸了口氣，「妳爺爺再怎麼寵妳，也經不住妳這樣虧損。三天兩頭給窮人打免費官司，做生意可不是做慈善啊。」她一副恨鐵不成鋼的模樣，「上次妳爺爺找忌言聊天，氣得他說真不想管妳了，最後還是忌言說他來管，不然妳公司早倒了。妳還有什麼不滿意的？」

許姿一驚，抬起了頭。她不知道這個老狐狸在自己的長輩面前，說這些裝模作樣的話，是在打什麼算盤。

謝如頤知道女兒在氣什麼，但一想起那個人，她指著許姿，語氣很厲害：「韋思任這個人，我以前就不喜歡。我也知道他回國了，妳對過去那些青春年少的遺憾還抱有想法。但是我警告妳，妳要是敢亂來，以後就別再踏進家門了。」

這場爭執，許姿從頭到尾沒有說話。

她不是不想說，是她知道，只要自己一回嘴，媽媽就會更強勢地反駁，甚至……會動手。

恒盈中心。

金融區即使到了週末也不冷清，樓下車水馬龍，樓上一間間辦公室裡全是加班仔。許姿不想回家，拖著行李箱就折回了公司。

進電梯時，她有些好奇地按了二十五層。

電梯門一開，是一股還未散去的油漆味，但打通裝修後，的確通透明亮。前臺那面白牆亮到反光，上面是亞匯的立體ＬＯＧＯ，藍色的英文寫著Ray's。

幾個工人正在搬桌椅，裝燈具。許姿的周身是電鑽聒噪的嗡鳴聲，她盯著ＬＯＧＯ，想起了第一次認識「亞匯」的事。

但嚴格意義上來說，那場土地糾紛案，並不是她和俞忌言的第一次碰面。

早在官司之前兩個月，許姿被一位房地產老闆看上，由於不好得罪，她只好答應了幾次約會。最後一次，那位老闆帶她去了一家私人會所。

她還記得，會所是在成州市一家看似普通的大樓裡，電梯並沒有直達會所的按鈕，需要中途轉搭另一臺電梯。

電梯門再打開，就是富人奢靡、渾濁的世界。

幾個油頭滿面的大老闆們，懷裡都有作陪的妖嬈美人，或是左擁右抱，甚至還有直接在小房間裡「辦事」的動靜。

一片烏煙瘴氣的環境裡，許姿看到了一個相貌俊逸的男人，穿著筆挺的棕色西裝，雖比起其他老闆，他斯文乾淨許多，不過她認為「物以類聚」，皮相只是表面，本質肯定差不多。

但讓她產生反感心理，是隨後發生的事。

由於不想久待，許姿以身體不適為藉口，和房地產老闆提出想先行離去，大老闆也不想強迫大美人，便放了人。

在通往電梯的走廊裡，她終於得以喘口氣。

忽然，身後傳來渾厚的皮鞋聲，還有男人低沉的嗓音。

「嗨。」

許姿並不適應待在這種男人成群的場合裡，被陌生男人叫住，她險些尖叫出聲。她悄悄回了頭，通道裡的光影實在太暗，可她也能看清，那是一張能讓女人心動的臉，也看清了，是方才那個斯文的老闆。

「有事嗎？」她禮貌地問道。

男人走上前，將手中的護手霜遞給她，「這是妳的吧？」還笑了笑，「雪松味……嗯，很特別。」

可能天生氣場不合，許姿第一眼就不喜歡他，將護手霜收進手裡，說了聲「謝謝」便走了。

男人不但沒走，還跟到了電梯邊。

許姿沒回頭，透過電梯的玻璃看著男人。只見，他雙手背在身後，剪裁流暢的西裝很合他身，稱得身形更為挺拔。

雖然他外在斯文，給許姿的感覺卻並不溫和，總感覺有一股不動聲色的侵略感，令她感到畏懼。

男人笑聲很輕，「妳是律師？」

許姿驚訝地回過頭，「你怎麼知道？」

男人笑容平靜，又別有意味：「感覺。」

那次搭訕，令許姿極其不舒服。

巧合的是，兩個月後，她又一次遇見了男人。而這一次，男人成了她手中那件土地糾紛案的被告，沒想到是在法律案子中，了解到他的資訊——

俞忌言，二十九歲，青年才俊，俞氏繼承人，亞匯老闆。

第四章

俞忌言去了香港小半個月。

期間許姿和他幾乎沒有任何聯繫，這也正常，畢竟過去一年裡，他們的聊天都是以月計算，聊天視窗裡每次不超過五句。

家裡沒了這老狐狸，倒是顯得清靜起來。這段時間，許姿在認真琢磨一件事，於是她主動約俞忌言見面。

直到深夜，他才回覆。

「**暫定下週一**。」

冰冷的商務語氣，不過她並不在乎。

一週過去。

十一點的恒盈中心，剛過上班高峰期，刷卡通道處沒了人，寬敞明亮了許多。在附近咖啡店慢悠悠吃完早餐的許姿，走進了大樓。

最近在忙兩件大案子，害她差點忘了今天是星期一。她一手挽著大衣，一手打著訊息，問俞忌言今天幾點見。

她剛抬起頭，便在電梯口看到了熟悉的身影——是俞忌言和他的助理。

因為下午有兩個會，許姿想在上午花點時間和俞忌言談事。她踩著一雙銀色細高跟，小心翼翼地追上去，及時按住了電梯。

聞爾從沒見過老闆的妻子，所以不知道許姿是誰。只是看到慌張走進電梯裡的女人，特別美，是那種令人難以移開目光的美。

許姿靜靜站到俞忌言身邊，「今天什麼時候有空？」

聞爾豎起了耳朵。

俞忌言手裡拿著件黑色大衣，一身棕色西裝，站姿筆直，腳邊放著一個黑色行李箱，看來是剛剛落地。

他先問聞爾：「今天第一個會在幾點？」

聞爾愣了一下，看了看手機提醒，答道：「俞總，第一個會在下午一點。」

俞忌言應了一聲，然後望向許姿，「現在去我辦公室談，給妳半個小時夠嗎？」

許姿點點頭，「夠了。」

很快地，電梯抵達了二十五樓。

俞忌言的辦公室在最裡面，途中會經過兩個部門。員工看到老闆帶著一個嬌俏的大美人進來時，紛紛開始八卦起來。有的還直接對聞爾使眼色，聞爾在後面搖頭表示不知情。

剛走到辦公室門口，俞忌言收起腳步，手機在震，是俞媽媽發來的訊息。他讀了後，將螢幕朝向許姿，問道：「我媽問妳這週六有沒有空過去吃飯。」

聞爾像知道了什麼驚天消息，眼都瞪直了。

許姿稍愣，臉一熱，小聲答道：「嗯，可以。」

隨後，俞忌言推開了門，讓聞爾去準備點日本料理。

門一關，聞爾就跑到座位上和同事交頭接耳起來，從兩人的對話來看——剛剛那位應該就是他們的老闆娘。

辦公室足足有一百多坪。

看得出來，俞忌言還是花了些心思在裝修上。和外面一樣，都以黑白為主色調，喜歡極簡的舒適感，但最能顯現出他品味的，還是那些看似低調其實價值不菲的家具。

許姿沒坐，想速戰速決，「我沒打算和你一起吃午餐，給我十分鐘就好。」

俞忌言將大衣掛在衣架上，不慌不忙地走去落地窗前，伸手去拉百葉窗，邊拉邊道：「我一早就忙著趕飛機，到現在都沒進食，日本料理是我請助理幫我準備的。」

窗簾放下，光線不再那麼刺眼。

他慢悠悠回過身，單手撐在旁邊的真皮沙發上，「不過，如果許律師餓了，也可以陪我吃一點。」

許姿覺得自己又被將了一軍。

沒了外人，俞忌言像變了個人，尤其是在他們有過肌膚之親後。

「怎麼？許律師這麼著急找我，是想我了？」他的笑有些輕挑。

許姿真想喊出個「滾」字，但暫且忍下不爽，打算好好談事。只是，她剛準備張口，俞忌言便往沙發邊走了幾步，她的目光莫名看向了他的西裝褲。百葉窗的條紋光影掃在他身上，就是逆著光，那個部位還是顯得有點鼓。

有所察覺的俞忌言，低了低眼，「許律師這樣看著我，會讓我以為……我沒拉拉鍊。」語氣到後面就變了味，顯然是故意的。

許姿立刻收回視線，抬起頭，調整呼吸，說起了此行重點：「我知道爺爺不滿意我運作公司的方式，公司最近的確虧損有些嚴重。」這還是她頭一次，對他講話如此客氣，「雖然我並不清楚你為什麼要替我負擔租金，但還是感謝你讓我爺爺暫時消了氣。」

俞忌言沒急著回她，而是先在沙發上坐下，拿起了桌上的菸，取出一根，問道：「許律師，介意嗎？」

許姿搖搖頭，「請隨意。」

這不是她第一次見俞忌言抽菸了，之前在會所相遇時，她就看過了。她承認，長得好看的男人，連抽菸都富有魅力。
香菸安靜燃燒。
俞忌言輕輕一呼，煙氣緩緩繚繞，他的菸味不嗆人，甚至還帶了點清香。抽了幾口，他舒坦了些，彈著菸灰，說去：「我和許律師在對待婚姻的觀點上，略有不同，許律師追求的是極致的兩情相悅，而我呢，無論是自己尋覓的另一半，還是父母的媒妁之約，只要具有法律效益，那我就有義務對另一半負責，甚至給予幫助。」
許姿先是認可地點點頭，然後說出了自己的決定：「我很感謝你能伸出援手，但因為本質上我們並不是一對有感情的夫妻，所以我決定每個月正常支付租金給你。」
俞忌言似乎沒多做思考，他將菸按滅在煙灰缸裡，抬起眼，點頭應道：「嗯，我接受。」
反倒是許姿一愣，她腦子裡竟然萌生出，這老狐狸該不會來故意來賺自己一筆的奇怪想法。
見談妥了，她也準備離開，卻被他叫住。
許姿納悶地轉過身，「怎麼了？還有事嗎？」
俞忌言已經起了身，輕輕拍了拍西裝，理了理，然後朝她靠近。
以前他們從未親密接觸過，許姿頂多覺得他對自己有種壓迫感，但溫泉那夜過後，此時再近距離面對他，她竟有些不自在，甚至是緊張。
俞忌言在一臂之遙的距離裡停下，算是給了點呼吸的空間。
「後面我都會很忙，不常在成州市。」
許姿像是在竊喜。
這點小表情，俞忌言瞬間就捕捉到了，但他又補充道：「不過，我的作息很不定，也許白天走，夜裡回。」

許姿頭一抬，皺起眉問：「那你這樣，我怎麼知道晚上要不要鎖門？」

因為過去一年，俞忌言會提前告訴她，幾號到幾號不在，幾號幾點回來。

俞忌言往前輕輕一邁，那帶有攻擊性的氣息又覆到了許姿的身前。她開始有點不自在，腳步微微往後挪動了半寸，抓緊了大衣。

她沒抬頭，他嘴裡的熱氣從她頭頂吹過鼻尖，「等我電話。」

第二天，俞忌言又飛去了香港。

許姿竟莫名其妙過起了「望夫石」的日子，每天晚上六點後，她開始留意俞忌言的微信和電話。而每次，他只會回短短六個字。

「**今日不回，鎖門**。」

其實，老狐狸回什麼，她並不在意。只是有一天，她隨手翻了翻他傳訊息的時間，大致都壓在十點二十分，正好是她生日的日期。

這種巧合很詭異。

星期五晚上九點。

剛泡完澡的許姿，穿了件乳白色的吊帶睡裙，正在臥室裡敷面膜，不僅曲線畢露，還有些俏皮感。

電話在檯面上震了震，她隨手一按。

是在香港出差的靳佳雲打來的，這趟是去見「遺產繼承案」的客戶。

電話剛接通，靳佳雲就稍顯激動，像知道了什麼驚天祕密：「妳猜我剛剛在飯局上見到了誰？」

「誰啊？」許姿輕輕按壓著面膜，「妳的某個前男友？香港的？還是上次那個金融圈小奶狗？」

靳佳雲捂著手機挪到了一角，很小聲地說：「妳老公。」這個詞真是要了許姿的命，她真的很不想在敷面膜的時候皺眉，「算我求妳了，不要用這個詞。」

「好啦好啦，我錯了。」靳佳雲道歉，「我重說一次，我見到了俞忌言。」

許姿不以為然，「嗯，然後呢？」

她重新將面膜往額頭上拉了拉。

「原來他和我們這樁案子的客戶朱賢宇朱少爺是好朋友！朱少爺叫我把資料拿到飯店來給他，結果我偷偷看到，包廂裡還坐著俞忌言。」

許姿愣了下，但也沒多在意，「有錢人和有錢人關係好，不是很正常嗎？」

她慵懶地坐在沙發上，拿了瓶高級品牌的身體乳，輕輕擦著那白得發透的肌膚。

「是正常。」靳佳雲聲音又壓低了些，「但我從洗手間出來時，不小心撞見了在走廊裡抽菸的他們。還聽到那個朱少爺對俞忌言說『這麼多年，有沒有找到她』。」

「她？」這讓許姿一驚。

靳佳雲分析起來：「我懷疑啊，這個她，應該就是俞忌言的白月光。」

「他還有白月光？」許姿壓著面膜，憋笑道，「難怪只能是白月光，哪個月光瞎了眼能看上他。」

「先別罵，我還沒說完。」

「嗯，betty 姐，妳繼續。」

靳佳雲像有一肚子祕密要說：「後來，我又聽到朱少爺對俞忌言說……」

她故意欲言又止。

許姿最煩話說一半：「到底說什麼啦？」

靳佳雲清了清嗓：「朱少爺說『你和你老婆都結婚一年了，還沒要孩子啊。你不會還在為了那個女人守身如玉吧？』。」

聽到此，許姿低頭思考了起來。

只聽見靳佳雲笑了幾聲，還打了個響指，「所以啊，妳老公很有可能是個處男。」

真是個天大的笑話！

許姿乾脆揭開面膜，笑得前仰後合，「我呸！俞忌言要是處男，妳去Dior、Chanel、LV隨便挑！」她甚至站了起來，繞著屋子走，「不不不，我在成州市給妳買間房子都可以——」

「欸欸，妳先別急著誇下海口啊。」靳佳雲繼續分析道，「妳想想看，一個男人再怎麼樣都會有性需求吧？但他竟然能答應一年無性婚姻的荒誕要求，也沒被妳抓到過任何出軌把柄。所以說，他要麼就是個處男，要麼就是性無能。」

「他不可能是性無能！」

說完，許姿才察覺自己嘴快了。即使她們是推心置腹的好朋友，但老流氓做的那些下流事，她可從沒提起過。

靳佳雲忽然壞笑，「怎麼，你們做過了？」

「沒有。」許姿一口咬死，「但他不可能是性無能，更不可能是——」她眉一皺，說出那兩個荒唐至極的字，「處男。」

這激起了靳佳雲的玩心，「許姿，我們賭一把吧。」

許姿覺得無聊，但還是順著問了句：「賭什麼？」

「如果俞忌言是處男怎麼辦？」

這還用賭？老狐狸絕對不可能是處男！

許姿語氣豪邁地道：「隨便，妳想要什麼，我都買給妳。」她再次強調，「因為俞忌言，絕對不可能是處男。」

靳佳雲笑了笑，「這些賭注聽起來都沒什麼意思。」

許姿並不怕，反正這場賭局，她十拿九穩，「不然Betty姐妳說說，賭什麼才有意思？」

電話裡頭，靳佳雲笑得更壞了，「如果俞忌言是處男，那妳就要帶著他，在我們這幾個好姐妹的面前，法式舌吻三十秒。」

還真夠刺激。

不過許姿根本不怕，爽快同意了，「ＯＫ。」

這個靳佳雲從小就愛刺激，從小到大，總能給她找很多瘋狂事做，她都習以為常了。

況且，這個賭局，她勝券在握。

隔日一早。

許姿睡到了自然醒，疲憊了一整個禮拜，總算可以睡到飽了。她穿著絲質睡衣，用髮夾將長髮隨意一夾，慵懶地在廚房洗蘋果，陽光從百葉窗裡穿入，把她的皮膚照得更雪白薄透。

想起昨晚的事，她還是想笑，「要是俞忌言是處男……」

忽然，她腦海裡浮現起溫泉那晚兩人淫亂的下流事，她心一緊，直搖頭道：「不可能，他絕對不可能是處男！」

不過這段時間，她真的偶爾會想起那些畫面。

尤其是，那根自己握過、在自己乳間插動過的長條硬物，那種視覺衝擊力，就連回想起來都害怕。

「啊——」

許姿發洩式地叫了一聲，不允許自己再回憶這些變態的事，狠狠咬了口蘋果，搖搖頭道：「許姿，妳不能想這些骯髒玩意，妳還是個單純寶寶。」

叮。

有人按了對講機的通知鈴。

許姿放下蘋果，快步走過去，接起了對講機。管理人員說，是來送寵物的。在她正疑惑時，俞忌言來了電話，簡單交代幾句後，她便讓快遞人員上了樓。

大門拉開。

快遞人員將手中的籠子放到了門邊，是一隻貓，還有貓咪的生活用具，以及進口貓飼料、玩具等等。

確認訂單上的項目都到齊後，快遞人員便離開了。

許姿打開籠子，裡面是一隻布偶貓，毛色漂亮極了，還有一雙藍色杏仁形的眼睛，跟星辰大海一樣。她太喜歡了，直接把小貓咪抱進懷裡。

她從小就很想養貓，但是媽媽很討厭小動物，說有細菌、會掉毛、髒……長大後，一直和家人住一起，還是沒機會養。

開心地摸著，許姿都忘了電話沒掛，突然傳出的男人聲，嚇了她一跳。

俞忌言像坐在一個很安靜的空間裡，還抽著菸，聲音有些低啞：「朋友的貓剛生了一窩，我就跟他要了一隻，牠叫咪咪。」

許姿一驚，「可是……我也叫咪咪。」

畢竟和動物同名，她有點不舒服，甚至懷疑起這老狐狸是故意的。

那頭是彈菸灰的動靜，俞忌言說：「嗯，很巧，許律師和我的貓同名。」

許姿心想，他絕對是故意的！

因為小布偶貓的到來，這間幾百坪的大房子終於熱鬧了一點。平時，即使俞忌言在家，許姿和他也幾乎零交流，各過各的，互不打擾，像冷清的樣品屋。

許姿從小就很喜歡貓。

謝如頤不讓養，她就在爺爺的茶園裡，悄悄餵流浪貓。她還記得，當時總共有三隻，一隻是狸花貓，叫「小花」；一隻是橘貓，叫「大黃」；還有一隻是被拋棄的布偶貓，她很自戀，覺得牠和自己一樣漂亮，所以就叫牠「咪咪」。

但後來，咪咪消失了半個月，茶園的村民說，牠凍死在了旁邊的小樹林裡。得知消息後，十六歲的她蹲在湖邊，哭得心都碎了。

不過也都是多年前的回憶了，半模糊半清晰。

所以，當看到俞忌言帶回一隻布偶時，她每天和小貓咪玩到都快忘了一件事——牠不是自己的貓。

某晚，窩在小書房沙發上的許姿，正和靳佳雲講著電話，咪咪則趴在一邊。

靳佳雲在說自己和奇葩小奶狗的感情故事，她聽得笑到合不攏嘴。直到靳佳雲又扯到了性愛這個話題，還提到了什麼「口交」、「後入」、「九淺一深」這種赤裸色情的字眼時，沒經驗的她，不想聊，也沒東西可聊，索性找了個理由結束電話。

外面似乎下起了淅瀝的小雨，冬雨太冰，稍稍從窗縫裡飄入一點，就是深入骨髓裡的冷。

扔下手機，許姿從沙發上起身去關窗。

今天她穿了一條淺粉色的睡裙，依舊是絲質，輕薄到有些透。拉下百葉窗後，她走到了投影機旁。

木櫃裡放著一臺黑色的復古ＤＶＤ播放器。

「哼，裝模作樣。」

嘴上說歸說，但許姿承認俞忌言是個有品味和格調的人。她看到下面還疊著一排光碟，隨便抽出了一張，封面是一幅油畫。

想著也沒事做，打發下時間，於是，許姿將碟片放進了ＤＶＤ裡，打開了投影機。等她坐回沙發時，牆上已經有了畫面，準備開始欣賞這部「文藝片」。

只是，劇情越看越不對勁。

就算她從不看這些東西，也知道畫面裡這對日本男女，是ＡＶ女優和男優。

「俞忌言，是不是有病啊？」許姿拿起遙控器，真被這汙穢的畫面嚇到了，「幹嘛幫Ａ片換封面！」

才看不到一分鐘，她就面紅耳熱。本想關掉，但好奇心又在作祟，她想著反正家中沒人，要不，試著再看一點？

咪咪蜷在一旁睡得很舒服，還發出了呼嚕聲。

許姿放下了遙控器，抱起雙膝，小巧的下巴磕在膝蓋上，繼續看了下去。

十分鐘都顯得漫長。

演到了女優正在幫男優口交的橋段，鏡頭靠得很近。畫面裡，只有女優的半張臉和男優那碩大粗長的性器，色澤很深。

舔到一半，女優脫下了內衣，主動用那對Ｄ罩杯的胸部包裹住性器，不停地上下揉搓。鏡頭又拉近，畫面裡只剩一對白皙的胸部和深色的性器，畫面外是男優爽到極致的悶哼，和女優騷到不行的呻吟。

也不知道是想繼續，還是想暫停。

許姿表情雖猙獰，但遙控器始終被晾在一邊。看著看著，她又想起了溫泉那晚，老狐狸對自己幹過同一件事，也想起了他的下體。

荒唐的是，她竟然默默拿他和男優做起了比較，更荒唐的是，她竟得出了結論——他的好像比男優的更大，顏色也比男優的粉。

真是要瘋了。

許姿仰起頭，用力地大口呼吸，讓自己逃離這些淫穢的畫面。她不知道為什麼自己會變成這樣，有一瞬間，甚至覺得自己很猥瑣。

她摸到了遙控器，不過為時已晚，虛掩的門外出現了一道人影。

「原來許律師也喜歡看這些。」

俞忌言將門推開了一些，像是剛剛趕回家中，身上還有些冬日雨水的寒氣。在客廳裡脫了外套和西裝的他，裡頭套了件黑色高領，胸膛的線條起伏明顯。

咪咪醒了，跑到他腳邊，聞了聞他的味道，蹭了蹭，然後溜出去覓食了。

許姿不知道這老狐狸什麼時候進的家門，悄無聲息，跟貓一樣。她慌到手一直僵在半空裡，都忘了按暫停。

進房後，俞忌言隨手關上了木門，還坐到了沙發上，拿走了許姿手上的遙控器，放到了旁邊的茶几上。

他往沙發背上輕輕一靠，抬了抬下頜道：「繼續看。」

許姿哪敢看啊，她起身就想走，卻被對方一手捉回，還攬上了她單薄如紙的肩膀。他的強勢，通常不用言語。

她真是連半分都動彈不得。

影片還在繼續。

前戲做完後，是真槍實彈的做。畫面更加淫穢，被男優扒乾淨的女優，全身赤裸地跪趴在床中央，男優扶著粗長的性器直接抵入了她的穴裡，抽插的動作由慢到快，由淺至深。

不過一會兒，書房裡便充斥著皮肉和淫水噴濺的交合聲，女優一會呻吟一會悶哼。那叫聲，騷得人全身發麻。

一個人看A片就夠緊張了，更何況是和這下流老狐狸一起看，許姿緊張到連背都燒了起來，手心一灘虛汗。她微微側頭，看了一眼俞忌言，只見他面色鎮定，就像只是在看一部很普通的片子。

但她真的一秒都坐不住了。

「我要睡了。」

許姿推開俞忌言的手臂，好不容易掙脫出來走了幾步，卻又被他撈回了沙發上。

俞忌言將許姿按倒在自己身下。

書房裡暗得看不清人臉，靠著投影那突然的幾道亮光，許姿看到了那具攻擊性的眼神，慌得心抖。

她邊掙脫邊喊：「你滾開！」

不過她也知道，這只是垂死掙扎。

俞忌言沒說話，就這麼盯著她，目光越來越炙熱，灼燒著她的肌膚。她只能將頭撇向一側，緊緊閉著眼，呼吸急促起來。

「我不欠你了，你敢動我，我就真的不留情了。」

還是不出聲，俞忌言盯著盯著，輕輕發笑起來。

突然，許姿的雙腿被那隻有力的手臂抬了起來，長裙瞬間滑到腰上，雪白纖細的腿一覽無遺，還有蕾絲內褲也露了出來。

她見俞忌言正盯著自己的私處看，雖然有內褲遮擋，但薄薄的布料跟沒穿差不多。

她嚇得趕緊去扯睡裙，「你給我滾！」

俞忌言哪願意滾，他將許姿的雙腳一拉，壓到了自己的下體上，似笑非笑，「上次試過許律師的手，很不錯。」

他故意頓住，然後扯緊她的腳踝，用她的腳底板揉著自己那個凸起的敏感部位，極壞的語氣從她的腿上往上覆去。

「這次，我想試試腳。」

投影裡的畫面尺度越來越大。

滿背大汗的男優已經剛射過一次，此時又將女優的雙腿架到肩上，狠狠抽插起來。女優被插到全身潮紅，腿上、小腹上全是黏膩的液體，她咬著手指不停呻吟。

沙發上的人影也一樣刺激。俞忌言稍稍將袖子往上一捲，手臂結實有力，許姿很瘦，腿也細，他抓得毫不費力。只是被困住的她，厭惡又忌憚他的強勢，掙脫不開，乾脆就縮在一角，把臉埋到了抱枕裡。

「俞忌言，像你這種人，做事卑鄙又下流，性格還差，難怪追不到喜……」

她咬住唇，阻止了自己的一張快嘴。

俞忌言稍稍動了動眉，不怒反笑，五指掐住她光滑的小腿肚，「那真是辛苦許律師了，要和我這種人做夫妻。」

被詆毀還能笑，許姿覺得他就是個變態。

「把臉轉過來。」

低沉的聲線就是夾在女優激烈的叫喊裡，也能感受到字裡的強勢。

許姿才不轉。

當然，不乖的後果就是，她的巴掌小臉硬生生被那隻有力的手掰到正面。

但她就是緊閉雙眼，寧死不屈。

俞忌言看了她兩眼，暫時先鬆了手，雙膝朝前挪了挪。不愧是成年男人的體格，膝蓋一用力，沙發便深陷一些。

閉著眼其實更恐懼，因為對外在一切都不知情。顯得此時的許姿，被動又柔弱，只能任由那熟悉的灼熱氣息撲向自己的臉龐。

是老狐狸身上的大地香水味。

還有，他煩人的「臭味」。

有過幾次擦邊行為的許姿，知道俞忌言正在做什麼。果然，她聽到了解皮帶的聲音，一緊張，雙手揪起裙邊。

呲！

是拉鍊從布料裡扯落的尖銳聲音。

肉眼可見，許姿胸口的起伏越來越急促。

「許律師，妳是有老公的。」男人那富有磁性的聲音從耳邊傳來。

她不傻，當然懂他輕佻言語下的意思，只是內心青澀，被這麼一挑逗，耳根發紅不已。

俞忌言直起身，再次抓起了那雙腿，絲質睡裙很滑，一下就滑到了大腿根，那條白色的蕾絲底褲在腿縫間若隱若現。

反正跑不掉，許姿乾脆嗆了句狠的：「只會解決自己需求的男人，跟發情的公狗有什麼區別？」

俞忌言沒吭聲，但目光凶得能活剝人，他的兩隻手遊走在她腿上，粗糙的指腹撫著細膩的軟肉。

許姿身體裡是有了些麻麻的感覺，但她並不享受。

俞忌言微微皺眉，卻又勾起笑：「這一年裡，許律師一邊不斷的詆毀我、罵我，一邊又讓我答應無性婚姻的要求，還要我配合妳在長輩面前演戲……怎麼看都是我虧啊。」

還沒給許姿回嘴的時間，她的腿忽然打顫起來，是男人的五指朝自己的腿肉上狠狠一抓，疼得她細哼了一聲。

俞忌言眼神透著炙熱，「妳總說我是個卑鄙的商人，那我憑什麼做虧本生意呢？」

許姿嗆不回去了，他的話確實有道理。

嫌A片太吵，俞忌言關了投影，房內立刻陷入黑暗。

他將黑色底褲朝身下一扒，跪著的姿勢，大腿肌肉需要用力，一條底褲被扯到繃緊，那根囂張的性器就這樣甩著。

「無非就那點事，要做快做。」許姿懶得做無畏掙扎了。

俞忌言握住她的兩隻腳，往自己的下體上一壓。

剛壓下去，那情色的觸感就讓許姿想逃，腳心碰到他粗硬濃密的毛，扎得她腳趾都蜷起。她立刻撇開頭，看向地板，眉頭狠皺。

俞忌言不是輕易放人的性格，抓著她的腳，就開始揉搓自己那根憋得難受的陰莖，「躲在這裡偷偷看其他男人，自己老公的不看看？」

輕佻又放肆。

許姿閉眼，抿緊嘴，死都不出聲。

她不叫，俞忌言偏偏就想讓她叫。只是沒想過，她愛美到就連腳都保養極佳，細皮嫩肉，滑滑嫩嫩，手感太好。

他抬起一隻腳，在腳背上輕輕一吻。

許姿真想大吼幾聲死變態，他在逼自己出聲，她不能中計！

雙腳在那條還未徹底勃起的陰莖上套弄著，皮肉上的褶皺充血般地撐起，她心理不適，身體又覺得有些刺激。那根肉棒在自己的腳間越變越粗，滾燙的頂端吐出了腥液，沒一會兒，尺寸和硬度都變得駭人起來。

俞忌言挺著背，身形很佳，窄腰修頸。隨著他套弄的速度越重，臀肌就更用力，繃在大腿間的底褲，似乎有布料撕裂的聲響。

這雙纖纖玉腿，就是被迫在抖動和起伏，也足以刺激他的神經線，胸口堆積著要噴出的欲火。

對於許姿來說，她也漸漸失去了些意識，腿被高高抬起，空氣從身下鑽進內褲裡，好像在吹著穴口的那條小縫，發癢難耐。

他速度更快了起來。

她腳上的黏液也越來越多。

「啊啊嗯嗯──」

最終，許姿又輸了。理智鬥不過身體的本能，呻吟遏制不住地流出。

俞忌言很滿足，就喜歡聽她那細軟嬌柔的聲音。他鬆開了她的腿，握著視覺凶悍的肉棒，自己又套弄了十幾下，濃郁的精液射在她的小腿上，一股沒射完，三次才流盡。

俞忌言眉頭緊蹙起，悶哼一聲，是徹底的舒爽。

屋裡沒光，他看不清許姿臉上的表情，只知道她在生氣，還給了自己兩腳。他抓著她，沒讓她跑，從桌上扯了幾張衛生紙，試圖幫她把腳上、腿上的精液擦乾淨。

幽幽暗暗的環境裡，是許姿酸軟疲憊後使不上力的聲音：「你也會這樣對自己喜歡的女人嗎？」

俞忌言手指一僵，不過也就幾秒，而後，他將黏著濃精的紙揉成一團，扔到了桌上。

這個問題似乎並沒有挑動他太多情緒，「許律師，妳想說什麼？」

許姿的笑帶著輕哼，「你不是心裡也藏著一個人嗎？」

下一刻，俞忌言按開了木桌上那盞復古的梅紫色檯燈，書房裡忽然有了光。

他的目光變得直接起來，許姿低下頭，收回雙腿，不敢看他。

俞忌言又扯了幾張紙，不急不慢地擦拭著手，「許律師很介意？」

「介意？」許姿聽笑了，「我巴不得你趕緊把意中人找回來。」

這確實是真心話。

扔掉衛生紙後，俞忌言站在沙發邊整理褲子。

這時的許姿已經拉開了房門，她一想到老狐狸有白月光，心裡竟是豁然：「你能找回意中人，對我來說，是近來最好的消息了。俞老闆，你一定要把她找回來，好嗎？」她眼角彎起的弧度都是愉悅。

俞忌言往前走了兩步，手背在身後，點點頭，應了她的話：「好。」

許姿的笑意止不住，她指著房子說：「等俞老闆的意中人回來了，我立刻打包走人。」她真的幻想起那天的到來，「我再包一個超大的紅包給你們，希望你們在這間房裡甜甜蜜蜜，把剛剛片子裡的姿勢都做過一遍。」

俞忌言站得筆直，面色平靜，毫無起伏。

閃過一個不太好的念頭，許姿皺著眉，弱弱地問：「她……還在吧？你懂我的意思吧，我沒惡意的。」

「嗯，她還在世。」俞忌言聲音過淡。

許姿捂著心臟，好險……

下一刻，心中再度被即將擁有自由的喜悅淹沒，至少在這一秒，她似乎都沒那麼討厭他了，還對他做了個加油的手勢。

「俞老闆，要加油啊。」

俞忌言的臉色依舊看不出任何情緒，只是低頭，指著她的小腿說：「抱歉，沒擦乾淨妳腿上的精液。」

赤裸的用語讓許姿耳根又熱了起來，不過她心情好，竟然還能笑著回：「沒事，我再洗掉就好。」她又說，「俞老闆你放心，要是你找回了白月光，我會和她說我們是無性婚姻，你做過的事我也會隻字不提，絕不讓她產生任何誤會。」

俞忌言默不作聲地看著許姿，直到她邁著愉悅的小碎步回了臥室。

那天後，俞忌言便很少出現在家中，似乎是在為亞匯的上市做最後準備。

許姿也忙了起來，因為恒盈的租金上漲，她第一次產生了金錢壓力，必須不停地接案子。有時忙到連飯都忘了吃，更無暇顧及俞忌言的「私生活」。

兩人忙到，連春節都只匆匆和家人吃了一頓年夜飯。

第五章

時間轉瞬即逝，到了四月底。

這幾個月，咪咪長肥了一圈，他們也兩個月沒碰面了。俞忌言依舊每晚會傳訊息告知許姿行程，直到某晚，他打來了一通電話，說到五月初自己都在澳門，隨後便斷了聯絡。

剛斷聯絡的那一週，許姿還真有些不適應。不過，有幾晚，她有事微信找他，他都是第二天早上才回。時間間隔過於蹊蹺，她在猜，這老狐狸應該是外面有人了。

但巧的是，過了一週，許姿連夜趕去了澳門。

因為她那位元大客戶朱少爺，把整個律師事務所都折磨透了。這一單是能養活公司大半年，但有錢人哪會這麼好伺候呢。

朱賢宇用一種「玩人」的態度，一直在拖案子時間，遲遲不簽合約。

許姿趕到澳門後，在飯店放完行李，就立刻趕去了那家頂級高爾夫球會館。

見許姿趕來，靳佳雲筋疲力盡地抱住她，「姿姿，我真的……」她拳頭都要捏爆，「想揍死朱賢宇！」

這案子派給了靳佳雲，她從年前就成州市、香港、澳門來回跑，只差沒住在飛機上了。可最近，她真被這位朱少爺折磨到躲在飯店裡哭了好幾次。

許姿很心疼她，拍了拍她的背道：「一會兒我和他談談，實在不行，我們就放棄這單吧。」

聽到要放棄，靳佳雲精神都來了，「妳說什麼喪氣話呢！要是這單能拿下，我們今年都會輕鬆很多，妳也能在爺爺和老狐狸面前揚眉吐氣。而且，我都努力到這個地步了，就差陪他上床了，不管怎麼樣，必須搞定他！」

許姿攬著她的肩，邊走邊道：「好，那我先去見見他。」

這間高爾夫球會館建在路環島的半山腰上，與一間威斯汀飯店相連。一面環海，一面環山，和大自然配合得天衣無縫，完全是富豪們的天堂。

正在揮杆的是朱賢宇，穿著白色T恤和藍灰色西裝褲，生得倒是俊俏，一身富家少爺氣，就是有著不好靠近的冷淡感。

助理在他耳邊交代了幾句。

朱賢宇朝許姿走來，他和俞忌言是朋友，但從未見過他的妻子，只知道她是律師事務所的老闆。

「你好。」許姿先禮貌伸出的手。

朱賢宇伸手回握，「妳好。」

而後，他看了一眼旁邊臉色並不好的靳佳雲：「靳律師，是找老闆來救場嗎？」

許姿不想朋友被刁難，她回道：「不是，是我剛好放假來澳門玩，想到朱少爺在這，理應過來見見你。」

朱賢宇笑得客氣，出口的話卻不太中聽：「許老闆，現在是我的私人時間，公事需要另找時間談，如果妳可以等我，晚一點——」他看了看手錶，「晚上七點左右，我可以給妳二十分鐘時間，如何？」

靳佳雲氣到差點飆髒話，許姿扯住她的衣角，笑著應：「沒問題，我等你。」

朱賢宇走後，靳佳雲直接狂罵了一串話

許姿挽著她朝一旁走，「妳都說了，人家給得多，我們就得忍忍唄。」

靳佳雲翻了個白眼。

不過，她們剛走到休息區，靳佳雲用力推了推許姿，「哇靠，妳老公來了。」

陽光像從海面躍起，白茫刺眼。

許姿瞇著眼，總算看清那個熟悉又久違的身影。男人坐在對面休息區的椅子上，整個人被陽光覆住了一半，合身的黑色運動T恤將他胸膛的肌肉線條繃得稍緊。

俞忌言剛拿起打火機點了根菸，朱賢宇就笑著坐到了他身邊，兩人有說有笑。

這時，從旁邊走來一名高挑女子，也穿著運動裝，顯得風情萬種。她從桌上抽出一根菸，直接借了俞忌言菸上的火，仰著頭，吸了起來。

關係看起來有點親密。

「我靠！」靳佳雲看呆了，語氣都是空洞的，「妳老公真的出軌了，妳可以離婚了！」

許姿只看了兩眼，然後轉身去了洗手間。

洗手間的洗手臺在外面。

許姿揉搓著手，沖洗後，剛將手收回，感應器的水流停住。突然，她被一片濃黑的光影罩住，她心一緊，猛地抬起頭，從鏡子裡看到身後站著的是俞忌言。

他貼得很近，嘴唇幾乎快碰到她耳朵了，「許律師，好久不見。」

許姿還沒答，俞忌言又輕輕笑了笑，「兩個月沒見，有沒有想我？」

「想啊，很想你。」

不同以往，許姿竟順著對方的話應了回去，並且還笑眼盈盈，一雙杏眼，特別動人。

俞忌言沉默著和她對視了幾眼，然後走到一旁洗起手來，身上還是那股好聞的大地香。

許姿悄悄往後面探頭看去，想看看他的「情婦」跑去哪裡了。擦完手的俞忌言，忽然靠過去時，她還嚇了一跳。

「許律師，看什麼呢？」

「看帥哥。」許姿指著正在揮杆的朱賢宇說，「那是我的客戶，本人長得滿不錯的，真有那種電視劇裡富家公子的樣子。」
俞忌言沒有顯露什麼特別的情緒，只是道：「我跟他是國中同學，如果許律師有需要我幫忙的，可以開口。」
不就是想炫耀和她的客戶有多熟嗎？
許姿不中計，客氣地回答：「謝謝俞老闆，我自己公司的事，我自己來。」
「嗯。」俞忌言點點頭。
許姿不想和他站在一起，「那我先去忙了。」
「好。」
四處都找不到靳佳雲，許姿急死了，最後在無人的草地邊見到了她，她像在認真看資料，準備一會重新和朱少爺洽談。
許姿坐到她身邊，望著透白的雲，和她聊起了這樁案子，又吐槽了一些事。算是愉快地聊著，很快也就到了七點。
天不見暗，海風特別鹹濕。
她們然後抱著資料，走去了大廳。
許姿下意識看了看四周，怎麼沒看到俞忌言和那個風情萬種的美人呢……
「許老闆，有件事很抱歉。」她飄忽的思緒被朱賢宇拉了回來
許姿連忙回過神，「什麼事，朱少爺不妨直說。」
「是這樣的。」朱賢宇摘下了棒球帽，不疾不徐地說，「我臨時收到一個飯局邀約，明天一早也有私人行程，妳可以再多等我一週嗎？」
靳佳雲捏著牛皮紙袋，心想這人敢再多說一句，她真的要動手了。
許姿沉默了，剛想再多問兩句時，朱賢宇說：「如果靳律師願意和我去一趟南非，我將有一週時間，可以慢慢聽你們的新方案。」

許姿頓時為難起來，只好看向靳佳雲，決定尊重她的所有回答。不過只過了一小會，靳佳雲乾脆豁出去，「我可以。」

許姿呆住。

朱賢宇叫來了助理：「靳律師，一會妳把資訊告訴我助理，她會幫妳處理機票跟飯店，我不會讓你們掏錢。」

許姿和靳佳雲從高爾夫球會館離開後，為了紓壓，她們跑去了一間大型購物中心，天幕營造出晨昏日落的雲彩，像身處威尼斯。

兩個氣質絕佳的俏麗大律師，穿梭在人群裡，特別顯眼。

「絕啊絕啊。」已經買了兩個Gucci包包的靳佳雲，還是沒爽夠，「要我陪他去南非，這些有錢人折磨人的方式真絕。」

許姿愧疚地一把抱住她，「佳佳，小時候其他人欺負我，妳罩我。長大了，我搞不定的客戶，妳二話不說直接獻身，沒有妳，我該怎麼活啊！」

靳佳雲沒心思搭理，不過走著走著，目光被勾住，「我靠，許姿，妳好日子來了。」說完，她立刻掏出手機，幫姐妹拍照存證。

許姿順著人群望去，她震驚得瞪大了眼。她確定一起從ＬＶ裡走出來的是俞忌言和那位美人，而且美人還挽著他，像是準備要回飯店了。

許姿從未如此激動過，拉著靳佳雲就追了過去，「佳佳，有些事就是冥冥之中註定的。朱少爺算是我半個福星，這回，終於讓我逮到了。」

她一直在笑。

當場捉姦的戲碼，令靳佳雲莫名興奮。

她們跟上了，看到俞忌言和美人有說有笑，還聽到女方特別親密地說：「上次那套我從法國買給你的衣服，還合身嗎？」

俞忌言笑著點頭，「合身。」

靳佳雲用手肘推了推許姿，「都買衣服了，絕對一起睡過了，難怪總是第二天才回訊息。」

突然，身後冒出一群準備回飯店的遊客，驚擾到了俞忌言和美人，而他也從人群裡一眼看到一個閃躲的身影。

他沉著聲，叫了一聲：「許姿。」

沒得躲，而且本來就是來「捉姦」的，許姿理了理裙子和頭髮，大方地走上前去。

美人好奇地問俞忌言：「這位是？」

俞忌言緩步走到了許姿身邊，介紹起來：「這是我的妻子，許姿許大律師。」

竟然能在外遇對象前如此鎮定地介紹正宮，許姿暗暗佩服，老狐狸就是老狐狸啊！

只是下一句，讓她腦袋一懵。

俞忌言指著美人，介紹：「這位是我的姨媽，何敏蓮，是香港的大律師。」

許姿讓靳佳雲回飯店休息，她一個人在樓下等俞忌言。撐著欄杆，看著人造湖水，發呆嘆氣。

他究竟是哪裡蹦出來的姨媽，從來沒聽俞媽媽提起過……

「很可惜，是嗎？」

男人低沉硬朗的聲線從身後的人流裡穿來，等她反應過來時，俞忌言已經站到了自己身邊。

知道他想說什麼，許姿沒看他。

俞忌言將手背在身後，也看著湖水說：「我姨媽和家裡的關係並不好，當年在英國留完學後，就到香港做了律師。」

「哦。」到手的把柄泡湯了，許姿有氣無力，「你姨媽真厲害。」

商場到了晚上還是喧鬧得很。

俞忌言轉過身，沉默地站了一會說：「我姨媽在英國帶過一個徒弟。」

許姿不感興趣，「嗯。」

頓了一下，俞忌言才說：「名字叫韋思任。」

那個名字太過敏感，許姿猛地抬起眼，但又不知該說什麼。

俞忌言沉了沉氣，詢問的語氣道：「許律師，待會有空嗎？我帶妳去個地方。」

「去哪？」許姿問。

賣了個關子，俞忌言只說：「跟我來吧。」

俞忌言在澳門開的車，是一輛黑色的賓利幕尚，開車的是他在這邊常雇的司機。

許姿知道他有錢，卻不知道他到底多有錢。不過，她能感覺到，他在香港和澳門生活時，要高調許多。

澳門很小，十幾分鐘就開到了目的地。

金碧輝煌的頂燈、柱子，眼花繚亂的彩色地毯，這裡越是深夜，越是熙來攘往，人聲鼎沸。

許姿從不來這種魚龍混雜的地方，「幹嘛帶我來賭場？」

俞忌言沒出聲，而是讓服務生將他們帶到了安靜的頂樓——富豪的私人賭場。

「俞忌言，你要賭博？」許姿有點害怕這樣的場所。

俞忌言稍微偏過頭，輕輕一笑，「可以賭兩把。」

不想進去的許姿第一次主動碰他，扯住他的西裝袖道：「我想走。」

俞忌言沒同意，「不會超過半個小時。」

不是商量的語氣，是命令。

算了，講不過，許姿只好同意。

只見服務生推開一扇重重的大門，裡面盡是富豪們奢靡放縱的景象。長形的賭桌邊，坐著的都是有頭有臉的人士。

「俞老闆。」

見到熟面孔，他們都客氣地打起招呼。

坐在正中央賭博抽著雪茄的男人，是澳門的大富豪，他一直盯著俞忌言身旁的大美人，吐了幾口菸道：「俞老闆還是第一次帶女人來啊。」

許姿稍驚。

俞忌言往前走了兩步，許姿立刻跟上。她雖然不喜歡這老狐狸，但在這裡，她暫時能「依靠」的只有他。

看著，倒真有幾分小鳥依人的感覺。

許姿的美是有攻擊性的，今天又特意弄了個大波浪造型，配著墨綠色收腰長裙，美到不可方物，極為耀眼。

俞忌言和抽雪茄的男人介紹：「這是我的妻子，許姿。她是一名律師，有自己的律師事務所。」

許姿只是配合微笑。

男人放下雪茄，笑道：「漂亮又能幹，難怪俞老闆從來不在外面玩女人。家裡藏著這麼美的嬌妻，外面那些野花，哪入得了你的眼啊。」

俞忌言笑笑。

許姿是聽明白了，原來帶自己來這裡，只是為了證明他有多「乾淨」。

男人想起一件事，問許姿：「俞夫人是律師？」

沒應付過這種級別的富豪，許姿拘謹點頭，「是。」

「打過離婚訴訟嗎？」

「嗯，打過，離婚訴訟是我最擅長的。」

男人若有所思了一會兒，向許姿要了名片，說既然是俞老闆的妻子，以後可以多關照。

男人索性不賭了，帶著俞忌言和許姿坐到了後方沙發上，品起酒來。

忽然，門外走進一個妖嬈的女人，穿著低胸緊身裙，看起來約四十出頭，保養不錯，有幾分姿色。

但讓許姿目光變緊的是，女人挽著的對象。

那人一和許姿對上視線，便想掙脫一旁的女人，但手臂被夾得太緊，無法抽離。

韋思任？

許姿眉頭蹙緊，難以置信的心情掩蓋了她所有感官。以至於男人後面的幾句話，她都沒有接。

這時，牌桌邊引起喧鬧。

「溫老闆，又換男人了啊。」

溫老闆似乎特別滿意自己的「金絲雀」，拍了拍韋思任白皙的臉頰道：「他可是大律師，上次幫紀爺的兒子打贏了強姦案，以後有案子可以多找他。」

其中一個大老闆，放下一杯威士忌，接過賭牌，「想接我們的案子，哪有那麼容易。」他就是想刁難韋思任，「脫個衣服看看。」

溫老闆不幫忙反而還起鬨：「脫吧，讓他們看看我眼光有多好。」

這頭的許姿聽得一清二楚。

俞忌言沒作聲，只是翹著一雙修長的腿，單手撐在沙發背上，另一隻手夾著燃燒的菸，專注地看著許姿。

最後，韋思任真的脫了。

隨後是，有錢人玩弄底層人的一陣陣瘋笑。

大概五分鐘後，許姿實在待不下去了，她先去了趟洗手間。

從進去到出來，都無法消化剛剛看到的一切，這和她所認識的韋思任，完全不同。

忽然，身前覆上了一道人影，許姿抬眼，是韋思任。他喉結困難的吞咽了幾下，才出聲問道：「許姿，我可以和妳聊一聊嗎？」

許姿還沒出聲，身後就出現了渾厚的皮鞋聲，還有一些菸草味。

俞忌言走至許姿身邊，摟住了她，臉上露著笑，但字字鋒利：「韋律師，不好意思，我和我的妻子，等一下還有別的事。」

澳門的夜晚像是紙醉金迷的天堂，車窗開了一小半，徐徐交織的燈影，流光溢彩。

來和回，心情大不相同。

許姿無心看風景，她垂著頭，眼裡無光。

半個小時前發生的事，她依舊難以消化。那個從她十六歲到二十五歲，一直小心翼翼藏在心裡的男生，卻以這樣荒謬的方式，破壞了自己的惦念。

她接受不了，又不得不相信自己的雙眼。

俞忌言坐在一旁，只是偶爾看了她幾眼，始終沒出聲。

情緒平靜了一些後，許姿轉過頭，輕聲問：「你很早就知道了嗎？」

「不算早。」俞忌言目視前方，「我見過他兩次，第一次是兩個月前，在溫老闆的局上，第二次就是剛剛。」

心裡卡著事，有點喘不過氣，許姿沒力氣多問，只是扭過頭，看向車窗外，發現並不是自己住的飯店。

「嗯？這不是我住的飯店啊。」

俞忌言沒回應。

司機是葡萄牙人，俞忌言用葡萄牙語吩咐了幾句，然後司機將車停到路邊。他先下了車，繞到另一邊，紳士地打開了車門。

「下車。」

他的紳士僅限於表面行為，藏在語氣底下的依舊是命令。

許姿下了車，被眼前壯觀的景色震撼到了。

哥特式建築的外牆，幾乎是一比一複刻的倫敦街景，還有大笨鐘。她很少來澳門，但聽聞過這家飯店，澳門倫敦人。

的確嘆為觀止。

俞忌言沒急著走過去，而是在身後注視著她，烏黑的長髮被微風拂起，漂亮的蝴蝶骨在吊帶裡若隱若現，還有那極細的蠻腰，給人一掌盈握的衝動。

見身旁沒有人影，許姿悄然回過頭，剛好對上了男人的視線。即便隔了一段距離，也能感受到他灼熱到富有侵略性的目光。

她緊張了，立刻轉回身。不知道老狐狸打算做什麼，心裡相當恐慌。

倫敦建築的長廊裡，路過男人，大多都會多看許姿幾眼，而目光從她的臉一路向下掃過。

沉默站著的俞忌言，朝前走去，腳步並不急，走到她身旁時，脫下自己的西裝，罩在了她的肩上。

只是指尖觸到自己的肌膚，許姿下意識躲了躲，扯著小細音嚷嚷：「澳門夜裡也有三十幾度，你是想熱死我嗎？」

她用手臂甩開了西裝，但沒用，俞忌言再次將西裝披到她的肩上。

許姿根本推不開他煩人的手臂。

「俞忌言，你真的很煩人！而且還有病，很嚴重的那種……」

就這點小貓亂罵人的勁，俞忌言毫不在意，手也沒從她肩上挪開，甚至將她的身子扭到了正面，讓她好好地看著自己。

就像被裹進了他的身體裡，那種吞人的氣息，讓許姿越來越不適，她一旦不曉得視線該往哪看，就會著急起來。

「你、你帶我來這裡，到底要幹什麼？」

俞忌言扯著西裝外套，攏著她單薄的身子，那雙平時待人接物都較為薄淡的眼睛，此時卻像盯著獵物般，有股火在暗燒。

許姿越來越慌，她剛開口：「俞忌言，我要走……」

「看那邊。」俞忌言打斷了她。

許姿一頭霧水，只能順著俞忌言的目光望去，發現他正看著復刻的大笨鐘，可她不知道，他為什麼要讓自己看那個。

直到，秒針與時針在零點重疊。

俞忌言回過頭，再次盯著她，喉間彷彿都是滾熱的：「我和妳打賭的日子，是十月三十一日，而今天，是五月一日——許律師，半年了。」

聞言，許姿真的害怕起來了，那種被他算盡一切的恐慌感劇烈襲來。

她要躲，必須要躲！

「就算是半年，你也要經過我的允……」

最後一個字，被一記凶狠的吻消了音。

俞忌言俯下身，牢牢地扣住了許姿的後腦，讓她無法動彈。結婚至今，他們只接過兩次吻，一次是結婚當天，為了應付家人，第二次是夜店。

沒有一次，比今天來得激烈和凶猛。

他像是要將自己吞進腹中，即使許姿不鬆開齒貝，最後仍是被他的蠻力敲開。他哪是在吻，是撕咬，一張紅潤的小唇快被他親破了皮。

「嗚嗚嗚……」

許姿一邊嗚咽一邊反抗，但毫無用處。

她已經感受到那雙手在往下滑落，一掌用力撐著自己的背，將她整個人往他的胸膛裡一撞，另一手掌撫著自己的腰，甚至要更下，碰到了軟綿的臀肉……

激烈的吻沒有停的意思。

許姿快窒息了，她覺得這男人根本瘋了，她連推帶踹地掙脫出來，頭髮都被揉得凌亂，吼了句：「連個吻都不會接！」

嘴又快了。

俞忌言兩步向前，俯身看著許姿，「那等一下，有勞許律師教教我。」

她沒忍住，罵了句難聽的話：「下流，王八蛋！」

會因此被激怒，就不是老狐狸了。

俞忌言一步，兩步，把許姿逼到差點撞到人，他及時將她撈進懷裡，笑得還很壞心。

「許律師，小心點。」

從未有過的恐慌。

被帶出電梯時，許姿緊張到頭暈腦脹，她甚至想隨便鑽進一間房，至少先「逃」過今晚。

發現她額頭都出汗了，俞忌言替她撥了撥，然後刷開了房間的門。

許姿還想跟他講道理：「俞忌言，我們是有過半年的約定，但做這件事一定要兩人都願意，是不是？」

「那許律師，什麼時候會願意呢？」俞忌言邊說，邊把她往浴室帶。

許姿喉嚨卡住，回答不了。

倫敦人的觀景套房，坪數闊氣，景色絕佳，不開燈，窗外的光也足夠帶給房間照明。

俞忌言將許姿推進浴室後，反鎖了門，感應燈開啟，磁磚都被照得透徹。

同他處在密閉的空間裡，許姿呼吸很急。當她轉過身想再次對峙時，發現他正在解襯衫的釦子。

她瑟縮地往後退，聲音有點發抖：「你為什麼總要強迫我做這種事……」

俞忌言邊解釦子，邊輕聲笑道：「一年無性婚姻，我同意了。後來，我又給了妳半年時間，包括剛剛，我也問了許律師，妳還需要多久。」

他抬了抬眉，又重複了一次：「給我一個時間。」

許姿緊張到失語。

浴室裡飄散著舒服的精油香味。

白襯衫解開了，俞忌言沒脫，敞開著往前走，塊狀分明的胸肌、腹肌，在許姿眼底越漸清晰。

兩人擠在牆角。

俞忌言居高臨下地盯著她，壓迫感令人窒息。

忽然，許姿聽到了拉鍊扯落的聲響，裙子布料很滑，一下子滑落腿邊，只剩內衣。

她害怕得想逃走，仍被捉了回來，這次直接被拽到了淋浴間裡。

許姿忘了，今天穿的是那套香芋紫的內衣，蕾絲特別透。她被灼熱的目光盯到直喊：

「俞忌言，我不要和你做……」

「不和我做，妳要和誰做？」俞忌言將她抵在冰冷的牆邊，用雙臂困住她，「和那個姓韋的？」
許姿什麼也回答不了。
明明什麼都還沒做，她的臉已經紅透。一張漂亮絕了的小臉，被挑逗後紅成番茄色，足以讓對面的男人產生無盡的占有欲。
俞忌言喉結滾動了一下，伸手去解許姿的內衣扣環。
許姿真的感到害怕了，雙手抓住他的手臂，求饒道：「讓我走吧，澳門那麼多美女，你隨便找一個解決你的需求就好了啊。」
俞忌言抓著她軟嫩的小手，眼裡盡是凶狠的侵占欲，「但我今天晚上，只想和我的老婆做。」
隨後，他們脫得精光，一絲不掛地對著彼此。
許姿沒敢睜眼，任由俞忌言拿著蓮蓬頭沖洗自己的身子。
「把腿打開。」他將蓮蓬頭朝她的下體挪去，命令道。
她雙腳緊緊併攏，就是不動。
俞忌言硬生生掰開了那雙纖細的腿，柔和的水流對著許姿的陰戶沖洗，而那隻粗糙的手掌，整個覆在粉嫩的穴口上，來回揉搓，拍打。
從沒被男人碰過如此隱私的地方，許姿腿都抽搐了，她慌到大叫：「你給我滾……別碰我這裡……」
俞忌言哪會收手，給她清洗的過程裡，沒低過頭，一直盯著這張紅到燒起來的臉，越紅，他越滿意。
二十分鐘後。
他關了蓮蓬頭，扯下兩條大毛巾，幫許姿和自己擦拭了身體後，拽著她，走出了浴室。套房裡是一張大床，窗外如火的燈影灑在雪白的床面上，竟顯得有些浪漫。

都到這一刻了。

許姿心想，看來今晚逃不掉了。

她索性甩開俞忌言的手，掀開被子，平躺在床上，閉著眼說：「既然要做，就快點。」

其實她不想，一點都不想和他做。

大概半分鐘後，那高大的男人身軀壓向了自己，光影被遮擋了一大半，熟悉的氣息落在她唇邊。

「讓自己老公快一點的，許律師應該是第一個。」

許姿煩到了極致，「那你要多久？」

那股滾熱的氣息從唇邊，忽然落到了她腿心間：「那要看看，許律師能受得了多久。」

還來不及反應，許姿只感覺雙腿被用力分開，還擺成了特別羞恥的M字。

為了防止她又把腿合上，他直接跪坐在了她腿間，半明半暗的光影裡，他肌肉很緊實，尤其是大腿，的確是穿衣顯瘦，脫衣有料。

俞忌言一手撐著她的膝蓋，另一隻手的食指緩緩塞進了她的小穴裡，裡面溫熱又緊窒。

「啊啊……」

痛死了！許姿揪著被子叫出了聲。

俞忌言的手指像被吸了進去一樣，被咬得厲害，小穴實在太緊了。

「俞忌言，你直接做吧。」許姿實在不想搞這些有的沒的。

俞忌言被逗笑了，「妳還這麼乾，直接做，妳會痛的。」說完，粗糙的指腹刮著穴壁，又一點點往深處探。

許姿聽不得這種情色用語，羞恥得脖子都紅了。雖然又想叫了，但她的自尊不允許她出聲，只能咬住枕頭，努力忍著。

粉嫩的穴裡終於出了水，俞忌言又用了些力，也加快了點速度。身下的許姿敏感得扭過頭，脖子上細細的青筋繃得很緊，她好像也聽到了身下發出的水聲。

俞忌言抽出手指，在她白嫩的臉上刮了刮，「許律師，這麼緊，一會不得咬死我？」臉上沾著自己的淫水，即使感到羞恥，許姿也打死不肯出聲。

不過這只是開胃菜而已。

她越是倔強，俞忌言的征服欲越強烈。

他將頭埋到了她腿心間，舔上了她粉粉的陰唇，有力又厚長的舌頭，伸進了剛剛被打開的穴縫裡，裡面還有水液。不過一會，他感受到了她的敏感，那淫水跟泛濫了般，一股股怕打著自己的舌，想往外噴。

即使許姿不想承認很舒服，誠實的身體反應也出賣了她。

俞忌言退出穴縫，將舌頭壓向了她已經挺立起來的陰蒂上。

許姿腦袋瞬間充血。

俞忌言才不會就此罷休，等陰蒂被壓到紅腫時，他還輕咬了起來，咬完又吸了吸。

這種強烈的酥麻感，讓許姿想喊救命，但她還是忍住了叫聲，枕頭都被她咬爛了。

俞忌言又換了兩隻手指，併攏，又一次塞入了她已經汁水橫流的小穴裡，食指和中指不停地搗弄起來。他沒低頭，只是盯著眼底扼制欲望的美人，就要讓她叫出來。

於是，俞忌言的拇指往陰蒂一按，他見許姿身子打了顫，兩隻渾圓的奶子晃得厲害。緊跟著，穴裡的兩根手指加快了搗弄的速度，裡面動一次，拇指就朝陰蒂上狠狠按一次。

「啊啊啊……」

終於，許姿遏制不住了，她的魂魄都快被抽走，睫毛濕了，窗外的夜景都成了模糊的陰影。

聽到她叫了，俞忌言抽出了手指。他頭一低，看到那穴口正在吐水，一股接一股，跟流不完一樣。

還沒真正開始做，許姿已經成了一灘軟泥。

耳邊傳來拆保險套的聲音，還有老狐狸更赤裸的嘲弄：「我們許律師，水真多啊。」

許姿揪緊了床單，再度將頭埋進了枕頭裡。她根本不敢看那個正在擺弄自己的男人。雖然她想過這天可能會來，但真來時，她還是滿腹委屈。

委屈，第一次不是獻給喜歡的人。

戴好保險套的俞忌言，從微微暗暗的光影裡，將身下的女人掃視了一遍。她的裸體實在太漂亮，肌膚勝雪又通透，經常練瑜伽，腰和小腹線條婀娜緊致，盯得他的喉嚨都發緊。

落在肌膚上的目光太駭人，許姿喊：「別鬧了，快點做完。」

俞忌言沒急，伸手去扯她的枕頭，但枕頭被她當救命稻草一樣死死揪住。

「你做你的就好了啦……你好煩……」

在許姿掙扎的叫喊聲中，枕頭被俞忌言一把扯開，扔到了地上，她瞬間無處可藏。

他身子俯得很低，很強勢，「把臉轉過來。」

許姿就不轉，煩得蹙起眉，「你不就是想解決自己的需求嗎，你就做啊，幹嘛那麼多事呢……唔……」

不聽話的後果，又是一記狠吻。

許姿邊掙扎邊嗚咽，俞忌言幾乎是咬著她的唇，將她的臉扭轉過來的。

她握緊的拳頭抵著他的肩，困難地喊：「你怎麼不咬死我。」

俞忌言寬闊的胸膛擠壓著她渾圓的胸部，「許律師，我很公平的。」輕哼出聲，「等一下換妳咬我。」

什麼穢語汙言！

許姿美麗的臉蛋變得更紅了。

俞忌言沒再囉嗦，將她的大腿又往外再推開了一些，然後扶著猩紅又粗長的陰莖，一點點往她的穴縫裡塞。雖然剛剛吐了水，算濕潤了些，但始終還是太緊窄，剛塞一小截，又被擠了出來。

被異物抵入的瞬間，許姿痛到肌肉縮緊，額頭和鼻梁上都冒著細汗，身體每一處都在排斥這件事。

看她全身都繃得太緊，俞忌言用拇指揉著她的小腹，「許律師，放輕鬆點。」

沒做過這種事，外加和這個男人毫無感情，許姿哪能放鬆。而後，那碩大的異物又插進了肉縫裡，她疼得身子胡亂扭動起來，俞忌言死命按住，強硬地將陰莖繼續往裡面塞。

本想當個啞巴，但生理性的難耐，許姿根本忍不了，那句「好痛」還是衝出了喉嚨，眼尾擠出了淚。

她太痛了，心底在咆哮，這隻老狐狸的下面怎麼可以這麼大！

怎麼看她的反應，都不像是有經驗的樣子……俞忌言抬眼，看著痛到蹙眉的許姿，眉額一動，使力稍微輕了點，徐徐將莖身全部挺入。

許姿一直撇著頭，隨著底下忽然襲來一陣撕裂身體的痛，異物像是完全進入了自己的體內。

許姿痛，俞忌言也痛，小穴還是緊到不行，陰莖只要稍稍一動，她就痛得哭叫起來，身子繃得更緊，甚至微微抽搐。

俞忌言俯下背，大掌箍住她的後腦，將舌頭探進了她的唇齒間，沒剛剛啃得狠，柔了許多，輾轉反側了幾圈，兩人的唾液在唇齒間拉出了絲。

就是再不想迎合他，許姿還是閉上眼，纏上了他的舌。因為此時的吻，的確能緩解下身的疼痛。不過，俞忌言沒閉眼，邊吻邊看著她的臉頰漸漸潮紅。

他的身體火熱死了，像山一樣壓著許姿，她剛舒服一點，突然感受到他胯部用力一頂，粗脹的硬物又進去了一點，她疼得唇都在發抖。

「別吐出來。」俞忌言箍緊她後腦，「咬死點，一會就舒服了。」

許姿聽不懂，什麼「吐」、什麼「咬」，她只知道好疼。這真的是做愛嗎？她感覺他想讓自己死。

俞忌言抬起頭，鋒利的下頷繃緊，眼裡蘊著欲火，目光沒挪開過。他的尺寸很大，而她的穴又緊又窄，這樣強硬進入，的確有點殘忍。

許姿痛死了，又開始喊：「俞忌言，不要再往裡面了，你殺了我算了……」

這張在法庭上巧舌如簧的小嘴，在床上的亂嚷顯得格外可愛。俞忌言抓起她的手，往下扯，讓她觸到了自己未插進去那一截陰莖，「許律師得再忍忍，還沒全進去呢。」

許姿一摸到炙熱的莖身，嚇得立刻收回手，指尖還沾上了些黏膩的水液，她只能報復性地抹到老狐狸身上，「噁心死了。」

俞忌言只是笑笑，身下仍沒有半點鬆懈，勁瘦的腰挺起，背部肌肉線條抽緊，出了些細密的汗。再來，就是一整根肉棍凶狠地塞進了她濕滑的陰道裡。

許姿都能感受到，那滾燙皮肉上的青筋，正絞著自己的嫩肉往裡侵入。

恍惚之間，似乎還聽見了一點水聲。

身下的女人除了一張愛嗆人的嘴，她哪哪都嬌滴滴的，嬌到俞忌言只想狠狠得將她吃乾抹淨。他沒再留一絲情面，接下來的每一次，都頂到最深處，這個小穴又濕又緊，太讓人著迷。

許姿一頭過肩的長髮，飛得凌亂，汗水黏著髮絲，在窗外的霓虹光影裡，是風情萬種的浪欲。

弓著背插了近百下，俞忌言爽到頭皮都發了麻。他挺直了背，乾脆俐落將許姿的腿架到自己肩上，再度開始抽插起來。

好熱，全身熱到跟燒起來一樣。

這是許姿的第一次，她已經被插到快失去意識了，只能任由身前凶狠的男人擺弄自己。

俞忌言額頭都流了汗，他也很燥熱，胸腔裡的火像竄到了眼底，肉棍在穴裡飛快地進出，都插出了水聲。他腹部的肌肉越繃越緊，頂到她的小腹在抽搐，她似乎還感覺到有圓圓的東西撞著自己的臀肉，聲音好響，好淫靡。

肉棍進得實在太深，許姿徹底遏制不住呻吟：「啊、啊、啊啊、嗯嗯嗯……嗯……」身體的本能壓過了理智。

二十分鐘過去。

俞忌言絲毫不疲憊，塞在穴裡的肉棍像是又硬了一圈，越來越腫脹。許姿從未開發過的嫩穴，都被操成了血紅色。

在高頻率的抽插裡，疼痛的滋味早已消失，轉而代之的是一陣陣快感。她出了一身汗，背後的床單浸濕了一小塊。

「俞忌言，我好累啊。」她好累，好想結束……

俞忌言抓著她的小腿肚，眼神狠厲，「是嗎？但是許律師底下還在夾呢。」

許姿眼前只有一片迷濛的霧氣，聽不清他的騷話。還沒緩緩，他大身又一次壓下，將自己的腿鎖在了寬闊的腰背上，然後朝她的一對酥胸下了手。

俞忌言嘴裡含著一邊渾圓的乳肉，手裡則揉著另一邊，底下的肉棍肆無忌憚地頂弄著。

「啊啊啊、啊……俞忌言，你這個老流氓，啊啊……」

這是什麼發瘋的方式在弄自己啊！

許姿感覺整個人都要被俞忌言吃拆入腹了，從嗓子裡衝破出來的罵喊都是破碎的，還混著難以抑制的呻吟。

她一把揪住了老狐狸的頭髮，「你好了沒啊，你是打算做到天亮嗎？」

俞忌言在白花花的乳肉上咬了幾口後，猛地鬆開，兩隻手指熟練地捏起兩顆紅腫的乳頭，臀肌還在重重地往下發力，陰莖頂得極凶狠。

他笑得極壞，「許律師，這才剛剛開始。」

雪白的床單沁上了絲絲黏液。

許姿趁俞忌言在換保險套時，踹了他一腳想跑，卻被他一手撈回了懷裡，坐在了床沿邊。

他炙熱的聲音陷在她的頸窩裡，「許律師還沒舒服呢，要跑去哪？」

許姿靈機一動，「我舒服了，我好舒服……」

那隻強而有力的手臂死死攬著她，根本沒想過放人，濕熱的口腔裡吐出氣息讓她背脊發麻，「舒服兩個字，得好好喊出來。」

隨後，俞忌言將許姿轉了過來，分開她的雙腿，讓她跨坐在自己腿上，視線在幽暗的光線裡對撞上，蘊著熱火。那根挺立到上翹的肉棍，貼在她沁出汗的小腹上，感覺很奇妙。

他扶著莖身，故意朝她小腹甩了甩。燙燙的龜頭拍得許姿一陣敏感，下體都跟著縮緊起來。他用手扶著肉棍去擠壓她的小腹，一寸寸往下擠，刮過她濕膩的陰毛，最後抵在了穴口處。

俞忌言不喜歡廢話，直接將陰莖插進了細窄的穴縫裡。

雖然才剛做過一次，穴裡也濕潤了許多，但捅入的那一刻，許姿還是感到了一陣撕裂的痛，她下意識把俞忌言抱緊了些。

他臀肌一挺，肉棍開始頂了起來，她疼得手指摳進了他的脖肉，蹙眉嚷嚷：「你輕一點……輕一點……」

身子被幹軟了一次後，她連叫聲都嬌氣起來。

俞忌言粗糙的手掌覆在她嫩出水的臀肉上，手臂按著兩瓣臀肉，臂肌的肌理突得分明，兩條修長的腿大幅度打開，下身越頂越凶。

這力量簡直要了許姿的命，但不知從哪秒開始，身體裡的快感蓋過了疼痛，細腰扭了起來，下意識地吞吐起那根硬燙的肉棍。

俞忌言從餘光瞟到了她的表情變化，從痛苦猙獰到了抿唇呻吟。他提起唇角，滿意一笑，然後咬住她的耳根，下身繼續聳動。

床沿邊拉長的兩隻人影，劇烈晃動到影子都變了形。

他們身形太懸殊，女人像一隻易撕碎的布娃娃，被男人欺負著。雪白的臀肉被十指抓出了一道道紅印，啪啪啪的皮肉撞擊的聲音越來越響，似乎還有汁水落地的聲音。

近百下這樣玩命的插頂，許姿幾乎癱在了俞忌言的胸膛裡。

他口腔太濕熱，火熱的吻著她薄如紙的窄肩，半抬眼看著她，「許律師，舒服就要喊出來，懂嗎？」

她被頂得幾乎要失去意識，只剩本能地喘氣哼吟：「嗯嗯嗯……」又摳著他的背求饒，「我好累……真的好累……」

她兩條腿真被幹到痠痛了。

俞忌言在許姿細柔的脖間用力一吻，然後拔出了陰莖，把她抱回了床上。床很軟，她瞬間舒服了許多。不過下一刻，兩條腿又被迅速抬起，架到他手臂上。他扶著腫脹的大肉棍重新插入，半抬起眼看她，壞笑著誇道：「許律師，比我想像中厲害啊。」

死變態！

許姿不出聲，只透過水霧般的朦朧視線，看著身前高大的男人又一次動了起來，下身傳來一陣酥麻的刺激感。此時緊嫩的穴裡都是水，好入得很，再抽插起來已經毫不費力。

忍了一年半，他積壓已久的欲火全部噴了出來，只想將她操得天昏地暗。

「俞忌言……啊啊啊……太重了……不行、真的不行……你輕一點……」許姿真的哭了出來。

胸腔裡堆積的欲火讓俞忌言變得毫不講理，他捏住許姿的腰肉，十指往上按，按到了一些乳肉。不過他沒用力捏，而是只用拇指在乳肉上推揉，但這種按摩般的把弄，讓許姿更加敏感，細腰像水蛇一樣扭動起來。

情欲上頭到極致時，俞忌言沒什麼憐惜感，只想讓彼此都暢快淋漓。腫脹滾燙的肉棍被嫩穴咬得很緊，也咬得他太陽穴發麻。他直直往裡頂，緊實的臀不停地聳動，去戳她最敏感的點。

「俞忌言……我……」許姿聲音都變了調，破碎不堪，滿頭熱汗，「不行了……你放過我……」

俞忌言抓起她軟綿的手臂，只問自己想聽的：「許律師，舒服了嗎？」

許姿只含糊不清地應著。

對此，俞忌言當然不滿意。

他抓起她的手臂，和她十指緊扣，稍微放緩了下身頂弄的動作，「不准糊弄我。」

他的眼神狠厲起來，骨子裡的強勢破土而出。

許姿還是沒說，唯一的理智在告訴她，就是不想讓他得意。

突然，俞忌言再度加快了抽插速度。

穴縫邊被脹到極致的大肉棍摩擦到發紅，許姿根本承受不住，指尖都摳進了他的皮裡，但快感的確比剛剛任何一次都來得強，穴肉層層收縮。

她死命地咬著唇，渾身不受控制地被撞到顫抖，眼淚直落。

看著身下那張美豔的臉龐，被自己操弄得扭曲起來，俞忌言的征服欲得到了滿足。

他面部肌肉繃得很緊，使勁抓著許姿的手，兩人的掌心黏膩地貼著。而他的龜頭被在此時肉體交合的淫靡的氛圍裡，就連她臉頰上的細汗，都性感得讓人無法自拔。

初次做愛就這麼猛烈，許姿招架不住的同時，卻好像真的體會到了逐漸高潮的感覺。她越咬越緊，幾股熱流止不住的要往外噴，沒停歇，他頂得凶狠極了。

的確欲仙欲死。

「俞忌言……啊啊、嗯嗯……」

越到後面，他爆發的力量更強。許姿身子被撞到亂晃，咬著嘴邊黏著汗的髮絲，一句話都說不完整。

俞忌言挑眉，「許律師，怎麼了？」

許姿顫抖輕吟：「我……好舒服了……真的……舒……服了……」

沒有撒謊，她的確被這該死的老狐狸弄得舒服到了極致——即使心底還在排斥這個人。

俞忌言額頭流著熱汗，看著逐漸高潮的許姿，忽然鬆開她的手臂，手臂伸向了她的肩後，一把從後撈住，手指勾著分明的鎖骨，俯下火熱的大身，固定住了她敏感至極的身子。

滾燙至極的肉棒狠狠刮過穴壁，直朝花心敏感點刺。他加速衝刺，整個背部肌肉都繃緊到在抽動，臀肌聳動得過猛，撞得她亂喊。

「啊啊啊……啊啊……」

男人的粗氣聲將許姿完全包裹，耳中傳不進其他聲音了。

極致的高潮讓許姿無所適從，只能將他的背摳出血印，眼尾含淚，「俞忌言……你快射……我不要做了……不要做了……嗚嗚嗚嗚……」

大床上是男女交歡的瘋狂律動。

在最後近百下抽動裡，俞忌言咬著牙，結束了他們的第一次。他鬆開了許姿，將枕頭扯過來，把她的頭輕輕放了上去。

看到躺著的她，跟丟了魂魄般急促的呼吸，滿身覆著高潮餘韻。他輕輕笑了笑，然後又看了看床單，被她剛剛穴裡泄出的水液徹底打濕，甚至到現在還沒流完。

澳門的深夜依舊熱鬧不已。

俞忌言撐開被子，先替許姿蓋上，然後下了床，抽了幾張紙巾，斜著身子，擦拭著手指，「要我幫妳洗，還是幫妳擦？」

過了半分鐘，許姿掀開被子，困難地從床上爬起，有氣無力地朝浴室走去，聲音冰冷，「不必。」

那高大的影子迅速覆了過來，她還沒來得及回頭，就被對方橫抱了起來。

「許律師，怎麼下床就不認人了？」

第六章

許姿死都沒讓俞忌言再碰自己，澡是她自己洗的，在浴缸裡泡了很久才出去。因為睡衣放在自己的飯店，她只能拿附贈的浴袍加減穿。

房間裡像是被簡單整理了一下，窗簾合上，只開了盞夜燈。她朝床上望去，俞忌言側著身，朝窗的方向平靜地躺著，應該是睡著了。

房中驟然的安靜，令人難以想像不久前，她和自己最厭惡的男人在這裡激烈地做愛過，甚至還趴在他身上羞恥的呻吟。當情欲的餘韻消退後，她的理智告訴自己，她並沒有因為身體的過度親密，而能接受這個男人。

除了排斥，還是排斥。

許姿按了按眉心，餘光落向椅子上那條淺粉色絲質睡裙，她走近拿起來一看，居然是她喜歡的睡衣牌子。她聞了聞衣服，似乎還聞到了熟悉的木質薰香味，是大西洋雪松。

舒緩的味道，讓她想起了一些過往。

大概是三年前，她跑去英國找韋思任。

那一晚，她以為自己的追逐終於開了花，可第二天清晨，她收到一條分手的訊息。

「**許姿，sorry，我要去努力了**。」

情緒低落的她一個人在倫敦瘋狂購物，靠無止盡的花錢去麻痹心痛。走到街角時，她感覺有人一直跟著自己，膽小的她不敢回頭，只能趕緊躲進一間店。

是一家販售薰香的商店。

她假裝挑起薰香，突然，一道濃黑的身影覆了上來，遮住了一大片光，甚至一隻手還伸向了自己手邊，她頓時恐慌不已。

不過，男人只是拿走了一盒薰香，毫無停留地走去了櫃檯結帳。

當時她立刻回頭去看，只看到一個穿著黑色長大衣，繫著格紋圍巾的高大背影。她又回神，看著剛剛男人抽走的那盒薰香，是 Carrière Frères 的大西洋雪松。

後來，鬼使神差，她也買下了。

再後來，她愛上了這個味道。

帶著這些模糊不清的記憶，許姿換好了睡裙，又一次和身後沒有感情的「丈夫」，同床共枕。

身體親密了，但心靈還遙遠。

第二天，許姿凌晨五點就離開了飯店。

她打電話給費駿，讓他幫自己改訂一張上午回成州市的航班。做助理得任勞任怨，即使沒睡醒也要做事，費駿立刻改訂了一張十一點的頭等艙。

看時間，還不急著去機場，許姿便回飯店吃了頓早餐。突然，她接到了韋思任的電話，想了想後，她同意了見面。

他們約在了附近的小公園。

陳舊的涼亭，蜿蜒曲折的長廊，底下是泛著綠光的池塘，像一塊明淨的鏡面，藍天、花影、綠樹，倒影柔和。

因為賭場的事，許姿無法再好好面對韋思任。此時看著穿著乾淨白襯衫的他，人似乎還是像過去那樣溫柔斯文，卻又感到很陌生。

韋思任攢了一夜的話，需要和她說出來：「許姿，我們從一開始就不是同一類人。」

終於，他還是說出了這句傷人的話。

池塘邊是夏日劃破天空的蟬鳴。

許姿穿著鵝黃色的吊帶裙，在炙熱的陽光下反著刺眼的光。

她沒出聲，只聽著。

韋思任一直看著她，聲音相當平靜：「高中我沒有答應妳的追求，是因為我一直都知道，我們不會有結果。妳出生富貴，而我家境一般，連去英國留學的費用也是父母借錢支援的。」

許姿愣了一下。

轉眼，韋思任的目光移向了池塘，胸口的氣息很沉，「當時，我依舊想著回國當一名檢察官，但我承認，後來我變了。」池塘的水刺得他眼痛，「臨近畢業時，我母親生了重病，我需要錢，所以我選擇成為一名律師。我以為一切會順利，可是律師業界也會把人分成三六九等，他們看不起我，覺得我不配做大律師。」

「所以……」許姿都不好意思開口，「你就去陪那些富婆？」

「是。」韋思任乾脆承認。

許姿頓時無語，一切都太荒唐了。

韋思任一手抓住長廊發燙的欄杆，「許姿，我和妳不同。妳家裡有錢，可以輕鬆地幫妳開一間律師事務所，也可以維持妳年少時對正義的純真，幫窮人打官司。我在網上看到那些人對妳的稱讚，我很開心。」下一刻，他突然洩了氣，語氣變得低迷起來，「但我不一樣。我沒背景、沒錢就是原罪。當我第一次拿下了大客戶，看著到帳的鉅款，看到那些曾經看不起我的律師，再也無法將我踩在腳底時，我覺得自己揚眉吐氣了。」

這些話讓許姿感到很難受，可是她無力反駁，因為是實話。她一直養尊處優地活著，難以對普通人生活的艱難產生共情。

忽然，韋思任轉過身笑了笑，「聽說妳和一個富商結婚了。」

許姿點了點頭。

「那很好啊。」韋思任的話是真心的，「妳生來就是千金小姐，應該和自己匹配的男人在一起，而不是放下身段和我這種人在一起。」

將過去不敢開口的話說出來，他釋然了，「昨天讓妳看到也好，別再惦記我，惦記過去了。」

金魚在水池裡撲騰，水花晶瑩。

韋思任看了幾眼躍起的魚，然後道別離開。

不過在他走之前，許姿叫住他，問了那個憋在心裡很久的事，「韋思任，既然你從來沒打算和我在一起，為什麼三年前在倫敦的別墅裡，你要抱著我睡一晚，還對我表白，讓我一直在意著你？」

她氣，還有點想哭。

韋思任迷茫地搖搖頭道：「許姿，那一晚，我十點就離開了。」

許姿一愣。

最後，兩人在公園外分別。

在去機場的路上，許姿一直在回想三年前的事。

她清楚記得，那晚自己喝了一點酒後，她推開了一間臥房的門，撲進了一個男人的懷裡。她真的記不得對方的長相了，只記得他叫了自己的名字，還說了一句「我喜歡妳」。

因為對方的身形很像韋思任，而且別墅裡也沒有其他男人，她便篤定那晚抱著她入睡的是他。越想越不對勁，許姿立刻打給她的大學同學 penny。

此時的倫敦是半夜十二點，剛剛入睡的 penny 被硬生生吵醒。

「怎麼了，大小姐？」

許姿直切重點：「三年前那晚湖邊的派對，都有誰參加？除了韋思任之外，還有其他男人嗎？」

「大小姐，都三年前的事了，妳是想測驗我的記憶力嗎……除了韋思任，我沒叫其他男人，都是姐妹。」

許姿語氣更急了，「真的沒有其他人了？」

「沒了啊，而且那個別墅是封閉的，就我們幾個，其他人絕對進不來。」她又補充，「啊，除了房東。」

許姿又追問：「房東是誰？」

「我怎麼知道房東是誰，負責給鑰匙的是房東雇的仲介。」

直到最後，許姿也沒從 penny 口中問到想要的答案，畢竟都過去三年了，誰還記得一個派對裡的細節。

許姿心想，算了，這麼久以前的事，再深究也沒意義。

許姿回到成州市後的一週，俞忌言都還留在澳門，依舊是每天晚上告知是否回家。關於初夜這件事，她總算釋懷了一些，正好回來之後就開始忙起新案子，根本沒空多想這些亂七八糟的事。

週五時，許姿意外接到了朱少爺的電話，他同意合作，等他回香港就簽約。這是開公司以來，她第一次差點在辦公室喜極而泣。

許姿立刻打給靳佳雲，興奮地說要獎勵她。

而電話那頭的靳佳雲完全激動不起來，狀態很不佳，說這位朱少爺在南非快要了自己半條命……

因為拿下了朱賢宇的案子，外加俞忌言說下週一才回來，雙倍開心的許姿去了趟進口超市，買了一整個推車的美食。

她回到家時，已經八點多，屋外天色昏暗，數百坪的屋裡靜悄悄，她確定老狐狸沒回來。

「咪咪……」

打開燈後，許姿喊著咪咪，她嗓子本來就細，一喊小動物，甜得撓人心房。

咪咪聞聲過來蹭了蹭她的腿，還撒嬌似地喵了兩聲，然後一直跟著她，看著她把牛排、牛奶、水果逐一放進了冰箱裡。

這時，媽媽謝如頤打來了電話。

許姿剛接通，心情就差了一截。

「忌言打電話給我，說前幾天你們去澳門了，玩得挺開心。」

這個「玩」字，耐人尋味。

許姿沒反駁。

「妳啊，總算做對了一件事……」

後面都是「謝式」教育，多是圍繞著備孕話題展開。

許姿將手機拿遠，每隔五秒嗯一次，直到媽媽嘮叨十幾分鐘後累了，才終於得以掛斷電話。

進了臥室，她氣得將手機扔在床上，「俞忌言你這老狐狸，怎麼這麼賤啊！」

她家教向來嚴格，從不罵人，更不說髒字，這輩子最難聽的話都用在罵俞忌言身上了……

半個小時後，許姿出了浴室，她泡了一個超級舒服的牛奶浴。她忘了拿睡衣，看到牆上掛著一件小背心，想著家裡無人，也鎖了門，便隨手穿上，下身就穿了條白色蕾絲內褲，背後是兩條交叉的小細帶，白嫩的臀肉若隱若現，跟水蜜桃似的。

她裹好浴帽後，走出了臥室，準備洗個蘋果，煎個牛排，然後抱咪咪進屋睡覺。

可能是心情太好，她還打開了音響，播放起她最喜歡的 Bruno Mars《Leave The Door Open》。

廚房裡，俯在水池邊的高䠷女人，性感極了。百葉窗扯下了一半，能看到窗外迷人的月夜。

許姿跟著哼唱起來，小細腰扭得妖媚。

「啊！」

突然，她大驚失色，蘋果掉到了水槽裡。

一個高大的身軀覆向她的背，是好聞的木調香，低沉磁性的聲音掃過她的側脖，令她頭皮發麻，「原來許律師在家都這麼穿？看來，我應該經常回來。」

許姿跟見了鬼一樣，嚇到手顫。

只見俞忌言穿著淺灰色針織衫，應該是在看書，鼻梁上還掛著一副銀框眼鏡，有幾分禁欲的斯文感。他將兩隻有力的手臂撐在水池邊，固定住身前的女人。

許姿根本跑不了，緊張到額頭都出了汗，「你……你不是說……下週一才回來嗎……」

俞忌言聲很輕：「工作提前忙完，外加今天回來得早，就沒特意通知妳了。」

心跳得太快，許姿試圖推開他的手臂，「隨便你，我要回房間了。」

但她像一隻待宰的小羊，根本逃不掉。

俞忌言視線落下，掃過她幾乎等於沒穿的衣著，手掌覆在了她的內褲上。

「滾……你滾……」

許姿邊喊邊嘗試挪動他的手，但力量終究懸殊。

俞忌言沒說話，只盯著看她，隔著那片薄薄的蕾絲，五指向下一伸，摸到了溫熱的陰戶。

一陣敏感，許姿雙腿輕輕一顫，停止了叫聲。

俞忌言目的性很強，就是要聽到想聽到的聲音，中指在陰唇嫩肉上擠壓，甚至摩擦到了陰蒂。

許姿撐在流理臺上的手臂，都鼓起了細細的青筋，但還是沒出聲。

直到他霸道不講理地撥開蕾絲，中指直接抵進了花穴裡，緊嫩的穴就這樣被這根略粗的手指強勢撐開。

有點疼有點麻，她還在忍著不叫。

俞忌言斜著腦袋，盯著許姿的側臉，因為頭髮都被包裹在浴帽裡，所以她臉上的表情很清晰。他眼神盯得凶，手指也越弄越凶，指腹刮著穴裡的層層細肉，不一會，就插出了淫靡的水聲。

就算表情已經猙獰到難看死了，許姿還是沒叫。

「啊啊啊啊……俞忌言……你去死……」

那根中指搗弄得又快又深，強烈的快感襲來，許姿仰起頭，身子微微抽搐起來。

俞忌言迅速抽出中指，一小股蜜液洩在了蕾絲內褲上，短短幾分鐘，她跟癱了一樣，只能軟綿綿地撐著流理臺。

俞忌言沒放人，從背後環抱著許姿，彼此貼得很近。他聽著她的呼吸聲，打開了水龍頭，慢悠悠地沖洗著雙手，尤其是那根沾著情色黏液的中指。

總被老狐狸強勢壓制，許姿氣不過，「俞忌言，你這樣，我只會越來越討厭你！」

「哦，是嗎？」洗完手，俞忌言撿起了水槽裡的那顆蘋果，語調相當刻意，「萬一，許律師以後喜歡上我呢？」

許姿諷刺一笑，「我們是做過那件事了，但是這並不能代表我會喜歡你，不要太往自己臉上貼金。就算以後我們擁有正常的性生活，也充其量只是一對各取所需的夫妻而已。」

俞忌言沉默著，根本沒理她的嗆話，只將蘋果遞到了她手邊。

「拿著。」

「什麼？」

「拿著。」

見她半天沒動，俞忌言直接塞到了她的掌心裡，然後包住她的手，和她一起洗起了蘋果。他的臉貼在她的脖頸旁，掌心貼著她的手背，輕柔地搓洗起來。

從旁看起來，他們像是一對甜蜜的小夫妻。

炙熱的氣息覆在許姿的脖間，怪癢的，俞忌言輕輕哼笑，「許律師敢和我賭嗎？」

許姿真被弄煩了，「你這麼愛賭，你可以永遠待在澳門。」

俞忌言這人自我又強勢，通常只顧自己的話，他繼續道：「賭，許律師會不會和我表白。」

「俞忌言，你真的——」許姿真笑出聲了，「你一把年紀了，還這麼自戀，真的噁心！」

「敢嗎？」他厲聲重複。

許姿忽然愣住，沒回答。

水聲戛然而止。

俞忌言關上水龍頭，將那雙小手狠狠一握，臉上的笑難以捉摸，「許律師，妳也是個老闆，做事要有魄力。既然如此篤定，又何必害怕和我賭呢？」

昨晚，俞忌言的最後一句話，讓許姿聽得氣憤不已——

「我想讓許律師體會一次，喜歡上自己最討厭的人，是什麼感覺。」

而關於「告白」的賭約，俞忌言似乎是認真的，他開出了極其誘人的條件——如果一年內，他都沒有贏，就同意離婚。

許姿覺得俞忌言這個人，不僅城府深還很瘋，就像什麼瘋狂賭徒一樣，什麼都要，什麼都想贏，不只肉體，連心也要。

她第一次從網上找來了他過往的訪談，翻了好幾篇，最後目光鎖在了某本財經雜誌的問題上。

「你是一個勝負欲很強的人嗎？」

「當然。」

「只針對做生意，還是私下也是？」

「都是。」

「如果勝負欲最高是十分，你給自己幾分？」

「我可能會超過十分。」

雖然文字內容裡，撰稿人寫的敘述是「俞忌言挑挑眉稍，玩笑地說」，但許姿不認為那是在開玩笑。

隔日，恒盈中心。

許姿不想在家中與俞忌言有獨處的機會，所以約他在午休的時間見一面。

俞忌言同意了，給了她十五分鐘。

亞匯最裡層的辦公室。

成州市的五月中，已經熱了起來，百葉窗全被拉下，寬敞的室內是無光的陰涼。

許姿推門進入後，沒見到俞忌言，往會客區走了幾步，才看到他正在用高爾夫投影機打球。

為了方便擊球，俞忌言脫下了西裝，黑色襯衫的袖子捲到了手臂上，手臂白皙但肌肉緊實，尤其是揮杆時，線條更分明清晰。

許姿的目光不自覺地落到了他的臀部，站在投影的光線裡，他的臀似乎顯得更加緊翹了。

俞忌言默默收回球杆，順著她的視線看了幾眼，「許律師，要是喜歡，下次讓妳摸摸。」

許姿撇過頭，清了清嗓子，緩解尷尬，又立刻把話題扯開，「俞老闆真忙啊，時間卡得這麼緊。」

俞忌言沒急著回應，而是撐著球杆，微微斜睨著女人。白色絲質襯衫配了條緊身裙，腳上穿了雙顯得腳踝更細的尖頭高跟鞋，明明哪哪都遮上了，但就是格外性感，的確讓他起了邪惡的念頭。

不過，他沒行動，而是放下球杆，擰開了一瓶礦泉水，「我這段時間都在家，是許律師非要約我的工作時間。」

「我……」

許姿剛想反駁，卻被俞忌言打斷，目光鎖在了她絕美的長腿上，「當然，如果許律師是以妻子的身分在工作時間約我，我會留出更長的時間。」

「下流！」感受到話中的輕佻之意，許姿罵道。

就算他們什麼都做過了，但被這麼盯著，還是很不舒服。

等俞忌言喝完水，她將手中的合約遞到他面前，「關於你的賭約，還有我們後面房事的時間，我都擬進了合約裡，看看吧。如果沒有問題，請簽字，並蓋手印。」

俞忌言接過合約，並沒有馬上閱讀，而是先走去窗邊，拉開了一扇百葉窗。

中午的陽光很烈，刺得許姿瞇緊了眼，再緩緩睜開時，俞忌言已經坐在了沙發上。

充裕的光線裹住了俞忌言大半個身軀，她看不太清他的表情，但看得出他有在認真審閱合約。忽然，他輕笑了幾聲，然後翹起腿，寬闊的背往真皮沙發上一靠，手指夾著紙張。

「一週一次，一次四十分鐘？」

不知這有什麼好笑的，許姿不悅地皺眉問：「怎麼了？不合理嗎？四十分鐘還不夠嗎？」

俞忌言沒吭聲，只是繼續輕笑。

許姿被弄煩了，「那件事無非就那麼幾個動作，來來回回，時間久了也沒意思啊。」

俞忌言又盯了她一會，然後將合約放在了大理石茶几上，抬眼看她，「嗯，要是許律師沒問題，我也沒問題，等一下我簽好字，蓋好手印，再叫聞爾拿給妳。」

就是怕他這種老奸巨猾的人會耍詐，所以許姿才想簽合約來保護自己。不過，他一點意見都沒有，反而更讓她恐慌。

「不信我？」俞忌言動了動眉稍，「還是我再加蓋個公司章？」

「不用。」許姿搖頭。

辦公室裡驟然安靜下來。

過了一會，俞忌言起身，站在離許姿只有一步之遙的位置，她下意識後退了半步，她還真沒這麼怕過一個人。

俞忌言手伸向了她的衣領，饒有趣味地將散落的襯衫綢帶，輕輕打了一個漂亮的蝴蝶結，「不過，許律師能同意賭約，很有魄力，我欣賞。」

那雙指骨分明的手，明明很溫柔，但許姿想到的全是這雙手做過的淫穢事。

她用力地揮開他的手，緊盯著他道：「雖然我不知道你哪來的自信敢和我賭，但是我不會放過任何一個離婚的機會。」她笑得傲慢，「況且，我一定穩贏。」

俞忌言將雙手收回背後，笑著點點頭，神色自若，依舊捉摸不透。

既然說完事，許姿準備回自己的樓層了。

不過她才剛走到門口時，那個高大的身軀緊跟了上來，從牆上的影子裡，她看到一隻手臂朝自己伸了過來。

她緊張得心抖，本能地急了，「俞忌言，一週一次不是指今天，而且我不要在辦公室裡做。」

俞忌言的手卻只是落在了門把上，淡著聲說：「許律師，我要去樓下的日本料理店，要一起嗎？」

從恐慌變尷尬，許姿只想迅速撤離，「不去。」

週一下午的會，許姿開了四個小時。

不過這四個小時，會議室裡都充滿了笑聲。因為上午她收到了朱少爺的合約，心情特別好，讓費駿特意準備了豐富的下午茶。

會後，幾個小律師回崗位上八卦起來，都說許律師最近一定是和樓上的俞總性生活和諧，才會如此容光煥發……

許姿帶靳佳雲回了辦公室。

從南非回來後，靳佳雲休息了幾天才復工，狀態調整了回來。她將一個白色禮物袋往桌上一放。

煮完咖啡的許姿，托著杯子，瞅著桌上精美的袋子問：「這什麼？」

「禮物。」

「禮物？為什麼送我禮物？」許姿滿臉問號，慢悠悠地喝了口咖啡等答案。

不料，靳佳雲的回答讓她差點嗆死。

「買了顆南非鑽石送妳，恭喜我們許大律師終於破處，正式擁有了性生活。」

許姿連忙抽了幾張衛生紙，擦拭著唇角噴出的咖啡。

靳佳雲就是老愛聊這種事，指著天花板問：「我只想知道，我們俞老闆的能力好不好？」

性相關的話題還是太赤裸，許姿有些羞恥地道：「我又沒有跟其他人做過，沒對比，我怎麼知道什麼叫好……」

靳佳雲點點頭，「也是。」

許姿也有好奇的事，走到對面，踢了踢她的鞋跟，一臉壞笑道：「妳在南非做了什麼，讓朱少爺那麼快就簽了合約？」

事隔一週多，靳佳雲想起來，還是忍不住冷笑，「為什麼簽合約我不知道，但我總算見識到有錢人有多變態了。」

許姿倚在桌邊，追問：「多變態？」

靳佳雲懶懶地癱在椅子上，「每天早上五點半起來陪他跑步，下午還要陪他游泳，這些就算了。」她突然彈起來，「去野外露營，妳懂嗎？可能隨時有猛獸撲過來的那種露營，妳能理解嗎？」

越說越激動。

許姿光聽就覺得害怕了，「那，你們是住在同一個帳篷裡嗎？」

不知道怎麼，冒出了這個問題。

靳佳雲並未多想，疲憊地點了點頭，「不然呢，讓我一個人住，我可能會死。」

許姿抿著唇蔫壞的笑，又踢了踢她的鞋跟，「Betty 姐，妳是不是把畢生絕技都用出去了？如果是這樣，我真得送妳一間套房。」

「是啊。」靳佳雲仰起身子，瞇著眼湊到她眼前，「我和他當著帳篷裡其他三個人的面，激情了一宿，換了八個姿勢。」

「……」許姿嚇得坐回了椅子上。

轉眼，靳佳雲托著下巴，細細琢磨起一些事，「姿姿啊，有件事情我一直搞不清楚。」

許姿在電腦上輸著資料，「妳說。」

「朱賢宇這種大人物，能選的大律師這麼多，為什麼要選我們呢？」見許姿白了自己一眼，靳佳雲立刻握住她的手，「寶貝，我沒別的意思，我只是想說……」

「妳想說，是不是俞忌言牽的線嗎？」許姿搶過話。

靳佳雲點頭，「嗯。」

這邏輯很荒唐，許姿冷著臉，「我找不到任何一個理由，俞忌言要幫我賺錢。」

靳佳雲剛想出聲，便被許姿壓了回去，「別說他喜歡我這種鬼話！」她心情好，連打字的手指都翹了起來，「一年過得很快，明年五月十三日，我就可以和這隻老狐狸徹底說拜拜了。」

打完最後一個字，她是笑著合上了電腦。

瞧她一副馬上就能獲得自由的開心樣，靳佳雲提醒道：「女人很容易因性生情的，尤其是妳這種連手都沒牽過的純情女，別到時候輸了。」

許姿根本不以為然，雙手疊在桌上，朝她動了動眉稍，字字篤定地說：「絕對不會。」

門突然被人用身體撞開，是費駿，他滿頭大汗地拎著幾個沉甸甸的名牌袋子。

許姿和靳佳雲同時站了起來。

許姿指著費駿手中的袋子問：「這是什麼？」

一路從樓下跑來，費駿口乾舌燥，邊喘氣邊說：「朱少爺送的禮物，我都快嚇死了。」

許姿驚愕皺眉，「朱少爺？」

靳佳雲過去幫費駿的忙，將袋子放到地上。四個名牌的紙袋，兩個愛馬仕和兩個香奈兒，裡面都裝著包包。

靳佳雲嚇傻了，這輩子都沒摸過愛馬仕。

這時，許姿接到了朱賢宇的電話。

朱賢宇像是在空曠的地方說話：「許老闆，禮物應該收到了吧？這次真不好意思，讓妳的員工辛苦了。禮物妳們分一下吧，希望妳們喜歡。」

許姿盯著那堆燒錢的名牌，都快說不出話來了，「謝、謝謝朱少爺……但你的禮物實在太貴重了，我們不能收。」

朱賢宇笑道：「很少見到這麼能吃苦的女生，我為我過去的挑剔感到抱歉，禮物就當作是我的賠禮吧。」

太陽漸漸西沉，辦公室裡染著落日餘暉。

靳佳雲蹲在地上看著那些名牌包包，一週以來累積的怨恨頓時煙消雲散。

「朱少爺真大方，我覺得我可以再去一趟南非了。」

費駿又從外面抱著一束花走了進來，「對了，Jenny 姐，這花是送妳的。」

許姿驚訝的接過花束，是一大束粉色的小蒼蘭，蜿蜒的綠枝上是粉色的花朵，花瓣閃著淡淡珠光。

不過沒有卡片，沒有署名。

靳佳雲撐腿而起，感慨地攬著許姿，「俞老闆這回是真做了功課啊，還知道挑妳最喜歡的粉色蒼蘭。」

但花束沒署名，許姿也不能肯定是俞忌言送的，她也不想貿然去問。如果被他否認了，不就顯得有點自作多情嗎？

悅庭府，許姿抱著花束進了家門。

一個人在家待久了，進門感覺到有其他人在，還真有點不習慣。她抬眼看了看牆上的鐘，才七點半，俞忌言竟然已經回到家了。

這樣品屋頭一回有了「家」的感覺。

許姿走去廚房，腳步又緩又輕。

廚房是開放式的，和餐桌用一片棕色的隔牆隔開，頗有設計感。她站在餐桌旁，就能看到瓦斯爐邊的身影。男人穿著一件寬鬆的灰色針織衫，正動作熟練地往鍋裡倒入紅酒，好像是在煎牛排。

結婚一年多，許姿從沒見過俞忌言如此生活化的一面。這一面的他，少了平日令人厭惡的強勢，散發出來的平易近人感，竟莫名有些吸引人。

如果不是俞忌言回了眸，許姿還在看他。飄走的意識突然回攏，她立刻躲避掉了對視的目光，沒打招呼，往臥室走去。

俞忌言叫住了她：「抱歉，我忘了買牛排，用了許律師放在冰箱裡的，不介意吧？」

許姿冷著聲說：「不介意。」

她腳步剛朝前挪一步，身後又傳來他的聲音：「許律師吃過晚飯了嗎？我可以再煎一塊。」

像是在邀請自己共進晚餐。

本想拒絕，不過她的確肚子也餓了，許姿點了點頭，「可以。」

她算是對這隻老狐狸有了一知半解，知道越躲他，他越得意，所以她決定從容應對。況且之前被欺負了那麼多次，撈頓晚餐也不為過。

廚房裡，俞忌言拿出一塊冷凍牛排，放在碗裡醃制。他是個做任何事都嚴謹有條理的人，白色大理石的檯面上，餐具擺放整齊，也沒有亂濺的醬料痕跡。

許姿想將蒼蘭裝進花瓶裡，手剛打開木櫃，身後傳來抽紙和擦手的聲音。

「許律師，喜歡我送的花嗎？」

竟然真的是這隻老狐狸送的！

許姿轉過身，眉頭微皺，「你怎麼知道我喜歡蒼蘭？」

「許律師喜歡蒼蘭？」俞忌言將紙巾扔進垃圾桶裡後，用毫不知情地神情看向她，「我只是覺得它很漂亮而已。」

頓時堵住了許姿的嘴。

接著，俞忌言的笑意變了味，「看來我們有了默契。」

就是隔著一段距離，許姿也感受到了不舒服的攻擊性。她沒答，轉過身，泰然自若的從櫃子裡取出一個陶瓷花瓶，去一旁剪枝，插花。

俞忌言沒再說話，回身後，繼續煎牛排。

粉色的小蒼蘭放入陶瓷花瓶裡後，許姿邊撥花瓣邊說：「俞老闆果然勝負欲極強啊，這麼快就開始行動了。」

俞忌言手扶著鍋，臂膀一晃動，針織衫就帖服上寬闊的背脊上，流暢的線條和清晰的骨骼，斯文裡帶著些性感。

他還沒吱聲，許姿就搶占了上風，「很可惜，我是不會輸的。」

這句話像空氣一樣飄走，對俞忌言根本起不了作用。

五、六分鐘後，他將牛排夾到盤子裡，並將兩個盤子移到了餐桌上。餐桌是從義大利運來的，棕色的現代極簡風。

他平靜地看向許姿，「要幫妳切嗎？」

許姿就想故意「使喚」這隻老狐狸，一臉傲氣地說：「好啊，切漂亮一點。」

她往椅子上懶懶地靠去，看著對面替自己切牛排的男人，不為所動。

俞忌言順著牛肉的紋理，慢條斯理地切著，沒有半點敷衍。切好後，他將盤子推到了許姿手邊。

「吃吧。」

當真被老狐狸「伺候」了，許姿感到有點不習慣……她叉起一塊，送入嘴裡，細嚼慢嚥起來。

口感的確很好，質地韌嫩，飽滿多汁，比自己做的好吃太多。不過，她並不想讓他太得意，手肘隨意地撐在桌上，輕哼道：「味道還可以。」

忽然，俞忌言拉開椅子，站了起來。

許姿手裡的刀叉輕抖了一下。

果然，沒一會，俞忌言連人帶椅子，將她轉了個面，讓她對著他，雙臂撐在木椅上，圈緊了人。

「是嗎，那讓我嘗嘗。」

眼前的男人，攻擊性越發強烈，許姿被罩得很死，呼吸變躁。不過她這次並不弱勢，而是順了他的話，拿起叉子，用力叉起一塊，塞進他嘴裡。

俞忌言咬住叉子，雙眼盯著她，像是故意放慢速度，牙齒將牛肉從叉子上慢慢咬下，然後吞入口中，咀嚼起來。他身軀俯得低，炙熱的氣息灑在她的臉上，眼裡蘊著的斑斑笑意，令人發麻。

許姿心底還是慌了，見他吞咽後，嘗試推開他的手臂，「吃完了就……」

猝不及防的吻。

俞忌言手肘曲在椅子上，身子往下又俯了一截，覆上了她紅潤的薄唇。他好像不懂得什麼叫循序漸進，每次都是猛烈的啃噬，橫衝直撞地撬開她的唇齒，強勢地勾動她的軟舌。

許姿使勁推著他的肩，但每推一次，他身子就壓得更低。這吻太凶狠了，她困難地仰起脖頸，就算根本不想迎合，也敵不過他的力氣，還是同他纏在了一起。

「嗚嗚嗚……」

俞忌言越吻越凶，見許姿嗚咽到身子都在晃，差點跌下椅子，他單臂迅速繞到她的細腰後，撈緊了她。

她不想吻了，好想停，這老狐狸真要把自己吞掉，吻到她嘴唇都發疼了……

直到吻夠了，俞忌言才鬆開人，但沒離開，還盯著眼下那張暈紅的臉看，櫻桃小口邊還有剛剛纏綿擁吻的唾液。她那副情欲後迷離的性感，他很喜歡。

許姿扯過幾張紙，用力地擦著嘴角，「俞老闆，你接吻的技術……」就想狠狠地嗆死他，「和那件事一樣，很一般。」

又往槍口上撞了一次。

俞忌言不但沒被激怒，還抬起手替她理了理凌亂的髮絲，滾熱的氣息掃過她的額頭和眉間，「許律師，我會再接再厲的，」而後，拇指又揉過她挺翹的鼻梁，「我們週五見。」

自從拿下了朱賢宇的案子，許姿的律師事務所整個如魚得水起來，接連接了好幾個案子。她驕傲地打電話給爺爺，炫耀最近的成果。

許老聽了，只笑著哼道——「看來這些日子，忌言教得不錯。」

好像所有人都認為，她嫁給了值得託付終身的人，唯獨只有她清楚，和自己同處一室的人，本質有多惡劣。

這兩天，事務所忙得不可開交。

許姿意外接到了一通電話，致電的是兩年前追求過自己的暴發戶江淮平。這次他想委託她幫忙打一件土地糾紛案，她本不想再和他有糾纏，直到聽到報酬金額時，她心動了。

她在內心暗笑自己，不管是誰都得為五斗米折腰啊。

在自己熟悉的環境裡比較有安全感，於是許姿約江淮平週五上午在辦公室見，他同意了。

江淮平家裡是都更大戶，早年拿著都更的賠償款做了投資，運氣一來，錢止不住地進袋。乍聽之下會讓人以為他是個又醜又胖的暴發戶，其實本人長得還有幾分帥氣，白白淨淨，斯斯文文，講話也慢條斯理。

他算是眾多追求者裡，許姿最不厭煩的一個。

大概聊了一個小時左右，許姿大概捋清了江淮平的案子。

最後，她肯定地說：「放心，打得贏。」

但江淮平在意的點不一樣，「妳結婚了？」

許姿愣了愣，而後點點頭。她卻發現他一直在看自己的手指，像是在找尋戒指。她動了動手指，解釋：「剛洗手，先把戒指拿下來了。」

江淮平遺憾地「哦」了一聲。

為了避免尷尬，許姿以待會兒還有會議為由，帶他下了樓。

逼近六月的成州市，風都變熱了，人稍微在陽光底下動一動，就會出汗。

許姿的皮膚生得雪白又薄，一曬就會紅掉，連血絲都清晰可見。她禮貌地將江淮平送到了寶馬前，可能是想到了豐厚的報酬，臉上一直掛著笑容。

解開車鎖後，江淮平沒有馬上上車，而是轉頭說：「許律師，我到現在都想不明白，為什麼當時妳沒有答應我。」

太突然了，許姿一時接不上話。

但江淮平確實是個風趣幽默的人，「哦，看來是因為我是個暴發戶吧？」

明顯是句玩笑。

許姿笑著搖頭，「不是，絕對不是。」

一句玩笑話打破了尷尬的氣氛，兩人竟輕鬆地敘舊起來。

「哇靠，舅媽出軌了？」

大廈後頭的陰涼小道裡，費駿和俞忌言一起出現。茂密的綠樹裡是刺耳的知了聲，費駿往前湊了幾步，總感覺那人有些眼熟，忽然捂嘴大驚：「那不是江老闆嘛！」

俞忌言收住腳步，手背在西裝後，冷聲問：「江老闆是誰？」

費駿嘴就是快，都說溜嘴了也只能乖乖交代：「哦，之前舅媽的一個追求者，追她追了大半年，整天專車接送。人溫柔又有禮貌，還風趣……」

能誇的詞都快用盡了，他才想起「正主」舅舅在旁邊。

他連忙攬著俞忌言的肩膀，一本正經地瞎編：「但舅舅你走的風格不一樣，雖然有點小眾，沒有溫柔男那麼吃香，但勝在獨特嘛。」

他自認為，這樣應該就能蒙混過關了。

俞忌言只將那隻礙事的手臂推下肩，徑直朝前走去。走出小道時，他故意停下腳步，目光未挪動一寸。直到許姿有所感應的回眸，他才笑了笑，走進了大廈。

恒盈，二十四層。

回到了涼快的辦公室，許姿往沙發上一癱，昨晚看資料看到半夜，此時什麼都不想做，只想補覺。她拉下窗簾，從櫃子裡搬出了涼被和枕頭，脫下了束縛的高跟鞋，直接倒頭便睡。

不過，一想到江淮平這個案子絕對穩贏，她嘴角就沒收住過笑意。簾子拉下後，陰暗的辦公室形成一個舒服的睡眠環境。

許姿側躺著，不知睡了多久，半夢半醒間，她迷迷糊糊聽到，辦公室裡出現了門被推開，又關上，且反鎖的輕微動靜。

「費駿？還是佳佳？我不吃飯，我想睡覺……」

她都懶得翻身，閉著眼，隨意咕噥兩句，反正能隨意出入自己辦公室的也就這兩個人。

身後走來的人，沒有出聲，但聽起來不像是球鞋和高跟鞋的聲音，是皮鞋，每步渾厚有力。

腳步並不是正常的靠攏，是逼近。

許姿猛地睜眼，盯著窗簾上的影子輪廓。當她猜到是誰時，被子已經被那只熟悉的男人手掀開，整個人被橫抱起來。

「你幹嘛？」她一半真怒，一半起床氣。

這大美人睡得頭髮全亂了，睡眼惺忪，像隻被中途吵醒的迷糊貓咪。

俞忌言低眉看了兩眼，然後將她往辦公桌那頭帶，「我晚上十點的飛機飛澳洲。」

走到辦公桌前，他將許姿恍若軟弱無骨的身子放到桌上，修長有力的雙臂撐在兩側，圈緊眼前人。

「這週的四十分鐘，在這裡完成。」俞忌言按下遙控器，窗簾徐徐落下。

許姿只愣了一下，連忙再次聲明道：「我再說一次，我不在辦公室做！」

「那怎麼辦呢？」俞忌言背脊壓下，目光剛好能夠平視著她，「還是說，下週兩次？」

真像一個好說話的人。

許姿同意了，「可以，加到下週。」

見交易達成，她準備跳下辦公桌，但又被俞忌言推了回去。

「都已經如你意了，身為一個大老闆，不該耍無賴吧？」

俞忌言眼裡只有這雙修長白皙的腿，肌膚白得發透，水水潤潤，光是一雙腿，就漂亮到能讓男人光看就硬。

這侵略性的目光太灼人，許姿踢了他一腳，「讓開，我要下去。」

俞忌言一掌握住了那只攻擊自己的腳踝，細得性感死了。

他笑了笑，「許律師，我剛剛是疑問句，不是肯定句，我有更改的空間。」

許姿懵住。

他知道自己不是這老狐狸的對手，但被鑽了話語漏洞的感覺真討厭。

幾乎腦子還處於混沌的狀態，許姿的手就被俞忌言扯走，按到了他的西裝褲帶上，她嚇得失語，看著他單手解開了釦子。

她開始使勁掙扎，蹙眉諷刺道：「在辦公室亂搞，跟隨地發情的公狗有什麼區別？」

俞忌言沉默的輕笑，就是最帶壓迫感的回應。

而後，他看了看桌上的時鐘，開了腔：「許律師下午二點十五分有一個會，現在是十二點四十五分，我們得抓緊時間。」

許姿感到無語。

室內空調明明開到了二十五度，辦公桌區域卻熱氣蒸騰。

俞忌言強迫許姿扯住了拉鍊，然後順著裡面的黑色內褲一起扒下。西裝褲滑到了腳邊的皮鞋上，堆成了褶。內褲繃在大腿根上，粗大的陰莖直挺上翹，還沒硬，尺寸就相當駭人。

許姿光是剛剛低頭那幾秒，就被這根粗物嚇到。唯一兩次近距離接觸都是夜晚，但此時屋裡光線算是敞亮，她心驚到無法言喻。

見她的手一直沒動，俞忌言語氣又凶了一些：「許律師，又過十分鐘了。」

倒數計時真是要人命。

真的有種分秒必爭的慌張感，許姿沒眼看，撇頭閉著眼，細眉擰得很死，手敷衍的動著。

俞忌言冷眼盯著她的手，「許律師，要是妳繼續用這種態度，恐怕會議要延後了。」

許姿痛苦死了，「我不是在弄了嗎，你還想怎樣！」

俞忌言聲音始終平靜，但眼裡蘊著暗火，「睜開眼看著，像上次一樣，把它弄到妳想要的尺寸。」

是強勢的命令。

許姿很焦躁，但基於真的鬥不過他，便稍微認真了點。

不過一會，掌心一片火熱，噁心得她想鬆手，但還是努力上下套弄著，目光一直看向別處，「這樣可以了嗎？」

俞忌言去找她的視線，命令道：「看著我。」

許姿扭過頭，「你怎麼那麼多要求啊！」

說完，她又想撇開頭，卻被俞忌言一掌捏住下巴，掰正。她一煩，五指都用了勁。

他輕輕捏了捏她的下巴肉，「掐斷了，對妳沒好處。」

許姿最後還是服從了，也閉了嘴，想趕緊讓這四十分鐘迅速過去。掌心裡莖身上的皮肉，被她的五指撐開又收縮，筋絡跳顫明顯。

沒幾分鐘，她已經感覺到這玩意比剛剛大了一圈。可能是出於好奇，她低下了眼，這異物不僅粗了好幾圈，色澤也更猩紅。

許姿一時心中竟在費解，這張算斯文的臉下，怎麼會長出一根這麼凶悍的東西……

俞忌言見她看得起勁，便撥開了她垂落在胸前的髮絲，「很喜歡？」

許姿立刻瞥眼朝窗戶看去，閉緊唇。

為了律師的嚴肅性，她從不做美甲，只塗了一層薄薄的護甲油，細柔的指尖握著凶狠的陰莖上下滑弄，有著一股撩人而不自知的感覺。

俞忌言喉嚨和眼神都瞬間發緊，幾陣爽欲噴薄而出，小腹肌肉一繃，呼吸聲加重。反覆了數十次動作，許姿的手都痠了。於是她下意識加快了手裡的速度，弄得手心一片鹹腥。

俞忌言低下頭，看到自己那根已經勃脹到極致的陰莖，圓粗的龜頭上是沾著性液的亮澤水光。

他抬起眼問：「大小夠不夠？」

許姿幾乎是搶答：「夠了。」

俞忌言悶哼一聲後，挪開她的手，將她整個人往桌上一推，讓桌子前面留出了一些空間，腿被他擺成了M字。

一根極粗凶狠的性器就這樣對著自己，火熱的氣息包裹住許姿，她心裡開始敲鼓。眼見裙子已經被他推到了大腿根，她連忙問：「你要幹什麼？」

俞忌言摸了摸她半紅暈的臉頰，發出輕笑，「當然是，幹妳。」

許姿整個身子被推上桌時，後面疊起的文件盡數滑落在地，而那本《財經週刊》剛好捧在了俞忌言的視線裡。

他瞧了兩眼，嘴角是得意的淺笑，「許律師在研究我？」

知道他看到了那本雜誌，許姿決定裝死。而她因為沒脫高跟鞋，雙腿屈立在桌上的狹窄空間中，相當難受。

隨後，俞忌言將那礙事的短裙往她腰間一推，強行拉下內褲。

她眼睜睜看著他將自己的內褲從腳踝扒下，拎在手中打量道：「我不喜歡這個款式，下次我送許律師一套。」

許姿面部發了燙。

俞忌言將內褲扔到了桌上，挪回來的雙手，重新捏住了她的小腿肚，用力往兩側打開，纖細的雙腿就這樣大幅度地張了開來。

許姿羞得扭頭，甚至想抓起檔案袋遮住下身。

美人的私處毫無遮擋地暴露在外，陰毛不算濃密，陰戶微微張開，穴肉粉嫩透著些許水光。她沒意識到，剛剛在摸著那根巨物時，自己其實就已經濕了。

俞忌言抽起桌上的濕紙巾，認真地擦拭著十指，還饒有興致地盯向那沾著水液的穴口，「我們許律師，真是哪裡都漂亮啊。」

被他這麼一挑逗，許姿整張臉更紅了。

越是害羞緊張，底下的穴口張合得越厲害，一小會的功夫，細縫裡又擠出了一絲淫水。

哪能經得起一雙好色的灼目如此緊盯呢，她撇開眼小聲怒嚷：「你是打算看四十分鐘嗎！」

話音剛落，伴隨著男人的低笑，一隻乾淨修長的手指緩緩插進了她的身體裡，指尖有點涼，入在溫熱的穴裡，使她身子打了個顫。

初夜那晚，全程都沒開燈，此時卻是光線充裕，兩人的私處清晰地映在彼此眼底。

或許是因為是白天，也沒有任何遮擋物，許姿比上次羞澀更多。

見她沒喊疼，俞忌言改成了兩指，併攏，重新插入小穴裡，在穴中的熱道裡翻轉。

還沒弄幾下，她五官瞬間皺成了一團，使勁咬著手指，咬到發了白，在努力地遏制呻吟。

可這點彆扭勁，又刺激到了俞忌言，他加重了力度，指節屈在穴裡不停地摳動，幾股密集的水液直湧，都噴到了他的掌心。

「嗯嗯、嗯啊啊……」

根本受不住這種力度的許姿，終究還是叫出了聲，無法合起的嘴邊滑出了些許口水。

俞忌言迅速抽起一張紙，替她擦了擦嘴邊殘留的香津，「許律師，就這麼饞嗎？」

這隻老狐狸太變態了吧！

她即使再煩，可渾身上下哪有力氣鬥，身下的兩根手指還在自己穴裡瘋狂搗弄，陰唇的嫩肉都翻開了。而後，俞忌言的大拇指卡著自己的陰蒂，不停地揉搓。

「咿咿、咿……」

許姿仰起頸部，這副咿呀亂叫的樣子，又豔又浪。

聲聲呻吟，讓俞忌言的陰莖又硬了一圈。他沒停，手指在穴裡猛力抽送，拇指撥開皮肉，使勁搓按著凸得發腫的陰蒂，強烈的快感直衝許姿腦門，兩條腿隨時都會散架，小腿肚都在抽搐。直到，穴裡的水液再也堵不住地噴瀉出來，澆到了他的手腕。

僅僅只是手指插入，許姿就高潮了一次，疲憊得全身軟癱。但一切尚未結束，俞忌言重重地呼吸了一聲，用整個手掌拍向了她全是水液的穴口。

「又要幹嘛……」

那隻並不細膩的手掌剛覆上時，許姿全身都麻了一遍。

俞忌言沒吭聲，只是用掌心最下面連著骨頭的位置揉著陰穴，有規律地打著轉。

從沒被這麼弄過的許姿感覺很怪，一會有些難耐地想哭，一會又舒服極了。

突然，俞忌言抬起手掌，對著那黏著細絲的漂亮小穴，不停地拍打起來。這更讓許姿發狂，腰臀直晃，她只能抓住身旁那本厚厚的法律書籍當支撐點。

俞忌言直直地盯著許姿的臉，忽然越拍越重，越拍越快。隨著她淫靡的喊叫，粉嫩的穴口都被他拍到微腫，白漿直流，濺到了桌上和他的手上。

「俞忌言……你瘋了嗎……快停……停……」

再這樣拍下去，許姿真的要跌下桌子了。

俞忌言停了下來，又扯起一張濕紙巾，擦淨了手中黏膩的白液。

許姿滿額細汗，像得到重生似，舒暢地呼吸著。

接著，俞忌言拿起桌上的保險套，撕開。戴套前，他半抬眼，淡著聲命令：「自己把襯衫解開。」

許姿根本不想當他面做這種的事，但又一次看到他用眼神示意時間，她只能忍著氣，極其不情願地解起襯衫。

俞忌言將保險套套進腫脹的陰莖後，扶住她的膝蓋，眼眸很緊。眼底這張明豔的臉，染著高潮般的紅暈，迷離又風情，連解釦子都顯得性感，甚至情色。

解開了最後一顆釦子，許姿剛準備脫下，額前又覆來了一股熱流。

「不用脫，就維持這樣。」

俞忌言喜歡讓襯衫半敞在她身上，露著薄到透出乳肉的蕾絲內衣，這樣他覺得更誘人，光是想像一會抽插時，這對奶子在白襯衫裡劇烈晃動的畫面，他全身都來了勁。

他一把按住許姿的側臀，將她整個人朝桌沿邊挪了挪，讓她的下體更貼近自己。

當真要再次和他做愛的時候，許姿害怕了，因為一旦做起來的他，很凶，毫不溫柔。

她雙手撐向俞忌言的胸口，竟想和老狐狸提要求：「俞忌言，你這次能不能……」

「什麼？」

「輕一點。」

只見俞忌言裝模作樣地親了親她的膝蓋，眼神卻帶著狠厲，搖了搖頭，「不能，壞人只幹壞事。」

「我想也是。」許姿不悅地仰起身子，也顧不上此時的姿勢羞不羞恥了，「快做吧。」

俞忌言伸手繞到她背後，將桌上雜七雜八的書籍、資料全推去了一旁，然後將她放倒在桌上，兩條細直的腿架在他的手臂上，再按住她腰臀線，把人身往前一扯，扶著腫脹猩紅的陰莖，緩緩塞進了敞開的穴縫裡。

「嗚——」許姿低聲嗚咽。

雖比初夜時舒服一點，但一插進去還是痛。

見她眉頭蹙得緊，俞忌言暫時不敢用太大的力氣，只淺淺抽插著。

在充裕的光線裡，一切都相當清晰。只見那根粗長的陰莖插入又拔出，只剛插進去了一半，就顯得小小的穴口正備受欺負，粉嫩的肉瓣一會縮起，一會又被強行撐開。

之前他一開始就來勢凶猛，許姿沒能好好感受慢慢抽插的感覺，這種速度和力度，她能接受，眉頭漸漸舒展開。

俞忌言緩緩頂著，笑了笑，「原來許律師喜歡這樣？」

本不想說話，但許姿竟被伺候得有點舒服，本能應道：「嗯……」

俞忌言身子往下一俯，雙臂撐在她的雙側，用拳頭抵著桌子，稍微放重了抽插的深度，「可是這樣的話，許律師沒辦法高潮啊。」

一堆資料夾和筆，全被震到了辦公桌下，地面上瞬間一片狼籍。

老狐狸突然一記重撞，許姿臉頰瞬間泛起潮暈。再跟著，她下身是一陣被撞碎的致命快感，左手抓向桌沿，指骨都發了白。

在有限的範圍和力氣裡，她竟然還晃著手臂朝俞忌言扇去一巴掌，「你能不能順一次我的意。」

但真使不上力，就跟貓抓似的輕。

俞忌言見才剛開始，她鼻梁上就冒出了細細的汗，他用拇指輕柔撫去，「除了這件事，其他事我都可以考慮。」

「考慮？」許姿哼氣，「得了吧，你什麼德行，你自己不清楚嗎？江湖上的老油條，從不做虧本生意，誰能比你精呢。」

下面抽插的速度一慢下來，她就有了嗆人的力氣。

俞忌言笑著挑挑眉，「好，那我誠懇一點。事後，妳可以隨意提要求，我一定做到。」

許姿聞言一愣，想信一次，「真的？」

「嗯。」

她動了報復的邪念，「好。」

隨後，俞忌言將襯衫袖捲到手肘處，餘光瞟了一眼時鐘，「剛剛是許律師妳開的話題，浪費了整整十分鐘。」

許姿啞了口。

俞忌言的雙掌覆上了她嫩到出水的臀肉，由輕至重地捏了捏，然後臀胯往前一頂，刺激地律動起來，「剛剛那十分鐘，不算在我們的四十分鐘裡。」

「嗯嗯、啊啊……」

抽插的力度比剛剛凶了許多，許姿已經抓不住桌沿，只能去抓他的雙臂。她只做過一次，嫩穴根本經不起折騰，被粗硬的肉棒抽插得發疼。

凶猛的肉柱狠狠拉著蜜穴裡最深處的肉瓣，龜頭每一下都刺到最深，小穴包裹著這根熱物，像張著口在使勁吮吸，逐漸發出了淫靡的水聲。

許姿的面部發了燙，被巨物撞到小腹繃緊，蕾絲胸罩下滿是碎汗，口很乾，只想喝水。

俞忌言已經完全進入狀態，粗硬的肉棒在穴裡越插越硬，他悶著聲，狠狠深頂。

「啊、啊啊……輕一點……」

許姿太瘦了，被俞忌言這樣凶悍地頂弄，身子都被撞歪，再度發出幾根筆掉落在地的聲響。

俞忌言不會聽，反而插得越來越起勁，「忍著點。」

怎麼忍啊！

許姿蹙眉亂扭，雙眼霧濛濛，手抓哪都打滑，只能下意識摟住他的脖頸。他臀胯一用力，她的五指也跟著用力，指尖摳得極緊。

俞忌言底下沒鬆懈的頂插，雙手伸進了她的襯衫裡，解開胸罩扣環，但沒完全脫下，就讓那對雪白圓挺的奶子在蕾絲布料裡晃動。

半遮半掩的狀態，最迷人。

俞忌言的襯衫被汗水浸透，服貼在胸膛上，印出了胸前肌肉的厚度和線條。

突然，他更頻繁地抽插起來。

桌上沒掉落的雜物都跟著震出了微微的弧度。

「啊啊啊、嗯嗯……」

許姿意識混沌不已，那些想要遏制的情欲呻吟，只能順著嗓子喊出來才能舒坦，「別這麼快……俞忌言……你是要插到我胃裡嗎……」

俞忌言雙手拴住她的薄肩，背脊繃緊，碩大的龜頭在滾熱的穴裡橫衝直撞，插出了水聲，帶出好幾股透明的淫液，順著他的大腿流下。

「許律師，放心，插不到胃裡的。」

俞忌言直起了身，抓住她的小腿肚，幾下規律的頂撞後，是情欲膨脹到顛頂的劇烈猛插。

整間辦公室裡，只剩下肉體交合的撞擊聲及粗喘聲。

叩叩。

外面有人敲門。

「許律師，妳在嗎？」是許姿的另一名助理 mandy。

許姿很緊張，額頭出了虛汗，她想喊停，但俞忌言並沒有同意，依舊不顧旁人地律動著。

敲門聲停了。

許姿的心暫且落了下來。

門旁有塊全透的玻璃，雖然百葉窗全部拉上了，但始終有縫隙，如果有人透過縫隙往裡面看，是能看到辦公桌上正做著淫穢之事的人影。

屋中與屋外是兩種場景。

在混沌不堪的意識與視線裡，許姿都沒感覺到桌邊的手機在震，被身前男人搗弄的動靜，裹得透不過氣。

可俞忌言卻伸手一點，接通了。

直到電話裡出了聲，許姿才從嗡鳴的迷霧裡清醒。

「Jenny 姐，妳在哪？」

許姿真的快瘋了，她緊張到唇在發抖。

俞忌言終究沒這麼壞心，放慢了抽插速度，給了她應答的空間。

「在……外面……吃飯……」

吞吐，慌亂。

「下午開會的簡報我改好了，等妳進辦公室，我再拿給妳看嗎？」

字音一落，俞忌言突然胯部加速聳動起來，許姿被撞到差點叫出聲，但及時捂住嘴，遏制住了。

她努力調整了呼吸，才道：「好……等一下再說……」

電話終於掛斷了。

許姿瞪起眼，「你給我等著。」

威脅卻成了情趣。

俞忌言將陰莖從熱穴裡拔出，蜜液成絲狀從莖身下垂落，粉嫩的穴口沾滿了淫液，好像還有點紅腫。

他將人從桌上抱下來。

許姿站姿顫顫巍巍，一雙快抽筋的腳，再多走兩步，腳都能從高跟鞋裡滑出。她看向電子鐘，欣喜四十分鐘過去了。

但她還是算計不過這隻老狐狸，整個身子被俞忌言翻過了過去，軟軟的腰背被他一掌按下，光裸的臀部情色地對著他。

許姿掙扎道：「俞忌言，你要言而有信啊。」

她看不到俞忌言的表情，但從他的笑裡，感知到了他強勢和些許狐狸般的狡黠，「可是，我還沒讓許律師舒服夠啊。」

立在桌上的時鐘已經走到了一點半。

許姿很慌張，因為一會不僅 mandy 會來，費駿通常也會提前十五分鐘和自己討論會議流程。

背後的男人卻絲毫沒有停下的意思，頂弄得肆意至極。

桌子太寬，她抓不住任何一角，只能費力地撐在桌沿邊，身子被撞得歪歪扭扭。

俞忌言扣住身下的細腰，朝那白嫩的屁股扇去，「抬起來一點。」

踩著五公分的細高跟鞋，許姿哪還有抬腰的力氣，她撒著氣的小軟音從嗓子裡抖出：「俞忌言，我長這麼大，還沒有人打過我的屁股……」

俞忌言低下眼，被她的可愛逗笑，卡在手腕上的金屬手錶沒取下，以至於手掌抵在她臀肉上揉搓時，更有壓迫感。

他像是在哄小孩似地回答：「別怕，沒打壞。」

許姿沒心情理他，只是一直往時鐘看去。

下一刻，一隻結實的手臂伸向前，將時鐘蓋在桌面上。

耳畔的聲音明顯是在不悅她的分心：「許律師做事，都這麼不認真的？」

許姿也氣道：「跟你這種奸詐陰險的人簽合約，算我蠢……」

俞忌言臀胯忽然加速，往穴裡撞得蠻橫無理，最後幾個字被迫卡回了許姿的喉嚨間。

他抓起她一隻懸垂的手臂，挺起背脊，臀胯往前聳動，使力太重，皮肉怕打聲一聲大過一聲。

近兩點的午後，陽光充裕到擠入簾間，全灑在桌角，映在許姿身上，似雪的肌膚，還燦然生光。垂落在肩下的一頭長髮，凌亂地貼在脖頸間，配著她此時迷離情欲的模樣，有些許誘人。

俞忌言放下她的手臂，架起她一條腿，動作一氣呵成，往穴內加快了抽挺，快而深，幾十次的撞弄後，穴肉軟爛淋漓一片。

意識逐漸朦朧的許姿，已經在意不了自己的姿勢到底被擺弄得多羞恥，只知道，老狐狸把自己的便宜都占光了。

「唔……太快了……好累……我好累……」

許姿骨頭都軟了，聲音都帶著哭腔，腰無力地往下陷，細高跟在地板上咯吱摩擦。

俞忌言插得很深，那根挺進拔出的猩紅硬物，視覺上顯得極為凶悍。他倒還真聽了話，慢慢放下了她的腿，讓她軟癱成水地趴在桌上，顧不上臀部是以何種情色的姿勢對著他。

他緩緩抽出陰莖，被撐開的穴縫，小口還開合著，裡面擠出了像奶又像白漿一樣的淫液。他就是壞，見剛要流完，又扶著龜頭朝穴口抵了抵，一陣張合後，縫口又流出了一小股蜜液，絲絲黏黏地順著她的臀部流下。

趴在桌子上的許姿，呼吸聲漸漸平緩，以為一切結束了，但又被俞忌言抱了起來，一同坐在了身後的沙發上。

那是一張單人沙發，是許姿最喜歡的國外設計師的限量款。

她跪坐在俞忌言身上，皺著眉想推開他，「不行，這個布料很難洗……」

俞忌言側頭看了一眼，「髒了，就再買一張新的給妳。」

「不……其他不好看……」

許姿在他胸膛裡胡亂扭，頭髮絲不慎勾到了他的襯衫鈕子，扯得她頭皮隱隱作痛，「快幫我啊。」

俞忌言幫忙解開時，動作輕柔得過分，她甚至沒有任何痛感，彷彿和方才幹那凶猛事的男人是不同人。

許姿收回目光，不想再經歷一次敲門事件，「你還要做什麼？」

黑襯衫敞著，俞忌言硬實的胸肌上掛著汗珠，渾身火熱，連稍沉的呼吸都具有壓迫感，「抱著我。」

「嗯？」

「不想摔下去，就聽話。」

聞言，許姿立刻環抱住他的脖頸，抹了一手黏膩的汗，「髒死了！」

俞忌言低哼：「許律師的水流了我一腿，我也沒嫌棄。」

可惡！許姿不想再理人。

只是一會，許姿下面又被滾燙的肉棒塞滿，從下而上的頂入，次次都到最深處，才兩、三下她就受不了了，只能貼在他的脖頸間，迷迷糊糊地呻吟。

細細嬌嬌的呻吟讓俞忌言更加興奮，他十指握緊她的臀肉，猛烈抽插起來。

兩個水乳交融的赤裸人影，被沙發的彈力震起又落下。

這讓俞忌言的抽插更順了，臀胯都不用擺動太大力，肉棒就能整根沒入熱穴裡。

但這對許姿來說，卻是又舒爽又痛苦，連嗚咽都使不上力。只能摟緊他汗濕的脖肩，悶在他頸窩裡，低低泣吟。

離近兩點，回到辦公位置上的人越來越多。

即使在辦公室的最裡面，許姿也能感受到迎面撲來的緊迫與恐慌，這老狐狸竟還有閑情逸致咬住自己的乳肉！

她喘著往後仰，手掌心抵在他肩骨上。

「你別……別咬……咬痛我了……」

許姿實在搞不明白，這老流氓怎麼這麼喜歡自己的胸部。

俞忌言牙齒輕咬在粉嫩的乳頭上，他就是喜歡她的胸，豐腴到像是油畫裡勾勒出的美人。

身下的肉棒狠狠往上頂，穴口已經完全被撐開，吸咬著發脹的肉棒，吞吐張合。軟綿的臀肉打著他的腿肉，啪啪響，還夾混著淫靡的水聲。

俞忌言拴住許姿的腰，將人往身子裡一攬，讓她抱緊一點。晃動的雙乳貼在他濕熱寬闊的胸膛前，擠壓的觸感磨得人發癢，底下則是衝刺般的凶頂。

她指尖摳進他的脖肉裡，身子不受控的顫顫。

「啊啊啊、啊啊啊……」

陣陣快感充斥全身，讓她遏制不住地呻吟，音節都變了調。

瘋狂聳動抽插了數十次後，俞忌言咬緊牙，悶哼一聲，終於射了出來。

百葉窗縫隙外有走動的人影，有的是去茶水間，有的是去列印，有的純閒聊。

屋內也恢復了平靜。

俞忌言將疲憊的許姿輕放在沙發上，拎起桌上的蕾絲內褲，扶著她的腳踝，替她穿上，然後單膝跪在地上，替她穿好了高跟鞋，並有耐心地繫上綁帶。

事後的他，出奇的體貼溫柔。

體會過他的惡劣，許姿並不會被蒙蔽。不知為何，她竟朝他的手踹去，細跟把他的手背刮出了長長的紅印，破了些皮，出了血。

她嚇到站起來，本想幫他拿個OK蹦貼一下，但似乎是想到什麼，立刻收住腳步，手背到身後，微微仰起下巴，「哼，活該，誰叫你那麼對我。」

俞忌言看了一眼手背，從旁抽了張衛生紙，隨意擦了擦冒出來的血珠，然後撿起地上狼藉的雜物，重新歸位後，理了理西裝，往外走去。

許姿側過眸眼，盯著那道拍拍屁股走人的瀟灑背影，輕輕哼道：「難怪有人說什麼拔什麼無情的……」

可能是拔後面的字難以啟齒，她羞得扭過了頭，淡定地望向窗外。

忽然，渾厚的皮鞋聲，像折了回來。

直到身旁的光被黑影壓下，許姿驚覺回身，「你要幹嘛……」

話音沒落，她就被俞忌言拽進了懷裡，一手攬著她的腰，一手撫著她的後腦。

「原來許律師，想要一個事後擁抱啊。」他微微縮回脖子，盯著那張潮暈未退的動人臉龐，「我以為，妳不喜歡我抱妳。」

昏暗的會議室中，只有投影出來的簡報畫面。

許姿站在螢幕前談著下週的工作，每說幾句就忍不住扯一下衣領——剛在照鏡子時，才發現老狐狸竟在自己脖間留下了齒印。

一同開會的小律師們還是發現了異樣。

直到一直思緒游離在外的許姿，忽然說錯了重要的安排：「那下週還是 vala 去香港見朱少爺……」

「Jenny 姐，這是 Betty 的案子喔。」費駿提醒道。

許姿神色慌亂地更正，「哦，是，我說錯了，是 Betty。」

二十分鐘後，會議結束。

照例，幾個人等老闆出去後，轉動辦公椅，圍成一圈，地面是滾輪滑動的噪音。各個身子壓得低，做賊心虛地八卦起來。

「你們看到了嗎？許律師脖子上的痕跡。」

「我午睡前看到俞老闆進去的，兩點我去列印的時候，才看到他出來。」小律師在數時間，「差不多快兩個小時了，絕對是和許律師偷偷刺激了。」

「真厲害啊，大白天在辦公室裡搞這個。」

幾個女律師紛紛竊笑起來。

一個小律師蓋上會議紀錄，感慨道：「許律師真是命好啊，出生好，長得好，嫁得還好。這有的人啊，真是出生在羅馬的公主，什麼好事都落在她身上……」

啪！

一道拍桌的聲音傳來。

是許姿的小助理 Mandy，剛從政法學院畢業的學生，戴著一副銀框眼鏡，打扮上有些硬裝成熟。

「說完了嗎？說完就趕快回去工作吧。」語氣中似乎帶了點不悅。

說完，Mandy 就帶著資料離開了。

事務所中的幾名女律師向來不喜歡她，對她的行為，只覺得好笑。

「她誰啊她，一個跟著老闆的小助理，還真把自己當小老闆了？」

許姿的辦公室裡，彷彿中午從未發生過任何情事，現場只剩下淡淡的雪松精油味。

她在書櫃前取書。

費駿則靠在桌角用著平板。

剛進來的 Mandy 資歷還不夠，只能做做瑣碎的雜事，見桌面有些凌亂，便整理起來。將資料疊好後，她的視線被垃圾桶裡的異物引去，假裝撿筆，蹲下身，發現裡面真的扔了一個保險套。

費駿抓到了她的舉動，拿平板的筆嚴肅敲了敲桌角。

「別多管閒事。」

Mandy 站好，她看向了書櫃前身段玲瓏的身影，發呆般琢磨起事情來。

許姿還是第一次在會議上「走神」。

走神的原因很簡單，因為她陷進了俞忌言的擁抱裡。讓她不禁想起了十六歲時，某個閒情逸致的夏日午後——

暑假時，她在爺爺的茶園裡，和靳佳雲一同坐在湖邊木屋的樓梯上，舉目遠眺，看著夏風吹拂著藍色的湖面，蕩起微微的漣漪。

也蕩起了她的心。

少女總是懷春，滿心嬌思。

靳佳雲掰動著手中的山茶花，盈著淺笑問：「姿姿啊，妳喜歡男生怎麼抱妳啊？」

從未被男生抱過的許姿聽到後，瞬間紅了臉。

她戴著珍珠髮夾，秀氣的小下巴放在膝蓋上，描述腦海裡的幻想，「我上次偷偷看了一本漫畫，我看到男主角是那樣抱的，我好喜歡。」

「哪樣？」靳佳雲不明白。

「哎呀，就是那樣啊。」許姿乾脆站起來示範，「一隻手卡著我的後腦勺，一隻手摟著我的腰，最好抱緊一點。」

說著說著，她還嘻嘻笑了一聲，太嬌純。

靳佳雲拿山茶花朝她扔去，「發春，發騷，連男朋友都沒有，找誰來抱妳？」

「韋思任啊。」許姿揚起小腦袋，臉頰上的笑容被陽光輕拂，「我這麼漂亮，怎麼能隨便被人抱啊，我只允許他抱我。」

少女的心事，像青蘋果般，聞味清香，啃一口又酸澀。

許姿終究是做了一個單相思的夢，她和韋思任之間，連手都沒牽過。她也沒想過，第一次用最令她心動的方式擁抱自己的人，是俞忌言。

那年夏日湖邊的光影，鑽進了週六下午許姿的午夢裡。

書房很靜，她睡得很沉。

湖面閃爍澄澈，水光如細碎的鑽石，湖水很清很清，清到能見到湖底的沙石。有蟲鳴聲伏在淺草間，風輕輕一掃，淺浪拂動。

她躺在湖畔的草地裡，穿著一條純白色的連身裙。

夢裡，她不是一個人，還有一個男人，趴在自己身上。在模糊的夢影裡，她辨識出了悶聲喘氣的男人的樣貌，英眉挺鼻，輪廓立體深刻，是俞忌言。

風一吹，湖水朝岸邊一刮，高低不平的草灘上掛上了清亮的水珠。

男人壓著女人，身子激烈的起伏。

可夢裡，主動的不是俞忌言，是她。

她抱緊他寬闊的背，他猛烈地律動著，背脊線條緊緊繃住，汗珠瑩亮。

她把頭埋在他的頸窩裡，連連嬌喘：「舒服……好舒服……我還想要……再深一點……凶一點沒關係……」

像是她從未有過的浪欲一面。

而這些意亂情迷的情色穢語，從夢境裡喊了出來，成了她的夢話。

像是被一道刺耳的開門聲叫醒，許姿喘著氣，從床上半坐起來，睡裙被捲到了大腿根上，好像有什麼黏膩的液體沾在雪白的腿肉上。

她才意識到，自己被一場荒唐的春夢弄濕了。

門邊是男人極輕的低笑，應該是一眼看穿了她的夢境，「希望許律師夢裡的男人……是我。」

許姿慌得不著邊際，面色微帶潮紅。

俞忌言應該是剛從澳洲回來，門外是他的行李箱。見到額頭、脖間都是濕汗的許姿，他只笑了笑，換了別的事說：「許律師可能睡著了，沒接到家裡人的電話。妳爸媽說，明天一起去妳爺爺的茶園。」

思緒早已飄遠的許姿愣了許久，揪著沙發邊的軟布，無意識地點了點頭。

「好。」

第七章

結婚後，因為俞忌言經常不在成州市，所以幾乎沒有和家人一同出遊的機會。上次溫泉是第一次，這次的茶園是第二次。

俞媽媽去了國外度假，所以出行的只有許家人。

謝如頤特意不讓許知棠開車，要俞忌言來接。許姿知道媽媽的小心思，從上車開始，謝如頤的目光就一直盯著前面，弄得許姿很不自在。

謝如頤很喜歡俞忌言，跟他講起話來，總眼眉帶笑：「忌言啊，下半年還忙嗎？」

俞忌言和長輩說話，像換了個模樣，溫和有禮：「等六月中以後，我就常在成州市了。」

「好好好，不忙就好。」謝如頤笑道，「你就是太忙了，一個人在外面，也沒人照顧你。難得回一趟家，我們姿姿又從小嬌生慣養，什麼也不會做，哪懂得照顧老公啊。」

許姿實在搞不懂，媽媽怎麼可以如此偏袒外人？還有最後那兩個字，聽得她頭好痛。於是她決定不參與這段對話，忙著看窗外風景。

賓士平穩地行駛在前往郊區的公路上，已經看能看到起伏的小山丘。

俞忌言左手撐著方向盤，一條筆直的公路，開起來很輕鬆。他右手打開扶手盒，取出裡面的草莓味乳酸菌飲料，抵在左手掌心，插上吸管後，推了推許姿的手臂。

她回過頭，都忘記自己剛剛拿了一瓶飲料上車，她接過後，縮在一旁喝了起來。

這可讓後座的兩位長輩開心極了。

謝如頤如此嚴肅的人，都有了心情開玩笑，「都當別人老婆了，以後還要當媽媽的人，還在這裡喝這些小孩子的飲料。」

一提到生小孩，許姿本能反感道：「媽，我沒說……」
「請放心，我和姿姿都計劃好了。」
俞忌言淡聲插話，蓋過了許姿想回的話。
好，算他狠！
許姿白了一眼，又扭過頭，氣到差點捏爆飲料瓶。

許家早年是以茶葉發家，所以許老先生有一座茶園，現在成了他的養老地。碧空如洗，纖雲不染，綿延的綠梯幽幽靜靜，戴著斗笠的村民，正彎腰勞作。
許岸山這兩年身體不太好，進出都要拄枴杖，也請了看護照顧。他老早就站在了別墅門口等，看到孫女和孫女婿時，笑得合不攏嘴。
在長輩面前，許姿還是很配合地挽著俞忌言，臉上掛著笑。至少在許岸山眼裡，他們很恩愛。
忽然，許姿的鞋跟好像踩到了什麼，腳被絆住，剛想彎腰去撥開，卻看到身邊的男人已經蹲下，扶著她的腳踝，不嫌髒地替扯著鞋跟下的異物。
她心裡冷笑，這爐火純青的演技，沒拿影帝真是可惜了。
這時，許岸山已經走到了許姿身前，將枴杖朝地上撐穩，笑得慈祥：「姿姿啊，爺爺的眼光是不是不錯？當初爺爺可是一眼就挑中忌言做孫女婿了。」
見異物已經扯出，許姿踢了俞忌言一腳，不過力氣很輕，刮到他手背的痛感跟毛毛雨一樣。
她眼眉往上一挑，「還行吧。」
許岸山一掌落向俞忌言的肩，「姿姿從小就被我慣得太厲害，一身嬌氣。爺爺允許你治治她，爺爺幫你撐腰。」

「爺爺！」許姿把俞忌言往後一推，挽著許岸山就開始撒嬌，「我是你孫女，他是個外人，你應該向著我、幫我撐腰啊！」

許岸山戳了戳她的額頭，「妳在家裡一定常常欺負忌言吧？他那麼本分老實。」

「我欺負他？」許姿急到差點語無倫次，「我哪欺負得了他這隻……」後面的話，就不適合說給長輩聽了。

許姿悄然回頭，見俞忌言還站在原地，臉上帶著笑。在她眼裡，這個笑，不善不良，只有一股狡黠的得意。

因為出發的時間比較早，所以眾人抵達茶園時，才上午十一點。別墅人員還在準備午餐，許岸山說天氣好，讓許姿帶俞忌言去茶園走走。

兩人好像從來沒有在這樣閒情逸致的環境裡並肩走過，還一起聽著脆耳的鳥聲，散散心。

平日的俞忌言穿得很簡單，寬鬆的白色T恤，塞在淺棕色的休閒褲裡，身高大概有一百八十八公分，頭身比例很好，一雙腿筆直修長。

這隻老狐狸唯一讓許姿不反感的地方，就是他的品味了。完全沒有生意場上那些老闆的油膩樣，斯文清爽。

俞忌言雙手插在口袋裡，短T下露出的手臂，在陽光下，肌膚比一般男人都白皙細膩。

他悠哉地沿著茶園小道走著，「許律師，別看太久了，小心喜歡上我。」

幸好他一開口，就立刻拉回了許姿的思緒。

還是那樣惹人厭。

許姿沒理他，看了看手錶說：「已經走十五分鐘了，差不多可以回去了，就說我肚子痛就好。」

俞忌言沒聽，下頜抬向前面，目光所及的地方，露出了些許盈光的湖水，「許律師再堅持堅持，快到那片小湖了。」

許姿驚愕地回過身，「你怎麼知道那裡有湖？」

俞忌言只是淡淡地回答：「之前來這裡見過幾次爺爺，他告訴我這邊有湖，我去過一次，是滿漂亮的。」

這門親事是許岸山作的主，所以他自然對俞忌言偏愛有加。

許姿心想，那他對茶園有所了解也合理。

只是那片小湖，是她少女時期的「祕密基地」，她只帶一個男生去過，就是韋思任。

那片小湖隱匿在茶園最偏僻的角落，微風一吹，玲瓏剔透的湖面泛起漣漪，淺草與闊葉，翠綠欲滴，有點像油畫裡的仙境。

十年過去，一點也沒變。

俞忌言踏過草地，在湖邊的石凳上坐下，望了一眼不願靠近自己的許姿。

「過來坐一下吧。」

許姿心想，跟他一起欣賞這樣的景色，根本浪費！她側過身，朝著湖水的方向，靜靜站著，想到一個問題：「你不打算去找你的白月光了嗎？」

俞忌言搖了搖頭，「不找了。」

許姿一驚，看向他，「為什麼？」

沉默了些許，俞忌言才對上她的目光，「聽說她前段時間結婚了。」

許姿忽愣，像是聽到了什麼噩耗，下意識接出了一句荒唐的話：「她怎、怎麼就結婚了呢？」

「嗯。」俞忌言只點點頭，「就是結婚了。」

像一條路被堵死，著急找尋另一條路，許姿不知不覺朝石凳走近了些，「那、那你就沒有其他喜歡的人了嗎？」

俞忌言搖搖頭，「沒有。」

「你一個大老闆，肯定有很多喜歡你的女人吧。」

「有，但我都不喜歡。」

見她一臉絕望，俞忌言不慌不忙地說：「許律師，妳不是對賭約勝券在握嗎？放輕鬆，一年很快就過去了。」

許姿又被壓制了一回，她氣得指著湖水說：「你這種老狐狸，老流氓，怎麼不跳下去呢！」

一句不過腦的話，沒想到被俞忌言當了真，「許律師，希望我跳湖嗎？」

「是啊，我希望你跳，你跳嗎？」

許姿只是耍點大小姐脾氣，胡言亂語罷了。

沒想到，俞忌言真的脫起了衣服。

「你幹嘛？」她嚇到了。

T恤已經掀到了胸肌上，俞忌言側頭望向她，「上次我答應過妳，妳要求我做一件事，我一定做到。」

許姿一面覺得他瘋了，一面又賭他絕對不敢跳，心中橫生一股較勁的玩心，眼眉輕動，「好啊，你跳吧。」

反正她小時候常在湖裡游泳，深知湖水其實也不深，便放下心來。

聞言，俞忌言迅速脫去了T恤、褲子和鞋子，摘下手錶，然後走到湖邊，縱身一躍，跳進了湖水裡。

許姿沒想過他竟沒有耍詐，真的跳了進去。

她也不敢玩太過，朝著湖裡喊：「俞忌言，好了好了，你趕快上來吧。」

湖面卻平靜得不像話，就像入水的石頭般，徹底消失了蹤影。

「俞忌言！」

還是沒有任何回應，許姿著急起來，不停地喊：「你別拿這種事開玩笑啊，快點出來！」

依舊毫無動靜。

不管許姿怎麼喊，始終沒有人聲。湖畔邊的陽光刺穿了雲塊，熱得她都快脫了妝。她是會游泳，但真要下水去救人時，還是會害怕。

很幸運，旁邊剛好有採茶的村民路過。

背著背簍的村民，拿毛巾擦了把臉上的熱汗，認出了許姿，「大小姐，出什麼事了嗎？」

此時任何一個男人，都能成為許姿眼裡的救星，「嗯，那個，我的……」

突然間，她不知道該怎麼稱呼俞忌言了。

村民放下背簍，「誰？怎麼了？」

許姿絕對不會說出那兩個噁心的字，只能指著湖水說：「我剛剛看到一個沒穿衣服的男人掉下去了。」

村民大驚，「自殺？」

「呃……也許吧。」許姿不能再浪費時間，向村民尋求幫助，「你能幫我撈一下他嗎？我不希望茶園出人命。」

村民點點頭，二話不說就跳進了湖裡，這裡的村民大多都精通水性，直接潛進水底尋人，很快就撈起了赤著身子的俞忌言。

許姿和村民合力，將俞忌言拖到了草地上。

他全身只穿了一條黑色內褲，遇水後，布料很軟，最鼓的那塊輪廓特別清晰。

村民都不好意思看了。

許姿從石凳邊抓起衣物，蓋住了俞忌言的重要部位。他像是真的失去了意識，嘴唇發白。

村民被陽光刺到皺緊眉頭，「得趕緊讓他醒過來。」

許姿驚了，「啊？他真的溺水了？」

直到這秒，她都以為老狐狸在惡作劇。

「嗯。」村民按壓著他的胸口。

許姿朝俞忌言的臉扇去，本是試著拍醒他，但使力有點重，臉上馬上出現火紅的五指印。她的真不想因為自己一句話而鬧出人命，著急地問村民：「那你能幫他做人工呼吸嗎？」

村民停下手中的按壓，「我沒做過人工呼吸……」

許姿回憶著電視裡的急救場景，「好像是捏著鼻子，口對口。」

救人要緊，村民見按壓了半晌沒用，他俯下身，捏住俞忌言的鼻子，朝那失了血色的唇湊去。

明明是在救人，許姿卻像在看戲。

「咳咳咳……」

村民的唇剛覆下去，俞忌言突然醒了。幾聲猛力的咳嗽，嗆進去的湖水從嘴中吐了出來。

兩個人大男人近距離對視，村民尷尬得立刻鬆開手，拿起簍子。

「大小姐，他沒事了，那我先走了。」

許姿愣著應：「哦，好。」

正是午日，火燒般的陽光把草地都曬融了。

俞忌言將T恤套好後，慢慢站了起來。畢竟才剛溺過水，整個身體還有點無力。

見他沒死，能呼吸了，許姿凌厲了起來。

「穿好了嗎？」

「嗯。」

「走吧。」

這次，許姿似乎真的被氣到了。倒不是在意這隻老狐狸的死活，是純屬覺得他腦子有病，既瘋又變態。

俞忌言跟在她身後，默不出聲。剛剛沒毛巾擦身子，所以衣服褲子都濕了，還好太陽夠大，沒走兩步，就乾了一半。

曲折的小道，綠蔭蔽日，闊葉影子折在光影裡，柔軟的輕晃。

恰好是採茶村民的午休時間，茶園一片寧靜。

俞忌言沒著急追過去，始終和許姿保持著一段不遠不近的距離，兩人的情緒卻毫不相同。

她在生悶氣，而他在欣賞風景。

許岸山的別墅建在茶園後方，從外面看像一座古老的英式城堡，外牆上爬著蔓藤，繞著粉白色的薔薇。

他們前後腳進了門。

正在和許岸山愉悅聊天的謝如頤，看到許姿好像在鬧脾氣，又看到俞忌言的頭髮和衣服是濕的，她慌張地起身，「怎麼回事？」

許姿在樓梯邊停下，回眼一瞪，「俞老闆可能是工作壓力太大了吧，想要跳湖自盡。」

講話尖銳得很。

俞忌言沒解釋，只用微笑安撫了幾位長輩。

以前，謝如頤見不得女兒對俞忌言這樣無禮，次次都要拉到一旁教育一番。但這次她沒生氣，反而覺得是夫妻間的小樂趣。

她喊了聲家中的打掃阿姨，「陶姨，拿套新的衣服給姑爺。」

陶姨應後，上了樓。

謝如頤拍了拍許姿的腰，「帶忌言去妳的房間換個衣服，然後下來吃飯。」

許姿聞言，大小姐脾氣來了，「他四肢健全，我為什麼要伺候他？」

她沒理任何人，逕自上了樓。

這下讓性子強勢的謝如頤差點來火，還好俞忌言及時安撫住了她，「剛剛是我惹到她了，我去道歉。」

二樓靠盡頭的臥房是許姿的。

她走過去時，陶姨剛出來，陶姨說姑爺的衣服放在了床上，然後下樓去忙活了。

還沒推開門，許姿便感受到了身後熟悉的壓迫感。

剛剛待人溫和的男人，此時原形畢露。

俞忌言手臂一伸，直接覆住了門把上的手，聲音落在她的側額，「老婆，幫我換衣服。」

明明是低沉又有磁性的好聽嗓音，但在許姿耳裡，就是反感。她打開門，面無表情地拿起床上嶄新的衣物，再拉開浴室的門，全扔到了凳子上，「你最好別再惹我。」

關上臥室門後，俞忌言走到她身前，盯著她那張氣鼓鼓的臉蛋，笑了笑，「生氣，是因為怕我死嗎？」

許姿回頭就給了他一個白眼。

俞忌言笑笑，乖乖地去了浴室。

二樓陽臺是露天的，地上一角堆滿了編織花盆，粉色的玫瑰、海棠簇在一起，被家中打掃阿姨維持得嬌豔欲滴。

換了乾淨衣物的俞忌言，手裡拿著一條乾毛巾擦拭著頭髮。抬眼間，看到陽臺上的窈窕背影，烏黑的長髮披在肩上，綠色的絲綢裙角微微蕩起，被密陽輕籠，輪廓微虛。

他走到陽臺上，在籐椅前坐下。

許姿雙手交叉胸前，撇了他一眼，姿態擺高，「俞老闆還真是勝負心極強啊，沒想到為了一個對你沒什麼意義的合約，拿命來博。」她又諷刺笑道，「我怎麼就不知道，原來你是這麼聽話的人呢？」

音落，她又扭過頭，望著樓下的院子，胸口還悶著氣。

窗欞上的鳥撲落又飛走。

忽然，許姿的腰像是被兩根手指輕輕戳了戳，弄得她有點癢，一癢就更煩，「你幹嘛！」

在轉過視線的那刻，她的眉頭漸漸舒展開。

俞忌言的頭髮還未乾，溼漉漉的瀏海垂在額間，少了平日的強勢和銳利，眉眼柔和平靜，他伸著手，像個索要糖果的小孩。

許姿快被逼到沒耐心，「你要幹嘛？」

俞忌言指了指自己的頭髮，喉結輕輕滾落，「幫我擦頭髮。」

本是很反感老流氓的得寸進尺，但許姿突然想撒把氣，迅速扯起他手裡的毛巾，將他的腦袋一把包住，把他的臉當桌子，狠狠抹，使勁揉。

浴巾的顆粒摩擦在肌膚上，有點痛，不過俞忌言一直忍著。過了一會兒，他才一把扣住許姿的手腕，她被迫停下了發洩。

他撥開毛巾，盯著她，輕聲問：「還氣嗎？」

許姿的手僵在他的五指間，想嗆的話全卡在喉嚨裡。

這隻老狐狸，的確很會治自己。無論怎麼罵他打他，他從不還嘴，更不還手。但她很清楚，他並不是一個好脾氣的人。

不能讓他占上風，總歸得說點什麼，許姿在掙脫之前，又撂了狠話：「一年而已，我忍得了。」

這狠話聽起來毫無殺傷力。

等許姿走到房間裡後，俞忌言慢悠悠地擦著頭髮，目光斜睨過去，「可是，剛剛許律師明明很擔心我的死活啊。」

這老狐狸一把年紀了，還挺會腦補。

許姿收回腳步，笑眼盈盈，還語氣誇張地接上了他的話：「是啊，天啊，我好怕你死，好怕我成為寡婦啊，真怕找不到第二個你這樣的好男人了。」

笑容倏忽沉下，變臉如翻書。

俞忌言不計較她的故意為之，等她走後，他也準備下樓。

這時，放在桌上的手機震了起來，是朱賢宇的來電。

「willy，為了許老闆，你未免也太大手筆了吧。不過，遊艇我很喜歡。」朱賢宇聽起來心情很不錯。

俞忌言只簡單回應：「嗯，喜歡就好。」

掛斷電話後，俞忌言拉開門，往樓下走，剛走到一半，在木梯間停住。

樓下傳來愉悅的聊天聲。

女人的聲音又嬌又悅耳，「爺爺，不是他幫我的，真是我自己談下的客戶。你都不知道，為了朱少爺這單，我和佳佳有多辛苦，我都瘦了好幾公斤呢。」

許岸山說：「瘦了好幾公斤？難道不是妳吃那些生菜沙拉什麼吃瘦的嗎，又不是小兔子。」

「反正就是我自己談成的，您要誇我。」

「好好好，爺爺誇誇妳。我們姿姿長大了，還會做大生意了，以後公司會越做越大。」

樓梯間，俞忌言還是沒走下去。他微微側身，視線落在許岸山和許姿身上，看到他們在笑，他也笑了。

一頓愉悅的午飯過後，許姿陪父母去樓上休息，俞忌言則陪許岸山去茶園散步。

烈日壓向了山頭，高山上的茶園，一眼望不到邊，走在小道裡，能聽見採茶人的說笑聲。

俞忌言扶著許岸山慢慢往前走，此時溫度稍微降下了一點，散起步來舒服多了。

枴杖往地上一撐，許岸山感慨道：「那個朱賢宇出了名的難搞，他們朱家最近因為遺產的事，鬧得滿城風雨，他怎麼可能把這麼重要的事交給姿姿。」

俞忌言明白許岸山的話中意，不過他沒回答，只是低下了頭。

許岸山太了解他的個性，笑笑道：「你和朱賢宇是同學，應該沒少動用人情幫姿姿吧？」

緩了一聲，俞忌言才說：「也還好，不是很費力。」

可能是天氣好，外加難得一家團聚，許岸山臉上一直帶笑，在他這個頤養天年的歲數，只求事事安寧。

走了兩步，他拍拍俞忌言的肩膀說：「上次也是，我一氣之下讓她把事務所關了，你就說要替她付租金。其實你就是故意的，一來，你可以替她保下夢想，二來，你知道她好強，知道她會逆著你來，然後好好做給你看，是不是？」

許岸山的目光停留在俞忌言臉上，但俞忌言沒有回答，只是望向遠處的湖山，眼波平靜。

許岸山撐著枴杖繼續往前走，笑著嘆了聲氣：「不會好好說話的孩子，是沒有糖吃的。」

不過一會，兩人便走到了湖邊。

許岸山通常散步只走到這裡，於是他轉身準備返程。

俞忌言卻一直盯著湖岸發呆，伏在樹枝間的鳥，躍到湖面，濺起漣漪，晃動的水波，扯出了他的回憶——

那日，酷暑難耐。

溺水的他被一個男生從湖水裡撈到岸邊，他睜不開眼，呼吸困難，可就是死死揪著那張被水泡到字跡模糊的信紙。

男生蹲在他身邊，笑聲諷刺，還扇了扇他的臉：「跟個啞巴一樣，話都不敢說，成天只敢偷窺，算什麼男人？」

而後，對方扯出他手中的信紙，末尾落筆的名字還看得清楚，只見男生無禮的笑出了聲，「出生得多晦氣，爸媽才幫你取這種名字。」

最後，又拿著信紙扇向了他的臉，「人家一個大小姐，怎麼會喜歡你這種鄉下土包子。」

回憶，像是有十年之久。

俞忌言游離在外的思緒，被許岸山的喊聲扯回。他攙扶著老人家回了別墅，想在外面抽根菸，便先讓陶姨將許岸山接進屋裡。

走到木欄邊的槐樹下，俞忌言點燃一根菸，垂眸沉思，目光落在泥土間緩緩爬向青藤的蟲蟻。指間的菸緩緩吐出縷縷煙霧，輕盈飄散，氤氳入眼底。

似乎，想起的事並不美好……

對面的看護房外，家中兩位幫忙的阿姨在洗手，湊在一起說著什麼。

何姨瞅著樹下抽菸的男人道：「你看姑爺像不像那個之前經常過來餵貓的男生？第一次見他，我就覺得像。」

徐姨皺起眉頭打量，「不像吧？那個男生哪有姑爺這麼精神，那個男生我見過兩次，瘦得我都心疼了。」

「我還是覺得像。」何姨邊擦手邊道，「那個男生不是老來逗小姐的貓嗎？有次被我撞見，我看到他手上、脖子上全是被打的血印，我怕是家暴啊，問他要不要幫忙，他居然轉頭就跑。」

她們還在聊著。

抽完菸的俞忌言往別墅走，剛好迎面碰上兩人，他禮貌性地打了招呼後，進了屋裡。

徐姨扯住何姨，「根本不像，那個男生肯定是附近的村民，哪裡有我們出生名門的姑爺這麼英俊瀟灑。」

「也是。」何姨也沒再說了。

下午四點多，客廳裡靜悄悄的，沒有半個人在。

不過廚房裡倒是有些動靜，俞忌言側目，餘光剛好瞟到了許姿，她好像在切菜，每切一下，就嚇得要重新調整手指位置一次。

砰。

廚房的木門被帶上。

許姿一回頭，就被熟悉又炙熱的氣息裹住，還有點淡淡的菸草香。俞忌言雙臂撐在水池兩側，將她的人圈緊。

「這裡是廚房，你別亂發情。」她握著菜刀警告。

「許律師，放輕鬆點。」俞忌言抽出她手裡的菜刀，放到砧板上，再伸手將她的髮絲挽到耳後，「今天是本週的最後一天。」

顯而易見的提醒。

許姿也沒躲，但講話並不好聽，「男人一週不做這種事，會死是嗎？」

俞忌言一直凝視著她的側臉，眼神深得彷彿陷了進去，避開了她帶刺的問題，柔聲地說：「一週沒見，我很想妳。」

許姿驚怔。

這好像是他第一次直白的表達情意，而不是強勢地逼迫自己。人的本能反應不會撒謊，這也是她第一次，沒有產生反感。

料理檯正對著一扇木窗，西沉的陽光柔和了許多。

俞忌言看著砧板上，切得歪七扭八的菜問：「許律師，妳這是？」

「做飯啊，我想煲個湯給我爺爺喝。」

她好像對自己的廚藝相當滿意。

看見砧板上一塊厚一塊薄的蘿蔔，以及一塊大一塊小的蓮藕，俞忌言有些看不下去了。

「讓開。」

「嗯？」

俞忌言把許姿輕輕推到一邊，拿起刀，將砧板上的食材重新加工一次。他刀工很好，切得薄厚均勻。

窗外枝葉茂密，影子晃在俞忌言身上，棉質的白T上是道道細紋。他眼眉平靜，處在這樣與世無爭的環境裡，難得顯得溫和。

他捕捉到了盯著自己的目光，只不過沒回頭，邊將切好的食材倒進鍋裡邊說：「之前他們說我右臉很好看，看來沒騙人。」

許姿立刻收回目光，「一把年紀了，真不要臉……」

俞忌言倒入清水後，將鍋子蓋上，看向她，眉骨壓低，「怎麼，在許律師這裡，三十一歲很老嗎？」

見湯已經煲上了，許姿便想去院子裡待待，她拍了拍裙身，「當然，三十之後就是四十了。你趕緊找個女人，把孩子生一生吧，」又斜睨了他一眼，表情很嫌棄，「不然再過幾年，那個的品質會變差。」

悄靜的屋裡，高跟鞋底聲很清脆，聲音剛在木門邊收住時，卻忽然劃出了劇烈的拖拉聲。

「啊！」

許姿猝不及防地被俞忌言抱回了料理檯前，後面就是窗戶，外面正對著一條通幽的小徑，她很怕會有其他人經過。

見對方的眼神透著一股炙熱，許姿想說點軟話逃命，「剛剛算我說錯話了，你不老，三十歲是男人最好的年紀，還有你特別厲害，哪裡都厲害。」她稍微摸了摸他的雙臂，「俞老闆，大人有大量。」

俞忌言搖了搖頭，「許律師總說我是小人，小人的氣量一向很小，斤斤計較，還睚眥必報。」

手指僵住，許姿又一次被壓制，只能忍著氣。

唰！

許姿見俞忌言將窗簾拉上了一半，一股不好的預感傳來，剛想抬起右腳踹過去，卻被他精準扣住，壓了下去。
「你怎麼知道我會伸右腿？」
俞忌言撐在桌沿邊，腰背彎下，目光剛好能平視著她，「因為許律師好像很喜歡右，喜歡用右手扇我，喜歡用右腳踩我，也喜歡——」他胸膛稍稍往前一伏，咬字很輕，「咬著自己的右手指……叫。」
啪！
俞忌言臉上立刻浮現了五指印。
很厭惡這種下流話的許姿，下意識就動了手。
俞忌言摸著微紅的臉頰說：「我這張臉，今天被許律師妳打好多次了。」
她低眉，想起來了，剛剛在湖邊救他的時候，也打了他好幾巴掌。
俞忌言壓下眉額，盯著那條淺綠色的裙子看了兩眼，然後從小腿往上捲。
這可是廚房，外面的阿姨隨時都能進來！
見裙子被推到小腹上，許姿嚇傻了，使勁掰開他的手，「俞忌言……不能在這裡做……」
俞忌言停下動作，抬眸道：「許律師明天一早八點就要見客戶，想必今晚也會找理由溜掉吧？」
許姿啞口無言，這的確是她的計畫。
在毫無防備的情況下，她的雙腿被抬到了桌面上，被迫打開，私處又以極其羞恥的角度對著他。
「下、下週……延到下週……」
「自己扯著裙子。」俞忌言根本沒在聽。
「俞忌言，我在跟你商量……」

「扯好。」

他一強勢，她就不敢討價還價了。

見沒動靜，俞忌言指了指後面的門，「陶姨她們在房間裡休息，應該等一下就要來做事了。」

哪次鬥得過呢……許姿聽話地扯住了裙子。

俞忌言像是不滿意，將裙子又往上捲了幾層，直至露出了內衣。飽滿的乳肉藏在半透明的白色蕾絲裡，隨著許姿的呼吸一起一伏。他輕巧地解開了內衣扣環，輕薄的內衣就這樣垂在身前，胸乳被解放出來，雪白透光。

俞忌言邊扯濕紙巾邊笑，「許律師打我的臉，那我也得打回來。」

許姿害怕極了，眼一瞪，「你敢打，你試試看。」

將指節擦乾淨後，俞忌言回過頭，喉結滾了滾，張開五指，輕輕朝乳肉拍了拍，又大又軟，次次都忍不住揉捏幾把。

第一次被打胸，許姿呼吸輕顫，又很氣，「你們男人真是變態，只知道欺負女人！」

「許律師也可以欺負我。」俞忌言鬆開手，「多變態都可以。」

一張老狐狸原形畢露後的壞笑。

一來阻止不了他停手，二來也怕家裡的阿姨會突然進來，許姿索性別過頭，「那你快一點。」

俞忌言假模假樣地感慨：「我真是失敗，還沒能讓許律師饞我一次。」

許姿閉緊嘴巴。

下一刻，那隻飽含力量的手直接揉住了奶子，乳肉從指縫間溢出，冰涼的指尖將白乳揉得火熱，弄得許姿仰起脖子，忍不住哼聲。

「你怎麼……那麼喜歡我的胸部啊……」情迷之中，許姿還是脫口而出了。

俞忌言聽笑了，下頷湊近，氣息覆在她的乳間，「因為……太漂亮了。」

被舒服地揉捏著，許姿似乎沒聽清他的話。

俞忌言攤開掌心，朝被揉紅的奶子上拍上去，從輕至重，豐腴的胸似柔波一樣晃蕩，被粉紫色的夕陽覆籠上，像幅油畫，又騷又純。

漂亮到他喉嚨發緊。

拍擊聲越來越響，奶子顫得太快，許姿顧不上羞不羞恥，脖子一直後仰，長髮垂到了窗沿邊，臉色泛起潮紅，平坦光潔的小腹像在發抖。

俞忌言一隻手拴住她的腰，吻掉了她小腹上的細汗，另一隻手還在拍擊胸部，越拍越快，拇指時不時刻意擦過腫立的粉色乳頭。

「嗯額、嗯——」許姿疼哭了，眼尾有淚痕，身子裡又癢又麻，她不想要了，「俞忌言，不、不要弄我了……」

俞忌言低眉看了看她夾緊的雙腿，「怎麼，濕了？」

這種事被揭穿，許姿臉迅速燒起來。是，早在剛剛被拍了幾下後，她就感覺到內褲濕了，黏膩感越來越強烈。

屋外夕陽越來越昏黃。

俞忌言沒脫下她的內褲，只用兩根手指挑開蕾絲布料，從側縫裡穿進去，粉嫩的穴口濕濕熱熱的，他併攏手指，從窄縫裡緩緩塞了進去。

手指雖沒有他的性器大，但許姿還是感覺到了疼痛，不過疼痛了幾秒後，是被填滿的滿足感。她很不想承認自己被他弄得舒服，的確不想讓他停。

她咿咿呀呀地低吟起來。

俞忌言輕輕扯出快被她吃進去的髮絲，底下的手指搗弄得又深又狠，「許律師就是饞我了。」

老流氓太不要臉！

「我沒有……」許姿咬著唇反駁，「我沒有饞你……是你強迫我的……」

話音一落，俞忌言將手指從穴裡抽出。

被填滿的地方徹底空掉的感覺，讓許姿很難受，屈起的雙腿抽搐得厲害。像是被本能呼喚，她下意識抓住了他的手腕。

俞忌言手腕上的細嫩小手，嘴角勾出笑，眉眼一挑，「許律師，還想要？」

似乎從來沒有如此丟臉過，許姿僵在廚臺上，沒回應，可她遲遲沒下來，就是回答。

俞忌言又扯開內褲，重新將手指塞了進去，盯著那張高潮般紅暈的臉龐，聲音壓得極低：「想要就說出來，不丟臉的。」

一陣陣的快感直衝許姿的腦門，底下是被塞滿後的暢快感，她根本抗拒不了，咬著唇，嗚嗚咽咽，連同細長的脖頸都紅了，嫣紅透白。

汁水順著被撐開的穴縫流到了俞忌言的掌心，他很壞心，每搗弄幾下，就停一下。就知道，她會下意識去抓自己的手腕，是在示意——不要停。

他很喜歡這種征服感。

怕她一會要噴，俞忌言還是將內褲往下扒了一些，穴口已經一片濕潤，陰毛上沾著亮晶晶的淫水，看得他下頜繃緊，性器腫脹得將褲子頂出了弧度，有點硬得發疼。

許姿雙腿在發顫，高跟鞋屢次要從料理檯上滑落。她一邊覺得這老狐狸太變態，不是辦公室，就是廚房，但一邊又不得不承認被他伺候得很舒服。

手指在穴裡曲起，俞忌言加快了速度，搗弄得飛快，抽插出了噗嘰的水聲，淫靡極了。

他雙眼一直抬著，就喜歡看那對雪白的胸部晃來晃去的樣子，騷得他手指在裡面更來勁。

外面好像傳來了陶姨和何姨的說笑聲。

許姿太害怕了，迷糊地叫著：「俞忌言……停……有人來了……」

俞忌言手指用力摳動，「別管，投入點。」

許姿吞咽了幾下，只能配合他的動作，顫著臀，扭著腰，細細地泣吟。

幾十下猛烈的搗弄後，許姿感覺眼前閃過了幾道白光，隨著他手指的拔出，一股淫水嘩地流到了內褲和檯面上。

身體裡高潮迭起，喘了幾口氣後，許姿聽到笑聲越來越近，她嚇得趕緊跳下檯子，穿起內褲，氣憤地捶向俞忌言，「都是你硬要在這裡弄，都沒時間擦，好髒。」

當俞忌言扶住她手臂的時候，陶姨剛好推開門，看到了他們的「恩愛」，何姨捂著笑道：「不好意思，打擾你們了。」

隨後，門再度被關上。

俞忌言扯過一片新毛巾，擰開熱水，沾濕。

許姿看著他，心裡竟然對他有了奇怪的肯定感。覺得這三十一歲的老狐狸真的滿有一套的，手指不比真做時差。

他擰乾毛巾後，回頭恰好撞見她吞咽的動作，笑了笑，「許律師，是饞我了嗎？」

許姿沒理人，轉頭就想走。哪知才跨一步，腿就發軟，幸好俞忌言及時扶住了她。

隨後，他掀開她的裙子，又脫下她的內褲，拿著溫熱的毛巾，一點點替她擦拭著穴口、腿根的黏稠水液。

她沒抗拒，低下眉，靜靜地看著單膝跪在地上的男人，身影居然出奇地溫柔。

一番整理後，他們離開了廚房。

俞忌言交代陶姨和何姨進去看著湯，跟在他身後的許姿，忽然一把將他推到了牆角。

這個連貫的動作，有些像壁咚。

俞忌言看向按著自己雙臂東張西望的女人，皺起眉道：「沒想到許律師有這麼 man 的一面。」

許姿瞬間收回手，確定四周沒人後，她步入正題：「俞忌言，我希望你不要誤會。」

俞忌言笑了笑，「誤會什麼？」

許姿雙手縮在胸前，吞吞吐吐地解釋：「就、就是我剛剛那些行為，不代表我對你有意思喔。」

見他沉默，眼神也很平靜，她著急起來，「我那些叫喊啊，是因為身體的本能反應……就像你掐我一下，我也會叫，你懂吧？」

她都不知道自己在說些什麼了。

拖了半晌，俞忌言才應出一個字：「嗯。」

「真的不是什麼饞你或對你有意思喔。」許姿想讓他徹底明白，「只是一種條件性反射，不是什麼異常現象，你懂吧？」

「嗯。」俞忌言點點頭。

他這種敷衍的反應，讓許姿依舊很擔心，一直跟在他屁股後面，時不時扯扯他的袖子。

「你真的懂了嗎？」

俞忌言很有耐心地回答：「嗯，我懂。」

「那就好。」

「哎喲，我們姿姿黏老公黏得這麼緊啊，我才剛把忌言帶走一會，這人剛一回來，又黏上他啦？」

許岸山在書房休息了半個鐘頭，拄著枴杖慢慢走了出來，看著這對小夫妻，喜笑顏開。

俞忌言和許姿配合的笑笑。

許岸山讓陶姨從書房拿東西，像是大師算的卦，他特別激動：「看我都老糊塗了，我差點忘了這件事。」

這時，謝如頤和許知棠也下了樓，「爸，什麼事這麼開心？」

「正好，你們也來看看。」許岸山望了一眼俞忌言，「忌言啊，你知道那個香港的周大師吧，我之前跟你介紹過，我這幾十年生意，他幫了不少忙。」

做生意的人，特別信風水和八字。

俞忌言點頭，「嗯，記得。」

「我這不是見姿姿肚子一直太安靜了嘛，我著急啊，便找他算了算，看看家裡什麼時候可以添個人。」

許姿臉色倏忽耷拉下來。

許知棠興奮起來了，「爸，周大師怎麼說，我什麼時候能做外公？」

許岸山慢慢撐開卦紙，嗓門都拉高了，「別急，我都記下來了。他說，後年家中能添小孩。」

「後年？」許知棠數著數，「也就是說，明年我們姿姿就能懷上，後年生個虎寶寶。不錯不錯，數虎夠威風。」

瞬間，家中長輩圍成一圈，興高采烈地聊著「添丁」的話題，甚至還取起了名字。期間，俞忌言偶爾也附和幾句。

只有許姿，腦子嗡嗡作響，一句話都不想說。

眾人陪許岸山用完晚餐後，已是夜裡八點多了，便準備回市區。許姿拉著爺爺依依不捨，抱了抱，撒撒嬌，最後是被謝如頤拉開，安排她陪俞忌言去開車。

賓士停在茶園大門旁。

腳踩在地面，是細碎的沙石聲。俞忌言把陶姨給的食材放進後車廂裡。

許姿站在旁邊看了兩眼，「我們又不做飯，拿這些食材回去，不都浪費了嗎？」

俞忌言關上後車廂，笑了笑，「後半年沒那麼忙了，我會待在成州市，我做。」

「這些土雞、牛肉什麼的你都會處理？」許姿不信。

俞忌言點點頭，「嗯。」

「那爆炒雞肉，小炒牛肉，這些你都會？」她喜歡吃辣，口味重。

俞忌言握著車鑰匙，繼續點頭，「嗯，都會。」

門邊的燈很幽暗，起不了照明作用，車燈是唯一的光源。

上車前，俞忌言想起剛剛大師的卜卦，他望著夜空，假裝感慨：「那個周大師真的滿準的，上次幫我算過土地開發的事，讓我狠賺了一筆。」

許姿一聽，就知道這老狐狸根本意有所指。

她往他身邊靠近了點，「周大師說我後年會生孩子，也許說的是我和我第二個老公。」

本想耍一記威風，結果整個人被俞忌言從背後扯進懷裡，高跟鞋在石頭地裡站不穩，差點摔倒。

他低啞的聲音覆在頭頂，弄得她頭皮微微發麻，「我要是再壞一點，我能讓大師的話提前一年實現。」

許姿呼吸一緊，睜大了眼，真的受到了驚嚇。

這一句「提前一年實現」恐嚇程度太高，讓許姿從昨晚到現在都難以冷靜下來。她向來喜歡裝強大，其實膽子小得很，尤其是對性愛這件事還不太懂，所以在見完客戶後，她叫來了靳佳雲。

恒盈，二十四層的辦公室。

靳佳雲聽完整件事後，卻抓錯了重點：「俞老闆真厲害啊，你們才沒做幾次，就在辦公室跟廚房了。」她轉著筆笑道，「讓我想想，你們下次會在哪呢？車上？會議室？

野外？」

「靳佳雲。」許姿冷聲打住。

「好啦好啦，我說重點，」靳佳雲清咳幾聲，「妳說的這種情況呢，也不是沒有可能。但是一般來說，戴保險套是不會懷孕的，除非——」

「除非什麼？」

靳佳雲皺著五官，「俞老闆好歹是個大老闆，不會為了搞出一個孩子，刻意戳破保險套吧？」

許姿低著頭，有點擔心。可能是因為她並不信任老狐狸的人品，說了那麼嚇唬人的話，害怕他言出必行。

叩叩。

會議室的門被敲響。

許姿叫了聲「進來」後，費駿推開了門，他身後還跟了一個人，是俞忌言。他很喜歡棕色，而棕色西裝的確很適合他，筆挺帥氣。

「幹嘛？」

這幾個月來比從前親密了許多，不知不覺中，許姿對俞忌言的講話態度越來越自然，甚至是隨意了。

靳佳雲轉過椅子，準備看戲。

俞忌言腳步在地毯邊停下，「朱少爺晚一點會到成州市，說想請我們吃晚餐，然後去酒吧坐坐，妳有空嗎？」

是自己的大客戶，許姿當然樂意，「好啊。」

俞忌言又看向靳佳雲，「靳律師，朱少爺點名妳也要去。」

「我？」靳佳雲驚訝地指著自己，「不好吧，你們一個是同學，一個是夫妻，我一個乙方，去了幹嘛？」

許姿拚了命向靳佳雲使眼色，她只能無奈地回道，「好啦，我也去，我陪姿姿。」

「嗯，那好，不打擾了。」

出去前，俞忌言看了一眼費駿，費駿和身後的兩位女士憨笑揮揮手，「對了，還有我，我也會去。」

她們並不在意。

走出會議室後，費駿跟在俞忌言身後，俞忌言背脊挺拔，邊走邊說：「東西準備好了嗎？」

怕在公司過度親近不好，費駿放下了手，湊在他肩邊說：「舅舅，我做事，你放心。」

「嗯。」

「不過呢……」費駿小心翼翼的戳了戳他的手臂，「也要看舅舅你的手氣，加油啊。」

晚上七點。

朱賢宇在大使館區請幾位吃了一頓法國菜。歐洲大使館這邊的餐廳在成州市屬於高價消費，幾乎一比一還原歐洲街道，浪漫、愜意又充滿異國風情。

對許姿和俞忌言來說這算是日常生活，所以只有靳佳雲在認真享受美食。

朱賢宇擦了擦嘴角，問道：「靳律師，好像很喜歡肥肝，要不要再來一份？」

靳佳雲察覺自己失禮了，放下刀叉，搖頭道：「謝謝，不用了。」

許姿戳了戳她的腰，笑她沒出息。

俞忌言和朱賢宇坐在一排。

趁對面兩個女人在補妝時，俞忌言輕咳了一聲，食指在指骨上彈動。

朱賢宇收到暗示，笑著叫了一聲靳佳雲。

「靳律師平時不是很喜歡去酒吧嗎？成州市妳比較熟，要不要叫點朋友一起來玩？人多熱鬧。」他拍了拍俞忌言，「我和俞總，沒什麼朋友。」

俞忌言臉色一暗，明顯感到不悅。

許姿差點笑出聲，口紅都塗歪了，拿紙擦了擦後，視線從鏡子邊挪開，悄悄瞅著他心想，會想和這種精明的老狐狸做朋友的，也就只有更精明的朱少爺了。

靳佳雲闔上粉餅盒，支支吾吾：「呃，我的朋友呢，也就是許律師的朋友，都是一群姐妹。」

朱賢宇這人，很會講場面話：「那一定和兩位一樣漂亮。我喜歡美女，方便的話，可以叫出來一起玩，隨便喝，多貴都行。」

靳佳雲望了望許姿，對方點了點頭，她便開始在微信群裡瘋狂喊人。

酒吧是玩咖靳佳雲選的，一家叫 gas+ 的海邊露天酒吧，藍夜配上天臺裡的爵士樂，慵懶迷人。

本來許姿以為兩個律師姐妹會怕生，沒想到一聽是大名鼎鼎的朱少爺，比上庭還積極，妝容齊全，一個肩膀全露，一個大露香背，打扮得相當認真。

靳佳雲端著雞尾酒，湊在許姿耳後說：「看看她們，跟沒見過男人一樣。」

「見是見過。」許姿吸了口飲料，「但沒見過這麼有錢的，這一疊現金擺妳面前，妳不愛？」

靳佳雲盯著外表俊逸的朱賢宇，又想起了南非那幾天的事，徒生反感，「但這現金比屎還難吃，誰愛吃誰去吃。」

許姿偷笑。

「朱少爺，聽說你喜歡去很刺激的地方旅遊？」

「是啊，之前看你還去了南非對吧，哇，好厲害！」

許姿這兩位小姐妹，一位叫 Julie，一位叫 Niki。此時都快成了專訪記者，圍著朱賢宇問個不停。

不僅她們盯得緊，鄰桌的目光也投得火辣。

天臺裡的爵士樂繚繞，情調迷離。

在等費駿的期間，許姿去了洗手間，六月夜已經熱了起來，沒一會，她臉上就出了汗，她便在洗手臺前補妝。

很巧，俞忌言也剛從洗手間出來。

許姿蓋上粉餅盒，攥在手心裡，眼往身邊的男人瞅去，像是逮到機會，就想故意酸他兩句：「看來俞老闆的魅力很一般啊，附近幾桌美女都只看朱少爺。」

俞忌言擦了擦手後，抬起左手，無名指上的鉑金婚戒很顯眼。

許姿也抬起右手，翹起無名指給他看，「我也戴了，但剛剛旁邊有三個男人都看著我。佳佳真會挑地點，這裡的品質，是挺不錯的。」

她對著鏡子撥了撥頭髮，長髮甩向薄瘦的肩後，這張鵝蛋臉又明豔又嬌媚，「看來明年離婚後，我還是很有市場的。」她哼著氣，斜睨了他一眼，「再找的話，我一定要找個年輕氣盛的。」

就是要氣死他！

目光只在她身上短暫停留，俞忌言沒什麼情緒地應了聲，便走回了沙發。

沙發邊熱鬧了起來。

加班完趕來的費駿，一下就讓場子熱了起來，把 Julie 和 Niki 逗得直發笑。年輕人確實有活力，聊得話題一個比一個新潮，顯得一旁的俞忌言和朱賢宇，更像是兩個格格不入的「老男人」。

說得好聽叫沉穩，不好聽叫無趣。

隔著一人的距離，費駿聽到了清咳聲，他打了個響指，大家注意力立刻集中起來，都弓著背，聽他安排：「光喝酒光聊天也沒勁，玩個遊戲吧，最簡單的，數七都會吧，輸了的抓鬮懲罰。」

那幾個玩咖自然都會。費駿向其他三位解釋了一遍，朱賢宇和俞忌言都回應了「ok」，只剩許姿低著頭，嘴裡像在數著數。

費駿：「舅媽，還要我再說一次嗎？」

「不用，」許姿好面子，直起腰，「這麼簡單，我又不是傻子。」

遊戲開始。

考驗的就是反應能力，這對於俞忌言和朱賢宇這種對數字極其敏感的人來說，簡直易如反掌。

三輪下來，許姿就卡了兩次，面子丟沒了。

願賭服輸，她抓鬮，鬮是費駿準備的，小紙條放在了一個盒子裡。第一次，她抓到的問題是，談過幾次戀愛，她硬著頭皮寫下——兩次。

靳佳雲自然不會拆破，但 Julie 和 Niki 皺起眉頭，小聲互問，Jenny 什麼時候談的。

俞忌言只掃視了一圈大家的表情，然後默默拿起酒杯，抿了一口，面色平靜，繼續遊戲。

第二輪，許姿抓到的鬮是，初夜是什麼時候。在糾結是否要說假話的時候。費駿提醒她：「舅媽，要說實話。」

幾個人，都盯向了這對夫妻。

不知是酒精上頭，還是緊張，許姿臉上暈著紅。俞忌言見海風吹亂了她的髮絲，他伸手幫她撥了撥。他指尖的溫柔對她來說，卻是壓迫感。

玻璃酒杯上都是手心裡的虛汗，她盯著桌角，聲低又快速地回答：「澳門。」

正好酒吧中的爵士樂演奏到高潮部分，有些吵。

費駿沒聽清楚，「什麼？」

許姿將酒杯用力放回桌上，「我說完了，沒聽清是你家的事。」

不過，也沒人刁難她。

許姿知道老狐狸聽到了，也知道他內心肯定很得意。

俞忌言的確聽清了，嘴角勾起弧度，身子往沙發後一靠，望著覆進酒吧彩色光影的倩影，替她扯了扯快滑下去的肩帶。

許姿煩得反手扇了他兩下，但被他一掌包住，掌心是熾熱，還用拇指親暱地撫著她的肌膚。眼前是一群人的笑聲，可她腦袋嗡嗚一片，似乎正做著什麼見不得光的事。

又玩了兩輪。

費駿拉著俞忌言去了洗手間。

見他舅舅一直沒輸，他抬手看了一眼表，急了，「舅舅，都快十一點了，你再不輸，局就要散了。」

俞忌言擦完手後，對著鏡子理了理西裝，「你選的遊戲太簡單了，我的腦子根本不讓我輸。」

「那你是在暗諷舅媽很蠢嗎？」費駿呆住。

俞忌言抬抬眉梢，「我可沒說。」

費駿壓下氣焰，扯著他的西裝袖道：「舅舅，我知道你很聰明，但是現在不是炫耀的時候了，你故意輸一下，這事就成了。」

琢磨了一陣子後，俞忌言點點頭，「好。」

走出去時，費駿又拍拍他的背，「還有，就二十張紙條，光那個懲罰我就寫了十張，抽到的概率肯定很高，你加油。」

「好。」

俞忌言理了理被扯皺的袖子，往外走去。

酒吧越到深夜人越多。

從舒緩的爵士換到了節奏感強的電子音樂，對面那頭的年輕男女自動圍成一圈，造出了一個小舞池，拿著酒杯，扭著身子，沉浸、放肆。

這頭的幾個人還在繼續遊戲。

這輪從靳佳雲開始：「一。」

「二。」

……

「五。」

「六。」

剛好到俞忌言，他冷靜地接上：「七。」

開局就喊七，輸得太刻意。

她們幾個不可思議，一旁的朱賢宇翹著腿，抱著膝蓋，哼哼地笑著。

許姿猜到這老狐狸肯定有陰謀。

費駿特別配合，把盒子往前一推，「舅舅，抽吧。」

俞忌言把手伸進盒子裡，隨便抽了一張，遞給費駿，費駿打開後，講話都有氣無力：

「問題是，今天晚上要做什麼。」

這是他寫得最純潔的一個問題。

大家也都覺得非常無趣。

不過，俞忌言卻看向許姿，輕輕一笑，「晚上這件事，得和許律一起做。」

許姿剛喝了一口酒，著實被嗆到，臉燒得慌。俞忌言抽了幾張紙，細心地替她擦著唇角、頸上的酒水。

那頭的小姐妹抱在一起，不停地咦來咦去。

「Jenny，妳是故意帶老公出來放閃的嗎？明知道我跟 Julie 都單身。」Niki 又指著靳佳雲，「Betty 也才剛和體校的奶狗分手，妳根本就是故意的吧，結了婚真是了不起，夜夜都能風流。」

聽到這，朱賢宇眼角輕輕抽動，挪去了目光。

俞忌言還俯著頭，剛擦完許姿脖上最後幾滴酒水，他一抬，便觸上了她的視線，對方顯得很不悅。

空間中的音樂聲很大。

Julie 提高了嗓門：「各位，明天下午我要開庭，玩最後一局就散會囉。」

費駿為自己舅舅的爛手氣發愁。

這輪從 Julie 開始：「一。」

「二。」

……

「五。」

「六。」

剛好又到俞忌言，他再次很刻意地接：「七。」

Julie不理解這荒誕的認輸行為：「謝謝俞老闆，提前放我們回家。」

這回，費駿側過身動了點手腳，把那幾張都放到了最上面，遞給俞忌言。

其實，大家都看出了端倪，只是不說破。

俞忌言繼續演，像不知情一樣，抽出了一張，遞給費駿，拆開後，要不是才見了鬼。他演技也卓越，「舅舅抽到的是，選一個人隨便問自己一個問題，尺度不限。」

許姿忽然蹙眉，不知道他到底要幹什麼。

俞忌言當然指向了費駿。

就像一套完美的流程，費駿扯扯嗓子，問道：「舅舅在和舅媽結婚以前，是不是處男？」他還特意補充了一句，「說謊會天打雷劈喔。」

這問題的確滿勁爆的，鎖住了大家的興趣。

到這裡，靳佳雲算是摸明白了，悠哉地抿著酒，跟看戲一樣，看著這對小夫妻。

許姿很慌，但又止不住好奇心。

俞忌言手肘撐在膝蓋上，弓著背，毫無猶豫地點頭道：「是。」

只見那邊的Julie驚到抱住了靳佳雲，「英俊、多金，還是處男，我們姿姿真是命好絕了！」

許姿驚到啞口，一時分辨不出對方話裡的真偽。她拿起包包想溜，但剛好看到靳佳雲朝自己挑了挑眉，對著她說道：「姿姿大寶貝，擇日不如撞日啊，我怕下次俞老闆沒時間了。」

許姿不願意，「等、等我驗證後再說。」

靳佳雲握住她的手腕，然後笑著看向俞忌言，「俞老闆，真的嗎？你第一次真的給了我們姿姿啊？」

俞忌言點點頭，「嗯。」

「你別為了讓姿姿多愛你一點，就騙人哦。」

俞忌言神情異常嚴肅，「我不會騙人。」

這時，朱賢宇也出來搭腔作證，拍了拍好朋友的肩，「許老闆，我認識他這麼多年，他真的一次戀愛都沒談過，也從不亂來，圈子裡出了名的潔身自愛。」

許姿只覺得胸悶氣短，熱出了一頭汗。

俞忌言輕柔地攬住了她的肩，往自己懷裡扯近了一些，「靳律師，這個問題很重要嗎？」

「其實是因為……」

在靳佳雲準備解釋時，場面忽然失控。

沙發這一角，是兩個親密相擁的人影。

主動的是許姿，她願賭服輸，也懶得再僵持，她箍住了俞忌言修長的脖頸，仰起臉，吻了上去。她的吻技很生疏，不知道什麼叫法式舌吻，只能生硬地在他唇上輾轉碾磨。直到他撬開了自己的唇齒後，一切變得纏綿悱惻起來。

看戲、起鬨，在燥夜裡更為瘋狂。

沒有人在意這對舌吻的男女是誰，只知道眼前的激情，能讓他們產生更強烈的興奮感。

向來循規蹈矩的許姿，哪裡當眾做過如此羞恥的事？她分不清是眼前的男人，還是周身那些灼熱的目光讓她心跳加速，心臟似乎要從身子裡蹦出。

後來轉客為主的是俞忌言。

他扶住她的雙肩，情欲升溫時，又將她攬進胸膛裡，一手撐住她的腰，一掌覆住她的後腦。他這人膽子很大，毫無羞意，強勢地纏上她的舌，輾轉廝磨一會，鬆開，再滑入她的口中，深抵喉間，反覆幾次，他們的唇邊拉著口液的細絲，以及只有他們能聽見的吞咽聲。

俞忌言不想閉眼，她陶醉的樣子實在太美，他不想錯過。半分鐘早就過去。

帶著啃咬的濕吻，讓許姿全身發麻，腦子一團亂。她甚至聽不見周圍的聲音，條件反射般地迎合起他。

直到他驟然停下，眼底的笑意充滿曖昧，「回家繼續。」聲音像是惡魔，許姿一秒清醒。

一行人下樓時，眼都朝這對夫妻身上瞟。

幾個小姐妹挽著手走，靳佳雲在後面時不時戳戳許姿的腰，湊在她背後說：「小心動心啊妳。」

許姿回頭反駁：「不可能。」

靳佳雲喝了點酒，講話便開始不知分寸起來，「剛剛要是旁邊沒人，你們應該會直接在沙發上大幹一場吧。」

直到被許姿瞪了一眼，她才住嘴。

今天到場的人都喝了酒，因此沒人開車。

Julie和Niki住一起，兩人叫到計程車就先走了。

俞忌言則叫來了自己的司機，先問朱賢宇要不要上車，他這朋友人精又怪，居然說要去看晚場電影。許姿則不放心靳佳雲，她家離這裡很遠，還獨居，但靳佳雲說混跡夜場這麼多年，這點生存能力還是有的，讓她不必擔心。

朱賢宇讓俞忌言和許姿先走，說他會目送靳律師上車後再走，請他們放心。

許姿同意了，只是上車後，她隔著窗戶看到他們一些親密的「爭執」。

賓士駛入悅庭府時，已是淩晨一點。

車剛停穩，許姿推開車門就往電梯口走，一點理人的心情都沒有。電梯還沒來，身後是賓士重新啟動離開停車場的聲音，接著，俞忌言也走了過來。

兩人並肩站著，誰也沒吭聲。

俞忌言看起來較為輕鬆，許姿卻眉頭緊蹙，像在苦思什麼似的，遲遲得不到答案。

進了電梯後，她竟站在了他對角的位置。

暗黃色的鏡面裡，俞忌言雙手背在身後，像是故意試探般朝前走近了一步。顯然，他猜對了，許姿往右又挪了半步，整個人都快貼到了牆上。

他從鏡子裡看向她，「許律師，要不要解釋一下，剛剛為什麼突然吻我？」

眉額還抬了那麼一下，有點不要臉的意味。

許姿是真佩服這老狐狸的老奸巨猾，笑得極其冷淡，「雖然我不清楚俞老闆是從哪裡打聽到我和靳律師的賭注，但我很佩服你背後的努力。」

俞忌言下頜稍稍抬起，眼眉平靜。

許姿沒再躲，還朝他身旁靠近了點，仰起頭，小包拎在背後，一條貼身的連身裙，稱得側身曲線相當優美。

「故意叫朱少爺找我的朋友一起來，故意讓費駿在紙條裡動手腳，又故意玩輸。原來你這麼想告訴全世界，你是處男啊？」她用刺人的眼神盯著他，並伸手拍了拍他的背，「俞老闆，一整晚陪你演戲，你不累，我們累啊。」

俞忌言眼角微微扯動，但依舊沒出聲。

電梯緩緩拉開，許姿疾步走了出去。

鞋櫃在玄關處。

許姿按開家中的燈，邊脫高跟鞋邊說：「至於我為什麼主動吻你……因為我知道我逃不掉，你這人做事，不達目的絕不甘休。」

「你會放過我嗎，俞老闆？」

語調陰陽怪氣。

俞忌言背過身，在另一邊換鞋。

許姿算對他有所了解了，他才不是什麼天生少言寡語，是挑話說，挑事答。

被算計的感覺太糟糕，許姿穿上拖鞋後，看著他的背影，那股氣橫堵在胸口，「你費盡心機搞這些事，真的很沒意義！我根本不在乎你是不是處男，你潔不潔身自好。以前的你跟我沒有關係，現在的你更跟我沒關係，以後的你也不會跟我有關係，明白嗎？」

越說越急，越說越氣。

俞忌言「嗯」了一聲，面不改色，然後脫下西裝，挽在手臂間，朝屋內走去。

或許是這半年來積壓了太多的不痛快，又或許是剛剛的酒精還在作祟，許姿沒放人，「俞忌言，我是沒有你聰明，你想算計我太簡單了。可能你這個人，天生就是喜歡站在高處看別人做小丑，來達到你的某種成就感。你越是這樣，我就越討厭你！」

說著，她委屈得眼裡閃了淚，情緒化嚴重時，頭次嗆了句最狠的話：「從小到大，有人喜歡過你嗎？」

俞忌言忽然收住腳步，壓下眉骨，眼底像覆上了一層朦朧不清的黑影。

他算是一個情緒穩定的人。過去，他從未因為她耍性子的打罵，產生過任何情緒波動。這次像是真的踩到了忍耐邊緣，他努力地咽下了一口怒氣。

而許姿感受到了他的異常，意識到自己說錯了話。可被算計了一晚，她也很委屈，就是任性不想道歉。

屋裡頓時陷入了冰冷的僵持。

許姿也想收斂點自己的脾氣，她剛轉身回臥室，俞忌言卻平靜地轉過了身，還帶著笑意問道：「要不要吃麵？」

「啊？」她錯愕。

俞忌言站姿筆直，挽著西裝的手放在身前，「不喜歡吃法餐，餓了，要不要一起？」

許姿本想拒絕，但他好像第一次放軟了態度：「算是我的賠禮道歉。」

遲疑了一會兒後，她仍是點了點頭：「好吧。」

許姿的確是有點餓了，她也不喜歡法餐，一般如果不是陪客戶，她從不吃。她將包放到了沙發上，沒去廚房，而是去陽臺上，把咪咪抱了出來。本能不想離他太近，她就窩在沙發上逗咪咪玩。

寵物，的確能撫平人心裡的毛躁。

只是摸了幾下，她心情就好了許多。

沙發的位置能看到廚房裡的半截人影，許姿摸著咪咪，望著那頭髮起了呆。沒想到，這間「樣品屋」裡，凌晨一點半，竟然能聞到麵條、蔥花和雞肉的香氣，而這些再平常不過的氣味，恰好就是家的模樣。

她其實是一個很喜歡家的人，比靳佳雲傳統。所以她常幻想自己的婚後生活，是凌晨有人能幫自己做一碗熱騰騰的麵條……只可惜，人不是她要的。

以及，她很遺憾，自己的婚姻打亂了所有正常順序。她沒有被轟烈的追求過，沒有兩情相悅的相戀，更沒有一場一生難忘的求婚。

俞忌言將兩碗麵放在了木桌上，朝沙發邊看去。

許姿放下咪咪，走過去後，在餐桌前坐下。她看到碗裡不是清湯蔥花麵，而是鋪了一層青椒雞肉。

她拿起筷子，「你什麼時候把陶姨給的土雞宰了？」

俞忌言拉開她身旁的椅子，坐下，「昨天晚上。」

許姿想起了什麼，「難怪昨天晚上，我聽到廚房裡有刀的聲音。」

她夾起一根麵，又舀了一口湯。麵條的湯味很濃，像是熬制的骨湯，棒骨的香味濃郁，不膩不腥。

雖然並肩坐，但兩把椅子之間留出的縫隙，就像他們之間內心的距離一樣。

許姿悄悄側頭，發現俞忌言在用餐時，家教極好，坐姿端正，咀嚼得慢條斯理，一點湯汁都不會濺出來。忽然，他也側過頭，對上了她的視線。

不知是不是忽然的四目相對，變得逐漸炙熱，她手中正在攪動麵條的筷子一頓，輕柔嗓音稍稍劃破屋子的寂靜。

「俞忌言，你是不是喜歡我？」

空曠的房子裡，一旦無人說話，就更顯悄靜。

直到咪咪跳到餐桌上，將小肉墊伸進水杯裡，舔舐了幾口，屋裡才恢復動靜。

許姿把咪咪抱到懷裡，輕輕拍了拍牠頑皮的爪子，「你把媽媽的水喝了，媽媽喝什麼，你這隻小腳腳撥過貓砂呀！」

對著小動物說話，會不自覺裝起可愛。

她再抬眼時，眼前出現一個水杯，是俞忌言將自己的玻璃杯推了過來，「我沒喝過。」

咪咪的小意外，中止了剛剛的問題。

不過許姿也沒追問，反正本來就是一時興起，問好玩的。

她重新拿起筷子吃起麵來。

下一刻，微沉清冷的聲線，掃過她的脖頸邊：「如果我說是呢。」

許姿微怔，手一軟，剛挑起的幾根麵落回碗中，心底像石子砸入平靜的湖面，起了些漣漪。

她察覺到，俞忌言一直看著自己。

要答案的老狐狸，是不會輕易放人的。

許姿像毫不在意他口裡的「喜歡」，挑起麵條吃了一口，「喜歡上我很正常，以前我很多人追。」她夾起一塊雞肉，細眉微挑，「我想起來了，你該不會是在會所第一次見到我，就喜歡上我了吧？」

半秒都沒拖，俞忌言低聲應了一下。

很坦誠，但許姿分不清真假，也不想分清真假。她將筷子搭在碗上，轉過身，毫不逃避地同他四目相對，一會兒後，她卻笑了。

俞忌言問：「妳笑什麼？」

許姿拍拍他的肩，笑意沉下，「謝謝俞老闆欣賞我，但你不在我的擇偶範圍內，我對你沒有任何感覺。」

她起身，準備回房。

一隻強而有力的手臂將她扯進懷裡，她被迫坐在了俞忌言的大腿上，西裝褲不厚，她感覺臀肉被什麼硬硬的物體頂住。他的手臂栓在她的腰間，沒出聲，只是臀肌稍用了點力，朝上一頂。

許姿底下忽然有些難受，眉心蹙起，「俞忌言，你真是個……變態……」

她逃不開。

俞忌言把人抱得很緊，她整個背緊貼著他，身後一深一淺的呼吸，弄得她發麻發癢。

「許律師，這才剛剛開始而已。」

老流氓還在頂自己的臀肉，那玩意像要呼之欲出。許姿都快低吟出聲：「一年……很快的……」

「可許律師好像，」俞忌言俯在她的頸窩裡說，「已經喜歡上讓我伺候妳了……」

聲音輕如羽，又壞到極致。

許姿就屬耳根和脖子最敏感，耳邊的輕輕吹氣，癢得她腰肢亂扭。

她低哼：「反正我也不虧，就當俞老闆讓我增加經驗值，好讓我和以後的意中人做得更順利。」

話畢，她手肘朝後一頂，雙腿剛起來幾分，整個人又被俞忌言撈回懷中，一直盯著她的側顏，盯得她渾身不自在。以為他還想說什麼變態話時，他只說了——

「麵，還要吃嗎？」

許姿花了點時間才反應過來，「不吃了。」

俞忌言鬆了手，放了人，然後收拾起桌上的碗筷，「許律師，晚安。」

真是摸不透的一個人。

許姿並沒有把俞忌言的「表白」當真。

因為在她心裡，她並不認為俞忌言是一個會認真投入感情的人。感情是不能計較得失的，他偏偏最精於算計。那些看似坦誠的表達，只不過是拋出的誘餌罷了，目的就是為了讓她輸掉這場賭注，說出「喜歡他」。

偏偏她好勝心強又叛逆，她是絕對不可能順他的意的！

兩日後，許姿答應了江淮平去海南出差。

江淮平說他這週都得待在三亞，有幾個局，只能麻煩她過去找他，一切費用全包。

於是，許姿便帶著 Mandy 一同過去了。

一週不在成州市也好，正好能逃掉和老狐狸做那件事。

六月天的三亞，能把人曬融。

Mandy 話少還勤快，是許姿當時挑中她做助理的原因，就算熱到妝全化了，她也不讓許姿累著，一個人忙進忙出。

許姿也不是什麼狠心的老闆，她讓她先休息一下，晚一點帶她去和江老闆吃晚餐。

江淮平挑了一家海景餐廳，敞開式的欄杆外，藍夜迷人。

江淮平雖是暴發戶，但長相相當俊氣，人也謙和幽默，許姿每次和他聊兩句，都會被他逗笑。

他們聊了一會了。

Mandy 安安靜靜地吃著飯，不搭腔。

江淮平問：「妳老公多高？」

許姿想了想，「大概一百八十八公分。」

「難怪許律師拒絕我，原來妳喜歡高的。唉，小時候我家裡窮，營養不良，也不愛運動，個子長到一百七十九就怎麼也長不動了，但我對外都說，我一百八十公分。」

許姿叉起一塊牛排道：「江老闆，你想結婚還不簡單？你就是太謙虛了。」

江淮平聳了聳肩，「過了那個勁，就沒這心思了。結婚好像也沒太大意義，是吧，許律師？」

其實只是一句隨口的玩笑。

許姿卻當真了，她垂下視線，避而不談。

「說點正事吧。」江淮平識趣，立刻換了話題，「許律師，這次真要靠妳幫我挽回損失了。」

許姿放下刀叉，模樣認真：「沒問題，我說過可以打，就一定能打贏。」

江淮平低下頭，想起一些事就咬牙切齒：「那個徐友華實在太壞了，十年交情還敢這麼坑我，小心出門遭雷劈啊。」

理解他的心情，許姿轉頭問 Mandy：「知道對方委託誰打官司嗎？」

Mandy 應：「徐總那邊，好像到昨天都沒定。」

許姿點點頭。

忽然，身後傳來了男人渾厚的笑聲。

許姿見江淮平臉色驟變，知道身後的笑聲是徐友華的，只是回頭後，她看到了另一個人，韋思任。

徐友華穿金戴銀，但人模狗樣。他走到餐桌邊，雙手撐在桌上，瞅了一眼許姿，「找了個花瓶打官司，小心虧死你。」

許姿聞言，沒有發怒，只是眼神示意了 Mandy 遞出名片。

「徐總您好，這是我的名片，以後如果有需要，也可以找我。」

還大方地伸出了手。

徐友華低眉，看到「創始人」三個字，驚覺得抬起頭，握上了她的手，「原來也是位老闆啊。」

許姿一笑，「沒您生意做得大，做點幫人排憂解難的小生意罷了。」

隨後，她收回手，Mandy 遞給她一張濕紙巾，她邊擦手邊看向韋思任，假裝不認識，「徐總，這是您的祕書還是？」

徐友華一笑，眼尾全是細褶，「和妳對打的。」

許姿只輕輕「哦」了一聲，便收回目光。儘管，她知道韋思任一直在看自己。

晚上，香港圈裡的大佬紀爺組了個遊艇局，能來參加的要麼是他的友人，要麼就是托關係進圈的人，誰都想攀上他這層人脈。

許姿不擅長在這種男人局裡打交道，本來不想去，但江淮平說機會難得，裡面都是大客戶，還說能保證她的人身安全。

她同意了，當然也帶了 Mandy 一起去。

三層高的豪華遊艇，停靠在岸邊。

裡面設施應有盡有，燈火通明，喧鬧的音樂震破了平靜的海面。既然是富豪的局，自然驕奢淫逸。

許姿換了條白色束腰裙，帶點法式的優雅風情。

江淮平介紹了幾個比較可靠的老闆給她，她交際了幾輪，頭很悶，於是便打了個招呼，去外面吹風透透氣。

遊艇下是波動的水痕，海風鹹濕。

雖然外面溫度高，許姿站一會就出了汗，但她還是不願回到裡面。

忽然，眼底出現了一張紙巾。

她抬起頭，是韋思任，一身灰色西裝，眉目溫柔俊逸。

見她沒有接過紙巾，韋思任放回了口袋裡，撐著欄杆說：「為什麼要替江淮平打官司？他這人很狡猾的。」

「那徐友華善良嗎？」許姿反問。

韋思任沒出聲。

「我和江淮平認識了幾年，也接觸過一段時間，算是有所了解，而且我分析過案子，我相信自己的判斷。」

韋思任輕輕一笑，「姿姿……」

「我結婚了。」許姿冷聲打斷。

發現是習慣，韋思任改了口，沉下聲：「許姿，妳是個很單純的人，這些商人沒有妳想的那麼簡單，妳看人有時候……」

「看不準。」許姿接上了他的話，借否定自己說出憋在心裡的話，「我是看不準，包括你。」

船下掀起一陣浪，也攪亂了人心。

韋思任沒說話。

許姿扭過頭，注視著這張喜歡過許多年的臉龐，「紀爺應該很喜歡你吧，你可是替他兒子打贏了強姦案的恩人啊，如果一起用餐，他都能敬你一杯吧。」

「許姿。」韋思任對上了她的視線，喉結一滾。

許姿緩了緩氣，「在澳門知道你迫於現實，選擇了和年少時不同的路，我並沒有看不起你。直到回了成州市，靳佳雲告訴我，你替紀爺那種敗類兒子，打贏了強姦案，我第一次打從心底看不起你。」

韋思任想說話，但被許姿噎回，風吹亂了她的髮絲，「你記得嗎？那時候，你說你妹妹被繼父騷擾，所以你立志要當一名檢察官。但是，你現在在做什麼？就算是為了錢低頭，也不該失去做人的底線。」

或許是太失望，她指著這艘豪華的遊艇，語氣上揚了些：「韋思任，你以為你為這些失去良知的有錢人打贏了官司，他們就會看得起你嗎？不會的。」

韋思任頭埋得很深，唇抿緊到發白。

名利、金錢就是深淵，跪一次，就再難抬頭。

吹了會海風，許姿平靜了許多，「對不起，我剛剛說得太偏激了。我沒有權力干涉你的人生，我只是——」她眼角顫了顫，「對我堅定不移選擇過的人，很失望。」

「許姿……」

韋思任想拉住她，卻被她冷漠地推開了。

裡面悶，外面也悶。

許姿去洗手間整理了一番情緒，捋了捋頭髮，理了理裙身，然後走回了二樓酒吧，打算叫 Mandy 一起離開。

她剛踏進去，卻在對角的沙發上，看到了熟悉的身影。

俞忌言一身棕色西裝，配了一條同色系的暗花領帶。他正和紀爺喝酒，用粵語聊得甚歡。對比之下，江淮平和徐友華顯得毫無存在感。

「許老闆，好巧啊。」

一道熟悉的聲音從身後傳來，許姿微驚回頭，看到朱賢宇握著酒杯，和自己打招呼。閒聊了兩句。

朱賢宇將許姿帶到了沙發邊，這一角彷彿代表了一個「圈子」，那片地毯彷彿就是身分的界限。

紀爺六十歲出頭，相由心生，一副狡猾陰險模樣。

他見朱賢宇帶來了陌生美人，「阿賢，這是誰？」

朱賢宇看向俞忌言，他不參與家務事，往沙發上一坐，翹起腿，品酒。

許姿顯得孤立無援，她只能看著俞忌言，但他只抿了抿酒，挑挑眉，就不吭聲。

知道他打什麼算盤，但的確沒轍，她只好介紹起自己：「我是俞總的妻子。」

隨即，她看到了俞忌言得意的笑容。

紀老大掌落向俞忌言的肩膀，眯起眼笑，「你老婆？」

「是。」俞忌言將酒杯輕放在茶几上，起身走到許姿身邊，摟上她盈盈一握的細腰，再次介紹，「許姿，Jenny，我妻子。」

沙發上傳來此起彼落的起鬨聲。

「俞老闆低調啊，嬌妻藏得真好啊。」

「太漂亮了嘛，怕我們搶。」

俞忌言沒再坐下，只跟紀老打了聲招呼，便帶著許姿往外走。

她驚訝地道：「你怎麼來了？」

他側看她，眼神有些許灼熱，「上個禮拜妳逃了，這禮拜妳還想逃？」

許姿懶得理，「我只是正常出差而已，逃什麼逃。」

「出差？」俞忌言手掌像是握了起來，輕哼，「和追過妳的男人來三亞出差？」

許姿無話可說。

溫熱的掌心輕輕撫過了她的頭，俞忌言說：「在這裡等我，我去一下洗手間。」

許姿頭一次沒反駁。在混亂的遊艇裡，這個朝夕相處的男人讓她感到安心不少。

遊艇的洗手間是獨立的。

俞忌言走過狹窄陰暗的走廊，皮鞋聲忽然在地毯上戛然而止。他的目光剛好和走出洗手間的男人對上，見四周無人，男人像是做回了自己，面目不堪，語氣很銳利。

「沒想到，你還真的娶到了許姿。」

走廊盡頭只有扇小窗，海夜的藍光透進來，浮動在兩個男人的側身上。

俞忌言與對面的男人身高一致，目光卻並不平等，論身分地位，他都處於高位。對於剛剛那句無聊的話，他並沒有打算回應。

男人低笑道：「都說俞老闆人狠又精，在澳門當眾直接擺我一道，真有你的。」

半明半暗的光影裡，俞忌言似笑非笑，「韋律師對自己的恩人，就是這樣的態度？」

他向前走了半步，「沒有我，你哪來現在的榮華富貴？」

韋思任屏住氣，呼吸不暢。

只見，俞忌言又笑了一聲，「當然，韋律師也是我的恩人，當年要不是你救了我，我早就淹死了。」

顯然這不是一句感謝，是繞著彎的提醒。

逼仄的走廊裡，是沒有怒罵的對峙。

的確拿人手短，韋思任咬緊牙，出不了聲。

俞忌言的掌心不重不輕落向他的肩上，上下掃視了他這身名貴的西裝，「韋律師，今晚不好受吧？那麼努力幫紀爺擺平他兒子的事，他卻連沙發都不讓你坐。」

狠到直扎人心。

「俞忌言……」韋思任低喊一聲，帶著怒腔。

俞忌言眉骨稍稍一抬，確實是不遮掩的蔑視。

但當他剛握住門把，準備離開此處時，韋思任側過身，一副想贏的姿態道：「可惜啊，許姿把她整整十年的感情，都給了我。」

笑聲很低，卻倡狂。

這件事，他的確處於上風。

手指在門把上僵硬了幾秒，然後俞忌言鬆開手，回過頭，對上他的目光，很平靜，「十年而已，可她往後的每一年都是我的。」

「是嗎？據我所知，你們的婚姻不是只有一年期限嗎？」韋思任笑容猙獰，手掌壓住俞忌言的肩，言語放肆，「俞老闆，我很了解許姿，她最討厭的就是你這種人。」

說完狠話，他便揚長而去。

望著消失在走廊裡的背影，俞忌言稍稍握緊了拳，骨節發出動怒的聲響，清脆又用力。

雲層飄浮在遠處的山頭，遠處是漁船的星火光點，美景睡在暮色裡，聽著海浪在輕翻。

遊艇上眺望到的夜海，的確浪漫醉人——可惜許姿沒這個心情。

看到俞忌言出來，她往樓下走，「你怎麼去那麼久？」

她好像還沒察覺，自己對俞忌言的態度越來越隨意，是不再生疏的隨意。

俞忌言默默跟著她下了樓。

無心欣賞風景的許姿，只埋頭往前走，忽然，手腕被俞忌言一扯，人被拽到了欄杆邊。

「夜晚看海的確漂亮，」俞忌言語氣難得輕鬆，「不然，我們也買一艘遊艇？」

「隨便你，反正你錢多。」許姿隨意回應。

一分鐘過去，見俞忌言還在看風景，沒有要走的意思。被潮濕的熱風覆出了汗，她更心煩意亂，「你不走的話，我要先走了。」

高跟鞋剛往右挪一寸，她又被俞忌言拽回身旁，這次還被親密地摟了腰，兩人貼得極緊，他起伏的呼吸落向她的頭頂，像電流通過。

俞忌言的五指陷在她的腰肉裡，望著海面道：「許律師，我想跟妳商量一件事。」

「商量？」許姿想笑，「好啊，說吧，俞老闆，什麼事？」

俞忌言目光下挪，「我用上週妳欠的那次，換另一件事。」

四目相對了一會兒，許姿避開，「什麼事？」

「在這裡，」俞忌言一直注視著她，「吻我。」

海浪聲也掩蓋不了他清晰的嗓音。

許姿很費解，「俞老闆什麼時候變得這麼純情了？」

俞忌言抬抬眉，「因為許律師的吻技很不錯。」

語氣和目光一樣灼熱。

終究還是缺乏實戰經驗，一句隨意的挑逗，就讓許姿紅了臉，可她好像真琢磨起了他的褒獎。

那樣就叫吻技好？

老狐狸好像真有什麼讀心術，一眼就看穿了她。

「嗯，我喜歡。」俞忌言聲音很輕。

月光清冷，船下的水痕上像落著細碎的鑽石。

啵。

是許姿撐著俞忌言的雙臂，踮起腳尖，在他的臉頰上啄了一口，很輕很快。用一個吻，兌換一次床上的糾纏，她覺得非常划算。

樓梯後是一群人的歡笑聲，這一角，卻安靜到能聽見清晰的海浪聲。

許姿站穩後，撇開臉，「你沒說吻哪啊，臉也算……」

「成交。」

俞忌言搶過話，卻沒看向她，只是看著海。懸垂在側身的手，輕輕彈動著，似乎……是在回味些什麼。

直到走遠的許姿，不耐煩地回頭喊人：「你到底走不走？」

俞忌言走了兩步，定住腳步，朝二樓回頭，觸到了某個視線，然後低下頭，繼續朝前走。

他們下了船。

椰樹的影子隨著風輕輕蕩在地面，也罩在兩人的身影上，他們並肩而走，腳步很慢，中間始終留了一條不近不遠的空隙。

周遭很靜，靜到氣氛能升溫成曖昧。

不遠處的椰樹下，有情侶在不顧旁人地擁吻。

「俞忌言。」許姿盯著小道，面色有些落寞，「那件事改天吧，我今天實在沒心情。」

因為韋思任的事，她亂糟糟的情緒還沒緩過來，只想一個人待著。

令人出乎意料的是，俞忌言第一次尊重了她。

「好。」

許姿驚訝地抬起頭，那張臉映在昏柔的路燈裡，側顏棱角分明，鼻梁是優越的高挺，其實非常好看。但也可能是他難得的溫柔，讓她覺得他比平日裡帥氣許多。

看來，溫柔就是能虜獲她的心。

俞忌言淡聲說：「我送妳回去。」

「嗯。」許姿點頭。

回別墅飯店的路並不遠，大概只有十分鐘距離，他們散著步也就到了。

把許姿送進房間後，俞忌言就走了。

老狐狸突然變乖順，她覺得活見鬼。不過，她沒心情多想，一身都是汗，黏得難受，和她此時的心情一樣，她只想好好泡個澡。

二十分鐘過去。

浴室亮著燈，浴缸旁的百葉窗拉下了一半，樹影輕晃，玻璃上是女人赤裸的性感身影。旁邊的小木桌上，放著一瓶白葡萄酒，已經空了一小半。

想起十年裡，自己執著過的那個翩翩少年，在十年裡變得面目全非，令許姿一時難以接受。

但用酒消愁，似乎更愁。

酒精上了頭，泡在浴缸裡的許姿全身發紅。她很煩，很想找個出口，痛快地釋放和發洩。像是胃裡的酒精，猛地衝到腦顱，她拿起手機，撥了一通電話。

很快，那頭便接通了。

俞忌言像處在極致安靜的環境裡，只有翻書的聲音，「許律師，怎麼了？」

浴缸裡的水氣朦朦朧朧，許姿半裹在溫水裡，整個腦袋暈暈乎乎，像有意識又沒意識，竟說出了一句驚人的話：「俞忌言，我想和你做愛。」

別墅連著獨棟小院，泳池水面浮著樹影，水底的投射燈很刺眼。門鈴響了好幾聲，許姿才踩著歪七扭八的碎步去開門。

俞忌言應該是洗過澡了，換上了寬鬆舒適的灰色T恤。不過他眼前的女人，看起來並不「正常」。

許姿裹著浴袍，腰帶鬆鬆垮垮，晃著酒杯，臉頰緋紅，用拉客的語氣招呼他：「俞老闆，進來吧。」

從未見過喝醉後的她，令俞忌言皺起了眉，手腕被她拽起，帶著人往屋子走。門口有一個小檻，要不是他及時扶住，她差點摔倒在地。

俞忌言拽著她的手臂，「妳喝了多少？」

「a little bit……」許姿捏著手指比劃，看來是真的喝茫了，她居然開始說起英語。

屋裡沒有開燈，和泳池相隔的落地玻璃窗，通透性強，院裡柔光浮動，是月夜下的浪漫。

許姿在醉意朦朧時，竟還造了一些氣氛，還開了音響，放著頗有情調音樂。歌裡的男人的嗓音，微醺慵懶。

俞忌言進門後，聽到的第一句是：「I need you more……」

許姿從桌上取過一個玻璃杯，倒了一杯白葡萄酒，身子骨軟得像條水蛇，幾乎是扭到他身前，「俞老闆，要不要喝一杯？」

俞忌言接過酒杯，隨意抿了一口，便放到了桌上。他再走回來時，後脖被許姿雙手勾住，她仰起頭，被酒精燒起來的臉頰，配上迷離的眼神，誘人得很。

「俞老闆還要準備什麼嗎？還是現在就可以開始？」

男人的沉氣聲很清晰。

俞忌言摟住許姿的腰，將她帶到了床沿邊，她似乎已經有了肌肉記憶，直接跪坐在他的大腿上。不過，情緒並沒調節好，體內燥熱的酒精，根本壓不住內心的不痛快，她此時的笑，像帶著哭意。

俞忌言扶著她的側腰，「妳見到韋思任了。」

並不是疑問句。

許姿垂下眸，「你看到了？」

「嗯。」俞忌言，「所以妳不開心？」

她聲音輕得很，「嗯。」

節奏沉慢的音樂，繞在兩人耳際，磨人心扉。

俞忌言眼是冷的，嗓音很低：「因為不開心，所以打電話給我，讓我當妳的洩欲工具？」

不覺得老狐狸吃虧，許姿反嗆道：「我不是也當過很多次洩欲工具嗎？要跟我計較嗎？反正做的事都一樣啊。」

俞忌言猶豫了一下，最後仍是沒開口。

她又低下了頭，不想和他僵持，只想迅速用一場暢快淋漓的性愛，將煩事宣洩乾淨。

「快點好不好？」她催了一嘴。

俞忌言沉默了一瞬，抬起眼，似乎在一角的沙發上，看到了什麼吸引他目光的物品，他抬起下頜，「我可以當妳的宣洩工具，但妳要先去穿上它。」

許姿回頭，看到了那條黑色絲襪，那是她明天參加活動要穿的。

她搖頭道：「那是我明天要搭配的……」

「快點。」俞忌言還是強勢了一回。

算了，明天再買一條吧。

許姿起身走到沙發邊，拎起了絲襪，剛要抬腿時，俞忌言又有了要求，「踩著我膝蓋穿。」

真是花樣新奇的老流氓。

許姿聽了話，極細的長腿踩在他的膝蓋上，將絲襪緩緩套進自己的腿中，穿過小腿、膝蓋直至大腿。她的腿太美，薄透的黑色絲襪覆在白皙的腿肉上，是撩死人的性感。

許姿將絲襪拉起後，俞忌言又一次抬起了她的腿，握著她的腳踝，拇指在骨節上揉來揉去。這個姿勢，剛好能看到她底部的隱私部位，蕾絲底褲透了些邊，若隱若現，看得他喉嚨發乾發緊。

隨後，俞忌言將她放到在床上，調換了位置。他雙腿往前一跨，高大的身軀完全擋在了她面前，讓她產生了極強的壓迫感。

「把它脫了。」他指著自己的褲子，依舊是沒得商量的語氣。

之前清醒時，許姿會忌憚他，就算順從了，也有種被強迫的憋屈感。醉的時候卻截然不同，酒精在骨子裡作祟，能將本性抽離自己。

她將手伸到了眼前灰白色的休閒褲上，抬起頭，笑道：「俞老闆，好喜歡穿白色啊，是為了顯自己那裡大嗎？」

醉時，總是胡言亂語。

俞忌言順著她的話問：「那我的大嗎？」

像給自己挖了坑，許姿迅速低下頭，臉燒得更火熱。她將拉鍊拉下，褲子順著他的大腿滑落下去，一條純黑的內褲，包著那一大團硬物，她看羞了。

俞忌言向後退了幾步，抬起她一條腿，將腳心壓在了自己的陰莖上，揉動打轉。之前在書房做過一次，但這感覺對她來說，還是很詭異，腳心能完全感受到那根硬物的形狀，且越來越腫脹。

俞忌言一隻手懸垂在一側，一隻手抬起許姿的右腿，邊摁著揉動，邊盯著她輕輕笑。感覺到她有點想躲，他立刻扯回她的腳，「許律師的腳好軟，弄得我很舒服。」

許姿緊張低喊：「死變態……」

沾了酒精，連嗆人的聲音都柔了許多。

摁著她的腳心在陰莖上揉動了幾圈後，俞忌言身體一陣舒暢，鬆開了她的腿。

「躺下。」又是命令。

許姿雙肘向後屈，腰如折柳，往後壓，將床蹭出了條條褶皺。很快，她聽到了一聲布料撕裂的聲音，她低頭，是俞忌言撕開了絲襪，細線一崩，扯出了一個大大的破洞。

他整個身子壓向許姿，胸口氣息劇烈起伏。不愧是成年男人，體重不輕，她推著他的雙肩，「你好重啊……」

俞忌言只笑了笑，然後垂頭咬住了她的唇，在唇邊碾磨、吮吸了一圈，將舌頭伸了進去，去勾她的軟舌。他的濕吻總是很重，帶著駭人的侵略感。

她好像被頂到了喉嚨，困難地嗚咽起來，口液從嘴角邊緩緩流出。

俞忌言沒停，雙手掰開了許姿的兩條腿，絲襪一拉扯，發出了撕裂的聲響，又開了一條長長的口。他扒下自己的內褲，扶著激昂的性器，挑開絲襪的破洞，伸進去，去頂磨她的陰戶，就是隔著蕾絲布料，也能感受到她肥厚柔軟的肉瓣。

又長又粗的陰莖在穴口快速磨動，內褲根本沒有阻擋的作用，碩大的龜頭將布料頂到凹了進去，蕾絲一會卡住穴肉，一會彈起，這種磨法，弄得許姿身體直發顫。上面被頂，下面也是，她是快要缺氧的難受。

忽然，俞忌言停下了吻。

兩人像是獲得了重生般，急促地喘息、呼吸起來。

俞忌言將陰莖從破洞裡抽了出來，兩根手指在內褲邊摸了摸，連著蕾絲，都是一片濕滑黏膩，她的確流了不少水。他隔著內褲，摸到了那顆凸起的小豆子，用力揉按起來。

「許律師現在想的是誰？」

這一番前戲下來，許姿幾乎沒了意識，耳邊還冒出了嗡鳴聲，混亂，模糊。能想起誰，她誰都想不起來……

俞忌言雙臂抵向許姿的肩膀兩側，胸膛一壓，箍住她的腦袋，讓她不能有半點分心地看著自己，他又問了一次：「在想誰？」

許姿不想答，「橫豎都是做，何必問這麼清楚。」

俞忌言頭又垂下去了半寸，是唇碰唇的距離，「許律師要是現在不說，一會——」他拇指在鬢角的撫摸得夠輕柔，但聲音又低又重，「操到妳，喊老公。」音響嗡震，帶著電流的節奏震著床面。

「呸——」

沾著酒氣的慵懶聲劃過俞忌言的鼻尖。

許姿才不會叫。

俞忌言鬆開人，站到床下，將她的兩條腿往下一扯，絲襪在他手掌間滑動。被拖動的她還沒緩過來，便見他拎來了一雙尖頭高跟鞋，「我最喜歡這雙。」

許姿暗驚，沒想到他們的審美一致。

這雙是她新買的，prada 皮革的後飾帶細跟款，輕盈優雅，也很符合她的氣質。

「配黑絲襪，剛好。」俞忌言半跪在地毯上，替她將高跟鞋緩緩套入腳中。

當鞋子被穿好後，許姿用鞋尖輕輕踢了踢俞忌言的手，笑他癖好很多，「俞老闆，好像很喜歡我穿高跟鞋？」

這句不經意的話，的確撩撥到了俞忌言，他暫時忍住那些癢意，擋在她身前，「起來。」

許姿撐著床站了起來，浴袍早就散開，圓潤飽滿的奶子彈晃著。除了那雙骨肉勻稱的長腿，俞忌言最喜歡她的胸，次次看，次次難受。他單手將人撈進懷裡，挺立的性器擠在她的小腹上，滾燙得蹭得她底下一緊。

俞忌言垂下眼，「幫我把衣服都脫了。」

許姿卷起他的上衣，還半抬眼，輕笑道：「俞老闆事真多。」

微醺時，竟會調情了。

「啊——」

這老狐狸次次都讓人猝不及防，許姿被拽走，推到了玻璃窗前，浴袍從身上滑落，胸乳擠壓在冰冷的玻璃上，她的視線裡只有外面的泳池。雖然有外牆阻隔，但是朝著戶外做愛，她慌了神。

「俞忌言……別在這裡做……」

「為什麼？」俞忌言拆著保險套。

許姿膽小，「會有人看見的……」

「有牆，不怕。」

她雙手扒在玻璃上，緊張蹙眉亂喊：「死變態！老流氓！」

戴好保險套後，俞忌言覆住許姿的身子，身體往前一挺，下頜磕在她的頭頂，捏著她的手指說：「許律師，妳還穿了絲襪，我可是一絲不掛啊，害怕的應該是我才對吧。」

「誰想看你啊！」許姿就不想對他客氣，「你一隻老狐狸，那麼醜，誰要看你！啊——」她皺眉叫出聲，整隻手被俞忌言握得好痛，「你有毛病啊，我要告你虐妻。」

俞忌言鬆開手，摸了摸她的側臉，「哦？許律師承認了？」

許姿一愣，決定鬥不過就閉嘴。

俞忌言笑了笑，喜歡看她戰敗的模樣，很可愛。她好像又想罵人，嘴剛張開，他卻先壓著聲問：「想現在就讓我進去，還是想先被舔舔？」

色情死了，許姿心驚。

俞忌言揉了揉她的腦袋，「許律師，想要什麼就說，我都滿足妳。」

許姿吞咽了一聲，借著點酒精的衝勁，羞澀地細聲道：「那就……舔……舔……」

腦子恢復清醒的那幾秒，她真恨自己怎麼能說出這種下流無恥的話。

忽然，雙腿被一雙有力的手使勁掰開，許姿差點沒站穩，高跟鞋聲很清脆，她能感覺到身下是男人滾熱的氣息。俞忌言一手扯開絲襪和內褲，一手扶著她的大腿，舌尖輕輕舔舐了幾圈肥厚的肉瓣。還沒舔進去，她就敏感得雙腿打顫。

隨後，俞忌言將洞口又扯大了一些，幾乎是將臉埋進穴口，舌頭在穴肉裡攪動，他的唇舌很靈活，速度飛快地舔舐和吮吸。

以前也被他這樣舔過幾回，但或許是這次姿勢更羞恥，許姿體會到了別樣的刺激，快感加倍，弄得她蜜臀直扭，還不自覺地翹高。

「夠了……夠了……」她有些受不住，腿好痠好軟，腦子一混沌時，那幾個字衝出了嗓子，「我舒服了……舒服了……」

就想聽她滿足的呻吟，俞忌言站了起來，舌上、唇邊和鼻尖都是黏液的水液。他走到桌邊，扯了幾張紙，將臉擦乾淨，再折回。見她軟得撐不住玻璃，他把她的腰撈起，重新調整好姿勢。

他故意笑人，「許律師體力有點差啊。」

許姿緩了幾口氣，掌心又推上玻璃。隨即而來的是一陣撕裂般的痛感，俞忌言將絲襪和內褲扒到了大腿根上，握著粗紅的陰莖，破開了她的穴肉，裡面濕得不行，律動起來很順暢。

音響裡的歌詞，卡得剛剛好，午夜的微醺情調。

know you gotti me tonight
今夜有的是時間
So high so high
是如此的快樂
You let me in your body girl
讓我進入妳的身體寶貝
I'm cruisin' on your body nowy eah
讓我在妳的身體裡巡遊
We ain't no limit
我們不會被任何東西束縛
Might's still young young
趁著夜還未深
Baby let's do that game game
寶貝讓我們再來一次一次

俞忌言俯在身前纖瘦骨感的背上，吹了吹氣，「許律師真有情調。」

他向來活得刻板無趣，可小自己幾歲的許姿，卻是如此靈動活潑。這樣的差異感，令他鍾情不已。

玻璃太滑，許姿掌心出了汗，漸漸撐不住。那根粗大的陰莖在自己的腿間，刺進拔出，將小穴塞得滿滿的，但沒想到他只塞了一半，最後全數狠狠插入時，她腰往下深深一陷，痛到喊出聲來。

「太大了……痛死了……」

俞忌言將她的腰抬起，「哪裡大？嗯？」

意識到自己說錯話，許姿咬住唇，不回答。

「真笨。」俞忌言輕笑。

臀肌猛烈地撞向酥軟的臀肉，俞忌言力氣不小，擊拍聲很重很響，撞得是高跟鞋亂步踢踏的脆耳聲。玻璃好滑，抓不住，讓她難受死了。

忽然，他撈住她軟綿的身子，邊走邊抽插起來。他雙腿肌肉繃緊，碩大粗硬的陰莖上沾著淋淋水光，走起來時，臀肉晃顫得更厲害。

許姿哪受得了這種毫無支撐點的姿勢，「啊啊啊……我不要這樣……我好難受……」

俞忌言沒停，胯骨還在往前頂，「求我。」

就知道老狐狸是故意的！

許姿本來想靠場酣暢淋漓的做愛來宣洩自己的不痛快，現在反而鬧得更煩。她覺得自己是瘋了，才會引狼入室，給他一次得意忘形的機會。

高跟鞋狠狠踩住地面，她又「呸」了一聲。

俞忌言抱著許姿往門邊去，底下交合處，頂插得用力，每一下都深到花心。

眼見他竟然伸手去開通往游泳池的門，她嚇死了，「你要幹嘛！」

他就是想嚇嚇不聽話的小刺蝟，「出去做。」

「什麼？」許姿覺得他瘋了，「不能出去……絕對不能……」

「求我。」俞忌言重複。

許姿忍著氣，「我求你，不要出去。」

這種生硬的求法，俞忌言聽笑了，「溫柔點，叫一聲老公。」

許姿撇頭不叫。

咯吱，門把轉動，那隻手已經擰開了門，許姿真的快急哭了。

最後，俞忌言還是收回了手……但狡猾的老狐狸怎麼可能輕易放人。

俞忌言將人重新抵到門邊，分開她的雙腿，臀部瘋狂地往前頂撞，小穴裡的汁水全濺到了絲襪上，灑得水光晶亮。

底下被那根極粗的肉棒一下下狠撞，許姿的腰無力地彎下，可身體裡的快感又層疊湧來，應該是想喊停的，但劃破嗓子的字眼卻是，「俞忌言……抱緊一點……我要掉下去了……」

喜歡她說出需求，因為他有求必應。

俞忌言將人再抱緊了點，還詢問了一句：「再站著被操會，好不好？」

難得在這件事上不強勢，害得許姿本能接受了，「……好。」

屋裡的拍擊聲太響，連音樂都壓不住。

俞忌言看著自己的肉棒狠狠地往穴裡頂，像是滿意一笑，然後抬起頭，十指相扣，勒著許姿的腰，不停往狠了頂，越來越凶。

陰穴被粗物頂磨得抽搐，卻又張著口想吃想要。她渾身顫抖，衝到腦門的快感，在吞噬著她僅剩的意識，呻吟道：「嗯額嗯嗯……啊啊啊……我……」

想說什麼，但肉棒插到花心，她只能再一次閉緊眼，發出嬌吟。

混在音樂聲裡，是低啞磁性的聲線；「舒不舒服？」

許姿只能仰起脖子，本能地點頭，「嗯……」

俞忌言繼續掏她的欲望，「還要嗎？」

許姿困難地吞咽了一番，咬住乾燥的唇，小手捏緊，又一次順著本能說了出來：

「……想要。」

俞忌言將許姿放倒在床上，以女下的姿勢，架起她的腿，操得她意識再次渾濁。

兩人的喘息與皮肉拍擊聲，混在音響的低音輕震裡，黑色絲襪和蕾絲內褲早就被隨意扔在地毯上。

那四十分鐘的條款，早已煙消雲散。

他，從沒當過一回事。

她，也想不起來。

陰莖上的保險套換了一個新的，還有冰粒的觸感，穴裡卻是滾燙一片，弄得許姿冰火交織。

或許是酒精作用的關係，她的呻吟越來越浪，甚至是騷。

「啊啊、嗯嗯……咿……」

聽得俞忌言很帶勁。

許姿叫得騷，他就頂動得越快，手指陷入她光滑的腿肉裡，本來是親一口，但舌尖不禁舔舐了幾圈，弄得她癢得亂扭。

「俞忌言，你可真能騙人……」

俞忌言好奇，「我騙妳什麼了？」

許姿揪緊被子，困難去組織一句完整的話，「你……就是為了贏，讓……讓費駿和朱賢宇陪你演戲，說自己是……處男……」

俞忌言緊睨著她，「我可以理解為，妳在誇我嗎？」

許姿又輸了。

「許律師。」俞忌言稍稍俯下身，「我沒有別的優點，就是腦子聰明，學什麼都快，包括做愛。」

音落，他緊繃的腰臀一聳動，龜頭戳著穴裡的嫩肉，頂得許姿頭皮發麻，已經送到嘴邊嗆人的話，瞬間轉成了帶著哭腔的嗚咽。

可她在迷糊的意識裡，驚覺了一件事。

在澳門，第一次被他壓在身下時，他每在自己的身體裡動一次，她就厭惡得反胃。但僅僅兩個月，她卻願意去對視他侵略自己的目光，也開始享受他律動帶來的歡愉。

同她交歡時，俞忌言不會分半點心，總是直勾勾地盯著她道：「許律師，真漂亮。」

情欲升溫時，每個誇人的字，都撩人。

底下的撞擊實在太凶猛，許姿已經聽不清他的話，細細的汗珠延著細長的脖頸，緩緩流到鎖骨，直至白嫩的胸部上。她閉緊眼，凌亂的髮絲咬進了唇裡，胸口的起伏和喉嚨的吞咽，都看得俞忌言欲火膨脹。

這女人，實在性感得令人發狂。

俞忌言稍微放緩了速度，龜頭擠在穴肉裡來回頂磨，他知道許姿喜歡這樣。是，她的確喜歡，臀部無意識地迎合起來，還發出了舒服的低吟。

趁此，俞忌言握住她的側腰，「喜歡嗎？」

速度一放慢，他能清晰地感受到小穴正緊咬著自己的肉棒，不願鬆口。

許姿睜不開眼，她的確很舒服，舒服到靈魂出了竅，本能應道：「嗯……」

俞忌言背脊壓下，將她的雙腿盤到自己的腰間，朝她仰起的下巴吹氣，「喜歡誰操妳？」

許姿差一點，就說出了那兩個字。她驚到睜開眼，垂眼看著他的頭頂，說道：「滾蛋。」

俞忌言讓她自己抱住雙腿，他見幅度不夠大，又往兩邊一掰，然後弓下身，雙臂撐在兩側，很用力，條條青筋鼓起。他提起臀，又猛地朝下頂，肉棒直直刺入穴裡，又重又快。

突然加速的洶湧，差點讓許姿想喊救命。此時，她自己抱著大腿，小腿懸垂著，私處敞開的幅度令人羞恥至極，就像是自己主動任由老狐狸侵略自己。

俞忌言同樣也出了一身汗，胸膛氣息火熱，壓得她好難耐，他咬著牙使力頂動，囊袋晃著拍向她的嫩肉，陰唇被操到翻開，穴肉已經變得更加紅潤，交纏的陰毛，拉著銀絲般的黏液，滑膩淋漓。

俞忌言在許姿的下巴上輕啃，換了種以退為進的方式，「看在我隨叫隨到，做妳發洩工具的份上，可憐可憐我，讓我聽一聲，嗯？」

見她沒說話，他拇指撫著她的側額，「反正一年後，許律師一定會和我離婚，那就讓我過過耳癮嘛。」

許姿差一點就中了老狐狸的苦肉計，哼笑道：「真是個千年狐狸，計謀還真多。」

一瞬間，她就遭到了惡狠狠的「報復」。

整個人被俞忌言撈起來，跪坐在他腿上，許姿只能抱住他，貼在他的頸窩裡，他迅速重新將陰莖插進穴裡，雙掌壓著兩瓣股肉，朝自己猛撞。

「啊啊、呀呀……」許姿嗓音都啞了。

底下頂插一次，她的雙乳就朝他的胸口拍打一次。他們的觸感截然不同，對於他而言，柔軟的肉撞向自己，似水波拍過。而她則像撞向一堵結實的牆，又劇烈地晃著，彈動回來。

但都能高潮迭起。

許姿彷彿聽不見任何聲音，雙眼水霧朦朧，只是突然，脖子一陣疼，是俞忌言在自己脖子上留下了齒印，還不只一口，「不叫老公也沒關係，這樣也可以。」

笑聲輕佻又不要臉。

知道自己明天有兩個重要飯局，還故意弄出痕跡，老狐狸夠陰夠狠……

許姿就算急得慌，也沒轍。還來不及思考怎麼處理，底下的淫靡碰撞聲再次響起，許姿再度陷入歡愉之中。

床上交合纏綿的身影，不知過了多久，才漸漸消停。許姿癱在俞忌言的懷裡，她重喘了幾口氣，然後推開他，雙腿剛碰觸到地毯，就被捉回了床上。

那個高大滾燙的身軀又一次壓向她，她真的求饒了，「俞忌言，我好累，我想休息了……」

俞忌言抓起她的手，握住自己的陰莖，「怎麼辦呢？許律師不叫老公，我就還想做。」

許姿真想一手掐斷那根壞東西，「你這個老淫魔。」

這些毫無攻擊力的漫罵，俞忌言一律當作了情趣。手掌掀開被子，將人橫放在中央，雙腿卡在她兩側。他拔下保險套，粗長的陰莖甩動著，在換新的之前，他扶著陰莖，試著抵到她唇邊，「要不要舔舔看？」

「你滾開……」許姿扭頭喊。

只是嚇嚇她而已。

俞忌言換好新的保險套後，躺到了床上，讓她側過身，背對著自己，抬起她的一條腿，陰莖從側面斜著刺入穴裡。

插入後，又是猛烈的律動。

這一夜，實在太過漫長。

許姿軟癱如泥地窩在鬆軟的被子裡，扯著枕頭沉睡著。再睜眼時，外面陽光已經亮到刺眼。她想起床，但是全身好痠，連翻身都費力。

這老狐狸真記仇，罵他老，他就摁著自己做了三次，已經記不清是幾點睡的。

浴室裡好像有聲響……許姿困難地爬起來。

地毯上一片凌亂，喝完的酒杯、用過的保險套、內褲、還有沾著精液痕跡的絲襪。

她只穿了一條內褲，想去沙發上拿衣服，但剛站起來，腿就一軟，一條平常跨幾步就到的地方，硬是走出了一股艱難的遙遠感。

剛好這時，俞忌言洗完澡，走了出來，下身圍了一條浴巾，上身赤裸，水珠從脖間的毛巾上滴落，似乎最近健身很勤，肌肉線條又明顯了一些。

太疲憊了，許姿根本無心看他，她也不在意這個男人是不是正盯著自己的裸體看。於是，想洗澡的她扯過旁邊的浴袍，裹好。

俞忌言走到桌子邊，倒了一杯礦泉水，看著玻璃窗外的泳池，悠哉地抬眉，「許律師，我很喜歡妳醉酒後的樣子。」

許姿隨口問：「怎麼了？」

俞忌言扭頭笑道：「喜歡說真心話。」

愣了愣，許姿開始有點慌，「什麼意思？」

只見，俞忌言不疾不徐地拿起桌上手機，打開一段錄音，先沒點開紅點，望向她，「許律師，昨晚做完後，我們又喝了點酒。睡覺的時候，妳抱著我，說了點內心話。」

許姿真的害怕了，雖然根本不記得自己說了什麼，但總覺得很不對勁，她不想讓俞忌言點開，但為時以晚，他已經按下了播放。

錄音裡，她的聲音又嗲又嬌。

「老公……」

聽到這裡，許姿面紅耳赤，想奪走手機，但俞忌言將手機高高舉起。

錄音沒完，還有最後幾句。

「我老公好棒棒啊……我真的好喜歡……下次還要……」

羞恥的疊字，羞恥的騷話。

許姿心底抓狂，但就算呼吸不暢，臉紅耳熱，她也要高聲反嗆：「俞忌言，你這是非法錄音！」

俞忌言怎麼會怕這些，他悄然轉過身，將手機放回了桌上。忽然，氣急敗壞的許姿，抓起一隻枕頭，朝他的後腦狠狠砸了上去。

沒給他緩衝的機會，瘋狂連砸了好幾下。

或許是為了遮掩自己的尷尬，許姿警告起來：「俞忌言，我接過不少非法錄製性愛影片和錄音的案子。我沒想到你竟然這麼變態，你有沒有錄我的影片？」

俞忌言摸著砸到發暈的腦袋，抬高聲音：「沒有。」

許姿又砸了過去，像隻逼急咬人的兔子，「到底有沒有？你要是敢錄這種影片，我一定讓你吃幾年牢飯！」

俞忌言一把扯開枕頭，扔到了地上，沉了口氣，「許律師，要不要先看看自己的手機。」

許姿愣了幾秒後，轉身從床頭櫃上拿起自己的手機，碎碎念道：「我手機怎麼了？」

俞忌言眉骨壓下，「妳先看完，再判斷是誰要吃牢飯。」

打開手機，許姿點開相簿裡最新的一則錄影，五官皺得難看死了，「怎麼可能，我怎麼可能拍這種東西……」

忽然，她又捂嘴笑出了聲。

俞忌言卻嚴肅了起來。

是一條是昨晚做完後，他裸著身體在屋裡走來走去的影片。畫面裡，他的下身非常清晰，整個影片散發著色情、淫靡又荒誕的感覺。

在此之後，關於坐牢，兩人取得了奇妙的共識。

晨間混亂的插曲也終告結束，屋裡恢復寧靜。

許姿化完妝後，俞忌言剛刷卡進屋，隨進隨出的模樣，就像他們真是一對恩愛有加的夫妻。

再進來時，他換了身西裝，不過沒平時正式，淺棕色的西裝敞開，裡面搭了件白T，黑色的手錶從袖口露出一半，穩重倜儻。

化妝鏡剛好對著後面男人的身影，許姿偷瞄了兩眼。她承認，這隻老狐狸的確樣貌帥氣。他視線忽然往前一移，她立刻扭頭，想拿防曬乳，卻拿成了身體乳，瓶瓶罐罐倒了一半。

她剛想伸手重新去拿，一隻帶著黑色手錶的手搶先拿走了防曬乳。他朝掌心按壓，擠出了白色乳液，然後半蹲在地上，從她大腿揉到小腿，均勻地塗抹開來。

老狐狸一展現溫柔，就特別讓人心動。

許姿盯著腿上那雙白皙的手，和做那件事時截然不同，此時是極致的溫柔、體貼，生怕弄疼自己一絲一毫。

俞忌言又擠壓了一些，朝她的小腿抹了抹，「許律師的腿，從小就長得這麼好看嗎？」

許姿稍稍一愣，「嗯？算是吧，遺傳了我媽媽。」

「很好。」俞忌言站起來，抽了張紙，擦擦手，「我和許律師的孩子，腿肯定也很好看。」

許姿一慌，臉熱起來，「你在想什麼呢，明年我們就散……」

「我喜歡女兒。」

俞忌言自顧自說著，語氣裡還帶著笑，然後將紙巾揉成團，扔進了垃圾桶裡，走去了院子裡。

嗆人的話卡在喉裡，許姿怔在椅子上，失去了動靜。第一次因為他的一句話，心臟出現毫無章法的亂跳。

中午，江淮平包了一間飯店的餐廳，請了一些好友和客戶來吃飯。飯局是自助的形式，所以大家比較隨意，在餐廳裡晃著酒杯，來回走動，敘舊，攀談。

江淮平很會做人，自從昨晚在紀爺的遊艇上得知許姿的丈夫是俞忌言後，便改邀他們夫妻一起來。

俞忌言和許姿進來時，聊天聲戛然而止，所有人的目光都投了過去。這對養眼登對的夫妻，在圈裡太低調，所以突然合體出現，的確引人注目。

許姿挽著俞忌言，親密無間。

「許姿，這就是妳的不對了。」江淮平上來就假裝數落人，「妳都沒告訴我，原來妳的老公是俞總。」

許姿看了俞忌言一眼，大方笑笑，「這也沒什麼好特意強調的。」

「妳太謙虛了！」江淮平笑道，「有俞總這麼大的靠山幫妳撐腰，何必這麼辛苦呢？」

江淮平其實真的沒什麼非分之想。他是追過許姿，但早放下了，只是到底接觸過一段時間，講起話來，還是稍顯親近。

不過俞忌言目光太冰冷，一直盯著他。

意識到自己說多了，江淮平遞給俞忌言一杯酒，「俞總，我呢，就是正常找許姿幫忙打官司而已，沒有別的意思，你別多想。」

「嗯。」俞忌言接過酒杯。

隨後，江淮平識趣地離開，改去招呼別的客人。

許姿鬆開俞忌言，拿起一個盤子，邊挑喜歡的海鮮邊問：「你認識江總？」

俞忌言將酒杯擱在桌上，「不認識。」

「我以為做生意的都相互認識。」

「他認識我，但我不認識他。」俞忌言替她夾了一隻蝦，「圈子不同。」

許姿輕嘖了一聲，「直接說人家生意不如你做得大就好啦，何必拐彎抹角誇自己。」

俞忌言似乎沒想在這裡就餐的意思，放下夾子後，手背在身後，陪著她挑食物，「如果不是因為妳，我也不會來。」

看著眼前那些陌生臉孔，聊著一些根本入不了自己耳的小本生意，他的確自傲。

突然，一聲「哈哈哈」的笑聲，刺破了餐廳平靜。

是徐友華，他這人向來張狂，笑聲也是。其實江淮平並沒有邀請他，他純粹是想來氣氣江淮平而已。

身旁跟著的還是韋思任，一進來，他的目光就鎖在了許姿和俞忌言身上。

許姿並不想看他，立刻轉過頭，繼續挑食物。對這個年少時愛慕的男人，從執著到厭惡，不過短短一個月。

但韋思任的目光並不在她身上，而是俞忌言，上挑的眉，帶著一種暗中挑釁。

許姿和俞忌言在窗邊位置坐下，桌上只有她的食物，知道他對海鮮很挑剔，所以也沒管他吃不吃。

還沒開動，徐友華走了過來，眼尾紋路很深，很狡黠，「俞總，還記得我嗎？」

俞忌言並不記得這號人物。

「不記得也正常。」徐友華笑笑，「您日理萬機，亞匯都做到了上市，記不住我，合理合理。」

俞忌言非常不喜歡這樣的攀談方式，冷聲回道：「如果方便的話，可以給我一張您的名片。」

瞬間讓徐友華陷入自討沒趣的境地。

他只能把矛頭對向許姿，「許老闆，老公這麼鼎鼎大名，早說嘛，那天我就不會對妳那般無禮了。」

許姿盈著客氣的笑，「徐總，沒事的。」

徐友華再待下去，就只能繼續吃癟，便找了理由盡快離去。

等他走遠，俞忌言握起桌上的水杯，「他那天怎麼無禮對妳了？」

許姿真沒當一回事，拿起一隻蝦，邊剝邊說：「就是那天……」

她還沒說幾個字，手中的蝦便被俞忌言搶走，她不樂意地皺起眉，「你要吃，自己去拿，拿我的幹嘛，我很餓。」

只見俞忌言迅速剝好一隻，放入她的盤子裡，然後又拿起一隻，「妳繼續說。」

許姿看著盤裡的蝦肉，愣了幾秒，才繼續說：「也沒什麼，就是他覺得我是個花瓶，看不起我。」

俞忌言半抬眼，「那妳怎麼回的？」

將頭髮輕輕撩了撩，許姿好像還有些得意，「我給了他一張名片，然後對他說，我只是做小本生意的，不如他生意做得大。」

俞忌言連續幫她剝了四隻蝦，都放入盤裡後，他抽起濕紙巾，慢慢擦拭著手指，「許律師，還是有點本事的。」

許姿拿起筷子，夾起一塊鮮嫩肥厚的蝦肉，「不用你誇，我知道自己有多棒。」

她就是要強。

扔掉紙巾後，俞忌言抬起眼，眼角微瞇，「是，昨晚也很棒。」

筷子一抖，蝦肉差點掉出盤外，許姿還是不經挑逗，臉又紅了，「你能不能不要老說這種話！」

俞忌言手肘撐在桌上，視線湊到她的眼底，「許律師，還是這麼容易害羞。」

啪。

許姿拍了一下他的臉，力氣不大，只是單純不想再聽這種不正經的話語。

俞忌言自然不會生氣。

犯了錯，許姿還是軟了點，「對不起啊，我不是故意的，但你別總是講這些沒分寸的話。」

俞忌言雙手交握上，「嗯，抱歉。」

許姿垂下頭，沒出聲。

「但是——」俞忌言朝四周看了看，「他們都在看我們，一會肯定會說閒話。」

四周的確圍來了灼熱的目光，像在看戲。

包括韋思任。

許姿懶懶地撥動筷子，「隨便，我不介意。」

「但我介意。」俞忌言故意裝委屈，「我一個大男人，被老婆扇巴掌，很丟臉。」

許姿抬起眼，猜到了他肚子裡有壞水，索性放下筷子，「說吧，你希望我怎麼做？」

俞忌言輕咳一聲，指了指自己的臉頰，「親一下。」

許姿心驚，頭皮都麻了，緊張得厲害。

見她半晌沒動靜，俞忌言轉過臉，眉一挑，未說一字，但盡是壓迫感。

這老狐狸怎麼能如此不要臉呢！

許姿臉紅耳熱，但她還是用最快的速度，在他臉上輕啄了一下。

不過，她失算了。

俞忌言掰住她的下巴，直接吻住了她的唇。

觀景窗邊的一幕，像匆匆瞥過的戲劇片段。

隨後，看戲的人也散了，只剩幾個人還在一旁交頭接耳，但談論的不是剛剛旁若無人的吻，而是俞忌言，這個他們平時都遇不到的大人物身上。

今年四月，亞滙正式港股上市，上市首日開始，股價高開高走。俞忌言的身價也一路上漲，預估超數十億港元，但這還僅僅只是開局。

每件事都是直衝雲霄的高調，但他本人偏偏低調到挖不出任何八卦。他明明不是個無趣的人，卻怎麼樣也探不出他身上的故事。

最讓圈裡人費解的是，俞忌言作為俞兆明唯一的孫子，並沒有進入俞氏集團工作，而是單槍匹馬創立了亞匯。

棄捷徑，非要跨山海。

不過，他曾經多次在財經類雜誌的採訪裡，給出過相同的答案——

「做繼承人沒意思，創始人對我來說，更有趣。」

膽識過人，又頗有狼子野心。

窗外的陽光燦白得發熱，玻璃上是一片滾燙。

俞忌言去了洗手間，許姿在座位上等。她已經從沒羞沒臊的吻裡緩了過來，只是剛才兩張溫熱的唇瓣分開時，她緊張羞澀地扭頭，卻剛好對上了韋思任注視的目光，但很快，她又避開了。

十六歲時，她作夢都想和他在四處擁吻，可人生太戲劇化，十年裡，她不但沒有得到過他的吻，還在他的一雙灼目下，同其他異性雙唇相貼。

許姿握起水杯，微微側身，看著窗外湛藍透澈的海面，潔淨的玻璃上浮著她的臉，只見她眼神放空，輕笑聲中帶著一些嘲弄。

穿過大廳，轉角盡頭是男洗手間。

洗手臺裡是嘩啦的水流聲，池臺邊站著三個男人，等中間的男人拉門而出後，水聲戛然而止，也出現了人聲。

韋思任從鏡子裡看著俞忌言，他有一副天生沒有攻擊力的俊秀皮囊，能將骨子裡陰暗的一面藏得很嚴密。

他理了理領帶，「我以為像俞總這做大事的人，不至於如此幼稚。」

俞忌言知道他口中的「幼稚」所指何事，不過他並不急著回應。他向來善於揣摩人心，一眼便知對方不只要說這一句。

果然，韋思任將領帶扯緊，哼笑道：「三年前，俞總借你姨媽何敏蓮之手，替我引薦了富豪張慧儀，讓我賺了筆鉅款。一年半前，又托人帶我見了紀爺，這麼想想，俞總真是我得磕頭跪謝的大恩人啊。」

俞忌言斜睨了他一眼，又默默收回目光，昂著下頜，平靜地道：「韋律師言重了，我一個做生意的人，只是習慣了將合適的事交給合適的人做。」

句句不含髒字，字字都侮辱人。

韋思任掌心一握，是動怒的跡象，可他還想贏，妄想壓制身邊的男人，攤開掌心，撐在冰冷的洗手臺上，「身為律師，有一種與生俱來的能力，就是能將黑的說成白的，將白的抹成黑的。如果我把這些事告訴許姿，你猜，她信誰？」

俞忌言無聲地看著這個白面書生，每天走在刀刃上，還敢與自己連連較勁，他陡然心生敬意。

他笑了笑，「韋律師，放輕鬆點。」伸手拍了拍韋思任的肩，「既然選擇了功名利祿，就不要惦記那個你從來沒想過未來的女人。三心二意，只會讓你什麼都掌握不住。」

他的威脅，就像平靜湖面下的險灘和暗流，語氣、措辭從不激進，但足以致命。

就算再怒，再想占一絲上風，終究也只是顆高山下的石子，微不足道。三年前，他還在何敏蓮手下做徒弟，家人的病重，讓他急需一筆巨額的治療費，他想過向何敏蓮借，但不敢。

那一晚，香港來了颱風，驟雨狂風。

他接到了何敏蓮的電話，說讓他去一間私人會所。去之前，他窩在公寓裡，為了湊醫藥費打遍了親朋好友的電話，甚至他連許姿的電話也打了。不過在他到會所時，她才回撥了一通電話，但他還沒來得及開口說正事，便被剛進來的富婆張慧儀盯上。

那是他第一次出賣了尊嚴，也是那一次後，他再也不敢聯繫許姿。直到一年半前，他事業有成，斷了身邊不正當的關係，「乾乾淨淨」地回到成州市，打算再次聯繫許姿時，卻被一通電話攔截。

電話是張慧儀打的，問他要不要到香港見紀爺。最終，在許姿和紀爺之間，他選擇了後者。

此後，他的事業再上一層樓，甚至在成州市買下了人生第一棟豪宅。可沒幾個月，他便得知許姿結婚的消息，對象甚至是俞忌言。

洗手間密不透風，氣味難聞。

俞忌言沒打算和韋思任多費口舌，他剛將門往裡拉開一小半，身後的聲音帶著很深的疑惑，「我有一個問題。」

「你問。」

韋思任走近了兩步，「一年半前，你怎麼知道我想對許姿下手？」

俞忌言收住腳步，視線垂在金屬門把上，暗光的環境裡，他似笑非笑，「巧合而已。」

門合上後，韋思任還杵在原地，琢磨著他的話是真是假。

俞忌言回餐廳時，人已經走了一半，而許姿也不在座位上。正在餐廳四處張望時，有人拍了拍他的肩。

是徐友華，笑著手指朝後勾，「許律師在後面的包廂裡陪江總——」故意講得很慢，「談案子。」

沒打算理人，俞忌言冷漠地走去了包廂。

觀海的包廂門半掩著，留了一條縫，俞忌言站在門口往裡看，看到江淮平好像幽默了幾句，把許姿逗得直笑，雖然旁邊還有助理 mandy，但他眼裡自動遮罩了第三人。

「俞總。」朝著門方向坐的江淮平，立刻站起來打招呼，「對不起啊，把許律師叫到這裡來談事。」

俞忌言能壓住情緒，很大方，「沒事，你們聊。」

他轉過身，雙手插在口袋裡，背脊挺直，靜靜欣賞起海景，「江總很會選餐廳啊，坐在這裡用餐，的確心曠神怡。」

江淮平沒反應過來，結結巴巴地說：「嗯……俞、俞總過獎了。」

許姿歪了歪腦袋，想去看俞忌言的表情，他側臉的線條很優越，表情沒什麼異常，但她好像聞到了一絲「不對勁」……算了，在意這些幹嘛呢？

於是她笑了笑後，轉回了頭。

一整個下午，俞忌言都在包廂裡待著，算是寸步不離地陪著許姿。直到下午六點，他們才從飯店離開。

不知不覺間，太陽已經西沉，粉紫色的剪影半籠著海面和沙灘，椰樹搖晃了一地的影子。

腳下就是沙灘，俞忌言和許姿並肩走在狹窄的小道上，身後拉著不長不短的影子。

許姿看起來心情不錯，反而是俞忌言，似乎有些心事。

看著腳步輕盈的她，俞忌言問：「許律師這麼開心？看來昨晚我還是很有用的。」

瞬間，許姿的腳步明顯停頓下來。

知道他在看自己，她撇開頭，朝著海面看。還好日落了，她臉頰的羞熱，沒那麼明顯。

「許律師……」走了兩步，俞忌言叫了一聲，聲音輕柔得能融進餘暉裡。

溫柔與日落很相配，氣氛好像升了些溫。

許姿見他半天沒說完，「怎麼了？」

俞忌言目光沒有偏過，一直停留在眼底那張明豔動人的臉上，他很想問一個問題，但他終究克制著咽回了心底。

「要不要去看日落？」他笑著問。

雖是不錯的提議，但這和許姿期待的不同，她愣了一下，還是點了頭。

因為許姿穿的是高跟鞋，不方便去沙灘，於是俞忌言便帶她去了另一邊，遠離了沙灘的喧囂，成排的椰樹下，是與世無爭的靜謐。

一望無垠的大海，像是能包容世間萬物，治癒心靈。只是靜靜站了幾分鐘，他們的心情都跟著輕鬆了許多。

許姿撐著欄杆，細腰微微彎下，貼身的連身裙被海風吹拂，背影窈窕玲瓏。俞忌言則是習慣到哪都站得筆直，雙手背在身後。

忽然，他朝左邊挪了幾步，拉開了距離。

聽到了腳步聲，她驚訝地側頭，「你幹嘛？」

隔開了一段不遠不近的距離。

俞忌言沒看許姿，將迷人的紫紅色暮色盡收眼底，聲音比海面更平靜：「浪漫的日落，要和喜歡的人一起看，許律師那麼厭惡我，我稍稍避一下，以免破壞了妳眼裡的美景。」

許姿愣住，不知為何，聽到這些話竟讓她有點生氣，說了一句「隨你」，然後扭過了頭，沒再看他一眼。

俞忌言偏頭，看了她一眼，又望向海面，身子一弓，撐住了欄杆，感慨道：「我看過最美的日落，是在倫敦的塔橋上。看著倫敦眼，看著教堂，看著大笨鐘，第一次感受到了美景的力量，那一晚讓我重新振作起來，沒過半年，我就拿下最重要的一次合作。」

倫敦，日落，對於許姿來說別有一番記憶。但和他的美好不同，她的記憶很糟糕，因為收到韋思任不辭而別的資訊後，她在倫敦晃了一整天，最後才走到了塔橋。

路過的行人都為了那場日落而駐足，她也是。她記得，她在橋邊站了很久很久，但她並不開心，眼淚抹了一次又落下一次。

嗡——

手機的震動讓許姿回過神來。

她打開微信，是一張自己的側臉照，不是今天的自己，是三年前在倫敦塔橋的自己。照片裡，她裹著一件白色大衣，高領毛衣包住了小巧的下巴，雪白的肌膚被冷風吹紅。她在笑，是因為她看到橋上一對遲暮老人在擁吻，是那天，她唯一露出的一次笑容。

許姿轉過身，指著螢幕裡的照片，驚怔蹙眉，「這照片，你哪來的？」

俞忌言沒應，而是又發了一張照片給她。

許姿點開，漂亮的眸裡顯然受到了驚嚇，「你……你怎麼會……有這張照片？」

「很巧，那天我也在塔橋。」俞忌言慢慢說，「我不認識妳，只是剛好拿手機拍到了妳，又在推車的留言板上，看到妳和我寫了一樣的詩句。」

許姿呼吸很重，手不自覺垂到腿邊，指尖在顫。

一切太巧合，巧合到令人難以置信。

身後的那片椰樹彷彿變成了倫敦的街道，身邊穿梭著金髮碧眼的人影，紅色巴士緩緩開過，倫敦眼慢悠地轉著，河堤的燈照著泰晤士河。

女人將留言紙貼在推車上，轉身攔車離開。

男人走過來，俯下身，剛要貼留言紙，卻看到旁邊那張字跡清秀的留言紙上，寫著和自己一樣最愛的詩句。

And the sunlight clasps the earth,
And the moonbeams kiss the sea,
What are all these kissings worth,
If thou kiss not me?

陽光摟抱著大地，
月光輕吻著海波，
如果你不吻我，
這般柔情有何意義？

——雪萊《愛的哲學》

第八章

從三亞回成州市的第二天，許姿和靳佳雲去了一趟法院，處理一些案件。去法院，她們通常會穿得更職業一些，都選了灰色西裝搭半裙。

兩人身材窈窕，氣質出眾，穿什麼都回頭率極高。

靳佳雲一頭波浪捲髮，渾然天成的風情，「看妳一臉容光煥發的，看來最近和俞老闆生活很和諧嘛。」

在外面提這種事，許姿還是不太適應，「妳小聲一點！」

「哇，許姿。」靳佳雲停住腳步，搖搖手指，「妳竟然不是否認，而是要我小聲一點。妳完蛋了，妳淪陷了。」

成州市夏季常有雷雨，此時外頭天色很差，空氣悶得讓人窒息。

許姿懶得理人，拎著小皮包，夾著檔案袋，往停車場走，西裝裙稱得臀部線條凹凸有致，一雙長腿勻稱誘人。

「俞夫人……」身後是陌生的聲音。

許姿下意識回了頭，卻發現那人握住了一個中年婦女的手，竟不是在叫自己，她面露窘態。

這可給了靳佳雲調侃的機會，拿著檔案袋拍了拍好姐妹的背，「俞夫人。」陰陽怪氣地叫了好幾聲。

許姿推開她的手，拉開了車門，「靳佳雲，我以前怎麼沒發現妳這麼煩人呢。」

靳佳雲沒應，只做了個鬼臉。

回到恒盈時，已經是下午六點半。

靳佳雲收拾一會兒就下班了，但許姿還有幾份合約要處理。在天氣烏雲密布之下，寬敞的辦公室裡並不明亮，辦公桌前的許姿握著鋼筆，看著密密麻麻的字，忽然想起了三亞發生的事。

那晚，她雖然喝了一些酒，但是有意識的，所以她算是主動「引狼入室」。她反覆回想，到底為什麼那一刻會想打給他呢……算了，根本想不出來。

最後她給了自己一個合理的理由——她只和他做過，比較熟。

鋼筆剛落到紙張上時，許姿耳邊又冒出了靳佳雲在車裡的嘲笑聲。

「我的姿姿大寶貝啊，才兩個月，俞老闆就攻下妳了，真不知道是妳太弱，還是他太厲害。」

這話刺得她耳膜疼，心煩不已。

突然，手機在桌上嗡嗡震動起來，是費駿的來電。

許姿接起。

「舅媽，外面打雷閃電了。」下了班的費駿，換成了家人的語氣。

許姿驚叫道：「啊，那怎麼辦？」

她很怕閃電，是能奪走她性命程度的恐懼。

當年，她能對韋思任之所以會產生情愫，也緣於一次雷雨天，她一個人站在屋簷下，手中有傘，但不敢往外走。恰好，穿著白襯衫校服的韋思任出現，撐著傘一路護送她走出了校門。

那時，她覺得他溫柔極了，像少女漫畫裡的王子。

此時，公司裡並沒有王子。

許姿撇了一眼窗外，看到一道閃電劈過，雷聲彷彿隔著玻璃都能震入耳裡，嚇得她往角落裡鑽，「你回來接我，送我回去！」

每次遇到閃電，她就成了一個小女人，也不管電話那頭是誰，講話語氣軟得像水。

費駿一愣，「舅媽，我已經到家了。或許……妳可以上樓找舅舅，他今天要加班。」像是串通好似的，電話立刻掛斷。

每當這種時候，許姿就後悔，當初為什麼非要弄這麼大一塊落地窗，好死不死，窗簾遙控器還在窗戶旁邊的沙發上，她根本不敢過去。

她縮在一角，冷靜了一會兒，想試著用手機叫計程車，但金融區的暴雨天叫車，就是等到老死，普通車型前面排隊一百多人，商務車、豪華車、專車顯示附近車輛較少。

「真的要找老流氓嗎……」許姿握著手機來回踱步，眉心緊皺，糾結得慌。

恒盈，二十五層。

高跟鞋聲在辦公室外地毯上收住，許姿還是上來了。

她敲了敲門，俞忌言沒問是誰，直接讓人進去。她推開門，與他對上了眼，他表現得有些驚訝。

「許律師，有事嗎？」

許姿要面子，上來前就想好了理由，「我的車送去保養了，能送我一程嗎？」

辦公皮椅上的俞忌言，坐姿筆挺，深棕色的西裝很稱他的氣質，不顯露精明的一面時，倒是相當文質彬彬。

他邊看合約邊說：「許律師，如果我沒記錯，我們住在一起吧，怎麼能叫送呢。」

許姿被他弄煩了，「反正就是那個意思啦。」

「嗯。」俞忌言還有些事要做，「我還有一個合約要看，妳先在沙發上等一下吧，咖啡茶水自取。」

許姿點點頭，攥著手機，一步步往沙發邊挪。

雖然此處的窗簾全都拉上了，但她怕雷電的程度，離譜到她怕閃電會穿過玻璃擊中自己。

見她腳步艱難，俞忌言側頭問：「許律師，會怕閃電？」

「啊……」許姿愣住，「嗯。」

「玻璃很厚，不會劈進來的。」

「嗯。」

話是這麼說，但許姿還是沒動。

俞忌言將椅子轉後一轉，空出一段空隙，他拍了拍自己的大腿，「許律師要是怕的話，可以來坐這裡。」

「哪裡？」許姿一回頭，整個人就慌了，「你真是一把年紀，還死不要臉！」

她當然不會坐老狐狸的大腿，最後選擇在沙發坐下，拿了一個靠枕，遮住視線，窩在暗處，滑手機轉移注意力。

俞忌言笑了笑，隨即將椅子拉回原位，繼續看合約。

回悅庭府的路上，暴雨如注，雷鳴電閃。

馬路被堵得水洩不通。

許姿本來說怕閃電劈到玻璃，不敢坐前面，但俞忌言不准，只給了她毛毯和抱枕，讓她窩在副駕駛座上縮成一團滑手機。

忽然，一道耀眼的白光閃過。

「啊！」

許姿一害怕，下意識閉緊了眼，手朝旁邊一抓，手中的觸感又軟又結實，她猛地睜開眼，是他的大腿，差一點就抓到了某個部位。

俞忌言平視前方，笑著道：「許律師很會挑位置啊，上半身不抓，就對我下半身下手。」

「別想歪了，我不小心的。」許姿扭過頭，抿抿唇，把手塞回毛毯裡，不允許自己再作出荒唐行為。

導航裡顯示還有十幾分鐘的壅塞路段。

俞忌言突然打開了音響，但讓許姿驚訝的是，不是他喜歡的交響樂，是她喜歡的韓團。

車裡響起了一陣喧鬧的音樂，和俞忌言沉穩的風格截然不同。

許姿以為他放錯歌，「是不是你的助理把他的歌單導進來了？」

俞忌言淡淡地說：「不是，是我的。」

這次覺得他是吃錯了藥，許姿驚道：「你也聽這些？」

俞忌言抬抬眉，「上次在酒吧裡，聽你們聊了幾句，對你們喜歡的音樂產生了點好奇。」

「哦——」許姿拖著長尾音，「原來俞老闆，是想裝嫩啊。」

俞忌言沒吭聲。

此時，剛好播到一首許姿最愛的歌，她不自覺就跟著哼唱起來，蹩腳的韓語，還有走板的音調，唱到高潮部分，完全放開了唱。

聽得俞忌言不舒服地動了動眉。

許姿卻頗有自信，「我跟你說哦，高中的時候，真的有韓國公司看上我。要不是我一心想當律師，我現在早就是當紅明星了。」

俞忌言順著她，點了點頭。

可能是唱得太開心，許姿又把自己栽進了坑裡，「我之前還想過，如果我生了女兒，我就要讓她出道。」

俞忌言的指節有規律地敲著方向盤，是一種默許的態度，「嗯，剛好，我明年想投資娛樂產業。」

許姿心想，真是不能多說一句，多一句都能讓他有機可乘……

暴雨天的路不好走，平時半個小時的距離，今天開了一個多小時才到家。

後半段路許姿睡著了，下車後，雙腿都有些浮腫，進了家門就想往沙發上躺。

俞忌言穿好拖鞋，邊脫西裝邊說：「妳先去洗澡。」

「啊？」許姿皺起眉，「可是我今天不想做……」

和以往的抗拒不同，此時是委屈中帶了點撒嬌。

俞忌言眼波平靜，「我是看許律師很疲憊，讓妳先去泡個澡，我去做飯。」

霎時，許姿又羞又窘，扭過頭就往臥室走。

按開臥室的檯燈，光線昏柔舒服。

連放水泡澡的力氣都沒有，許姿放下手機，脫了衣物，嫻熟的用髮夾盤起頭髮，懶懶地走進淋浴間，擰開蓮蓬頭，開始沖澡。

二十分鐘後，水聲漸弱。

許姿擦乾了身子後，扯下一旁的水藍色絲質睡衣，在鏡子前抹起身體乳。

餘光看到手機時，她突然想起了那晚偷拍的影片，好像沒有完整看過……雖知畫面情色不雅，但好奇心作祟，讓她點開了影片。

她五官皺得越來越難看。

畫面裡，俞忌言一絲不掛，全裸在鏡頭裡，性器在事後疲軟狀態下，尺寸還是駭人，跟著他的走動，甩動著。

他正在喝水時，畫面裡出現了另一個聲音。

「老公……」

因為不知道會有聲音出現，沒調音量的許姿嚇了一大跳，抖著手去按音量鍵。直到聲音小了，她才將手機湊到耳邊，繼續聽。

「老公……你過來……」

「我想親親你……」

「那裡……」

許姿捂緊嘴，將手機舉遠，但比這幾聲淫浪的叫聲更恐怖的是，影片裡的俞忌言貼近鏡頭，最後一個畫面卡在了他私處上面的位置，還隱約露出了濃密的陰毛。

影片播完。

許姿將手機扔到床上，她怎麼會幹出這種淫穢羞恥的事，她覺得自己好髒！就算是酒後失態，也不能原諒自己。

但她到底親了他哪裡？

唯一知道答案的人，只有那隻老狐狸了。

緩了緩情緒後，許姿才走出去，沿著走廊往餐廳走，是辣椒和肉的濃郁香味。不過，她心思不在這裡，而是在糾結要不要問俞忌言那件事。

最後，她還是沒問出口。

一來，太羞恥，二來，不能讓他更得意。

算了，就當什麼事也沒發生過好了。

餐桌上已經擺上了三道菜，許姿望去，全是她愛吃的，青椒炒肉、辣子雞丁和酸辣蓮藕。

俞忌言打開冰箱，「許律師，要喝什麼？」

「草莓乳酸飲料。」

俞忌言拿出了兩瓶，「我能喝一瓶嗎？」

「可以。」許姿點頭。

他們一同在餐桌前坐下，面對面。

粉紅色的小瓶子被俞忌言捏著，竟有些萌態的反差感，他嘗了一口，「好甜。」

許姿抱著乳酸菌喝了兩口，才說：「俞忌言，這禮拜我很忙，就抽週六晚上做一小會吧。」

她想擁有一次主動權，傲嬌地占占上風。

俞忌言拿起筷子，往碗裡夾了一塊雞丁，慢悠悠地道：「抱歉，許律師，週末我有私事要外出一趟，妳好好休息，我們改下週。」

許姿呆住，飲料差點從手裡滑落。剛才的這段對話，反倒讓她成了一個欲求不滿的女人！

未開燈的房間裡，白色百葉窗上，被清冷的月色染透，斜斜地灑在地毯上，桌角的音響低頻震響，放的是交響曲《義大利小夜曲》。

床上的人影，起伏激烈。

女人身上掛著一件輕薄的睡衣，布料被身下男人的頂動晃得不停朝上掀，男人同她十指緊扣，用力撐住她的手臂，撞得美人仰脖直呻吟。

淫靡的交合聲漸漸蓋過了音樂。

「老公……」女人嬌喘著。

「嗯？」

「嗯嗯、啊啊……」女人上身仰成一個柔軟的弧度，被那根粗長的熱物頂得亂叫，但她好想聽男人溫柔地喊喊自己，「老公，叫我寶寶，好不好……」

男人臀肌向上猛頂，「寶……」

嗡嗡嗡——

手機鬧鈴的震動讓交響曲戛然而止，又像是刺穿耳膜的噪音，將床上的女人從一場午夜春夢裡喊醒。

許姿滿頭大汗，面色潮紅，喉嚨乾得像著了火，小口微張著，不停地呼氣。她將被子往上扯，掩住了一半臉頰，閉緊眼，咬著下唇，痛苦死了。

自打三亞回來後，這是她第三次夢到和俞忌言做愛了，而且都是她主動……

自己一定是瘋了。

許姿隨手從桌上摸到一隻淺綠色髮夾，煩躁地掀開被子，將頭髮胡亂一卡，懶洋洋地走出了房間，她好渴，只想喝水。

七點不到，客廳裡已是一片盈亮，白色的傢俱被照得反光，到底是入夏了，晨光也灼熱刺眼。

廚房邊有動靜。

許姿尋著聲，輕步走了過去，她看到了一張足以噴血的背影。男人腰間繫著浴巾，背部、腰線勻稱結實，水珠順著背脊往下滑。

她的目光瞬間被勾走。

「許律師。」

直到俞忌言察覺身後有人，他握著玻璃杯，慢悠悠轉過身，嗓音輕啞著道：「怎麼不多睡一點？」

魂被緊張得拽回，許姿磕磕絆絆地說：「今天有很多事要做。」

「嗯。」俞忌言笑笑，抬起手，喝了口水，但視線一直落在她身上，確切的說是臉上，像在琢磨什麼。

一時間，許姿忘了自己出來的目的，腦子一片亂，因為剛剛羞恥的春夢，顯然有些不敢和他對視。

俞忌言取過那只粉色的杯子，往裡倒了些溫水，走過去，遞給了她。

許姿捧著水杯，一驚，「你怎麼知道我要喝水？」

俞忌言將杯子放到大理石桌上，看著那張潮暈未褪的臉，逆著光影，眉眼更深邃，也笑得壞，「許律師如果實在想要，求一求我，我看看這週能不能騰出一點時間。」

一如既往的高姿態。

「俞忌言，你真的……」許姿每回被壓制，就對他心生厭惡，「真的……很賤。」最後的兩個髒字，吐氣聲很弱。

俞忌言聽到了，不過他毫不在意，轉身拉開冰箱，問道：「許律師，早餐妳想吃三明治，還是蔥花拌麵？」

一聽到蔥花拌麵時，許姿的氣好像消了一半，不過還是擺上了傲嬌的態度，沒看人的說：「蔥花拌麵，兩個荷包蛋，少油少鹽。」

顯然，是故意刁難。

俞忌言依舊不介意，順著她的小姐脾氣應道：「好。」

通常出門前，許姿都有沐浴的習慣，她沖完澡，上了點淡妝後，再次走出了房間。此時，廚房裡沒了人影。

檯面上是切好的蔥花，麵條還在鍋裡煮，鍋蓋像壓了很久，被熱氣覆蓋成了一團白霧。

許姿有點好奇，想去找人，於是在走廊上繞了一圈，最後經過書房門前，聽到裡面有聲音。

書房虛掩著，門縫裡露出了男人一半的身影。

知道偷聽是很不禮貌的事，但許姿此刻不講道德，躲在一側，悄悄聽著。

俞忌言在講電話，聲音出奇地溫柔：「你怎麼變得這麼黏人了？不是馬上就要見到了嗎？」

電話那頭的人，應該和俞忌言非常親密。因為他平日裡幾乎很少笑，明朗會心的笑容更少，但僅僅幾句話中，他笑了好幾次。

門邊的許姿都看到了，垂下頭，身子像洩了氣般無力地靠在牆上，襯衫太薄，冰得她背脊發涼，心倏忽一沉。

她此時的情緒，究竟是失落，還是生氣，或者是……都有？

俞忌言的聲音越拉越遠：「嗯，週六我去機場接你……」

不想再聽下去了，許姿轉身就走。

俞忌言從書房出來時，重新開了火，將黏成一團的麵攪開。這時，他聽見客廳裡有匆忙的腳步聲，但不是朝廚房走來，而是玄關處。

他走了過去，看到穿好高跟鞋的許姿，拿上車鑰匙，拉開了門，「不吃麵了嗎？」

許姿面色很冷，眉心都皺住了，「突然不想吃了。」

女人翻臉真如翻書。

俞忌言來不及叫住她，門砰一聲，被重重帶上。

下午一點，恒盈附近的一家日本料理店。

這間新開的日本料理價格不低，但相當受歡迎，平日的午餐時間，竟坐滿了附近的上班族。

費駿好不容易替老闆排到位置，忙完手上的工作後，許姿和靳佳雲坐進了包廂裡。

穿著和服的服務生端來一碗鰻魚飯。

盯著切好的鰻魚，許姿語氣又急又差：「我點的是雞肉丼，讓我等了二十分鐘，還上錯？」

服務生道歉後，將鰻魚飯拿走。

平時上錯菜，也沒見許姿發火，從早上開會無故訓人開始，靳佳雲就覺得她吃了火藥，她挑著碗裡的烏龍麵說，「妳怎麼了？月經來了？」

許姿垂下眼，敷衍道：「沒事。」

靳佳雲嘖了一聲：「妳平時不是最喜歡吃鰻魚飯嗎？上錯就直接吃不就好了。」

「我最近不喜歡吃鰻魚。」許姿臉色很不好看，「最近看到魚就煩。」

靳佳雲覺得這話很荒謬，「妳說什麼？」不過戀愛經驗豐富的她很快就反應過來，「那……是魚，還是俞呢？」

許姿抿了口茶，望向窗外，「我覺得妳說得對，男人都不是好東西。」

靳佳雲噗哧一聲笑出了聲，她放下筷子，拿紙擦了擦嘴，然後雙手撐在長木桌上說：「妳知道嗎？當妳開始對男性這個群體產生意見時，就代表妳對某一個男性動心了。」

這話聽起來像個笑話，許姿抬眼盯著她，言語尖銳，「我只是純粹覺得他噁心。」

「哦——」靳佳雲拉長了尾音，「說來聽聽。」

許姿想了想，花了幾分鐘，粗淺地講了一遍。

靳佳雲算是聽明白了，她又拿起筷子，緩聲分析：「俞忌言這個人，的確城府深，一般人鬥不過他。而且聽妳的描述，我確實懷疑他是不是情場老手，撩人還挺有一套的。」

「對啊。」許姿越想越氣，「他就是一個做什麼都要贏的人，我之前老說討厭他，他就非要我喜歡上他。」

剛好，服務生推開門，將雞肉丼端了上來。

許姿邊倒七味粉邊罵道：「佳佳，跟他這種人過，真無趣。」

一瓶七味粉倒了快一半，焦嫩的雞肉上被紅色細粉完全蓋住。

見好好的一碗飯被毀了，靳佳雲搶過她手中的瓶子，放到一旁，「妳確定電話裡的人，是他的情人嗎？」

許姿翻攪著雞肉和米飯，「百分之三百確定。」

靳佳雲吃了口烏龍麵，又問：「那妳週六要不要跟去看看？如果真是的話，直接離婚。」

手中的勺子忽然一顫，許姿頓了幾秒後，搖頭晃腦地笑道：「我週六約了做臉，沒空管那種無聊事。」

靳佳雲面無表情地看了她一眼，然後沉下頭，繼續吃麵。

她們回到恒盈時，已經是下午兩點半。

靳佳雲說有個資料要趕，便先上了樓。許姿則在星巴克買了杯美式，中午不小心吃多了，得走點路消耗卡路里。

走回辦公室時，許姿剛好撞見了俞忌言，他應該也是在附近剛吃完午餐回來。不過她不想理人，單手捧著咖啡杯走了進去。

俞忌言沒追，勻步跟在身後。

很巧，他們又等到同一臺電梯，肩並肩站著，安靜無聲到像兩個陌生人。

本不想說話，但許姿沒忍住，挺了挺腰，眼尾一挑，「你週六有事嗎？」

俞忌言語氣平靜，「嗯，我說過，週六日我有私事要外出。」他又接著問去，「怎麼了？」

「哦，沒事。」許姿沒看他，整個人傲慢得有些刻意，「就是咪咪要體檢和做美容，問問你有沒有時間帶牠去，因為我約了做臉。」

儘管察覺出了一些端倪，俞忌言仍只是輕輕一笑，「沒關係，我讓聞爾帶牠去，妳只管做妳的事。」

彷彿一拳打在棉花上的許姿不再回應，轉過頭專心看著電梯。

通常週六，許姿能一覺睡到九點，今天她卻格外早起，還是自然醒。睡前她還看了會書，心裡沒壓任何事，舒舒服服地入睡，但一睜眼，天竟剛濛濛亮。她賴了一下床才起。

煩人的是，天氣很糟糕。都八點了，客廳裡仍暗淡無光，窗外烏雲密布。走廊上傳來了輕微的腳步聲，許姿揉了揉眉心，朝那邊望去，是俞忌言。他穿著淺棕色的T恤和同色系休閒褲，寬肩長腿，斯文裡透著些疏離感。他邊走邊低頭戴手錶，看起來有點趕時間。

俞忌言抬頭間，與她對上了目光。

叮咚！

刺耳的門鈴聲，將兩人視線扯開。

可能是剛起床，許姿還有些迷茫，一副想不起來門口在哪的樣子。俞忌言大步走到門口，將門拉開。

站在門外的是聞爾，他禮貌地打招呼：「俞總，早安。」

俞忌言點頭：「嗯。」

聞爾也朝許姿打了聲招呼：「許總，早安。」

許姿笑著點點頭：「你進來吧。」

聞爾是來接咪咪去做體檢和美容的。

這是聞爾第一次到老闆家，不禁朝四周望了一圈，感慨了一下富豪的生活品質，順便注意自己的一舉一動，生怕碰壞什麼天價物品。

許姿把聞爾叫去了陽臺上，一起將咪咪放進了籠子裡，咪咪很溫順聽話，沒叫沒鬧。

聞爾拎著籠子走到了玄關邊，收拾好了的俞忌言，抬起頭看了看手錶，叫住了他：「還有點時間，我先開車帶你過去，然後我再去機場。」

「謝謝俞總。」聞爾點頭。

換鞋前，俞忌言回頭看了一眼許姿，有外人在場，他換了稱呼：「姿姿，要不要我送妳去做臉的地方？」

其實語氣很正常，但轉變得太突然，許姿還是愣了一下。

她別過臉，揚起眉，「哪有人早上八點去做臉的？」

「嗯，也是。」俞忌言像模像樣地囑咐了一句，「那開車小心點。」

「知道了。」許姿不耐煩地朝廚房走。

聞爾全程像個夾在中間的看戲人，身子一動不動，眼珠卻溜來溜去，直到被老闆叫走。

門剛關上，許姿就抱著一瓶乳酸菌坐在沙發上，打了一通電話給靳佳雲。

這時間，靳佳雲根本還沒睡醒，接起電話，就聽好友不管不顧地一頓輸出。基於十幾年的好姐妹情誼，靳佳雲沒有生氣，只是打著哈欠說：「嗯，這的確是妳千載難逢的機會，跟過去，記得拍證據。」

許姿手指捏著抱枕，像在尋求一種認同感，「妳也覺得我應該去嗎？」

「嗯。」

「那我去囉？」

「嗯。」

掛了電話，許姿就衝進房間，開始梳妝打扮。

明明只是去捉姦，拿到把柄順理成章離婚而已，但她竟認真化了個全妝，還挑了件連吊牌都未拆的連身裙，鵝黃色的裙子，穿在她身上，明豔風情。

她這身行頭，可不像是去偷拍證據，倒像去和小三正面對峙。

有種，不想輸的感覺。

十分鐘後，許姿下了樓。

由於擔心開自己的車被認出來，所以她只好叫了車。她這身嬌肉貴的大小姐，專車都不願坐，叫來了一輛豪華賓士。

為了掩人耳目，她還戴了墨鏡。

司機是一位中年女士，見後座的女人一直盯著前面的路，還時不時左右探頭探腦，她好像察覺了什麼。果然，轉了彎後，身後的女人指著前面的邁巴赫，有些激動地拍拍真皮車椅，「司機，開慢一點，別超了前面的車。」

「哦——」女司機尾音一拉，「好。」

她猜，應該是去捉姦的。

黑色的邁巴赫在一家寵物醫院前停下，許姿自然熟，醫院是自己挑的，成州市最好的一家。

兩輛車離得不遠，她怕老狐狸發現自己，於是她連忙把身子往旁邊一縮，透過車椅的縫隙去看人。直到聞爾進去，俞忌言也沒下車，沒過一會，他重新發動車，開走了。

許姿對司機說：「跟著前面那輛賓士去機場。」

女司機不禁笑了笑，「好。」

天氣似乎越來越差，雲層變厚，沉沉往下壓。前面勻速行駛的邁巴赫，車面都失去了光澤。

許姿依舊不敢往中間坐，還是縮在右側一角，手扒著椅背，只露了半個頭出去，目不轉睛地盯著前面的車，生怕老狐狸耍詐，害她跟丟。

這時，女司機自來熟地打趣道：「小姐，妳是在跟蹤男朋友呢？」

許姿像憋了口悶氣，「嗯。」

只見女司機拍了拍方向盤，感慨道：「大姐我是過來人，離了兩次婚，兩次都是因為出軌。這些男人啊，沒一個可靠的。」

或許是見美女乘客和自己有相同經歷，便忍不住多聊了幾句。

不過，許姿並不是愛和陌生人聊天的人，她只能客氣地笑笑，然後往後一靠，淡定地滑起手機。

只是時不時，眼神往前面瞥幾眼。

成州市國際機場，T4航廈。

邁巴赫停在了B2的停車場裡，許姿看到俞忌言下了車，便想跟著下去。但她怕一會還要跟去什麼不方便叫車的地方，便問司機能不能錢照算，在這裡等自己回來。

女司機非常乾脆地同意了。

T4航廈是新建的，前兩個月剛剛開放，裡面的設施相當新且乾淨。T4停靠的大多都是國際航班，所以人流量不算密集。

下一趟抵達的航班是墨爾本飛來的。

出口處等候的人不多，俞忌言到哪，站姿都相當筆挺，從不彎腰駝背，看人見物的目光，向來沉著又淡定。

不敢離他太近，許姿只好走進了旁邊的一家便利商店，在第二排貨架處，尋了一個剛好能看到他身影的位置。

在機場裡戴墨鏡有點顯眼，走進來的人，都會朝許姿多看兩眼。

她羞窘地摘下墨鏡，放進包裡，然後小心翼翼地靠著貨架，偷看外面發生的事。

不過五、六分鐘過去，老狐狸還是一個人。

突然，許姿感覺自己的手臂被人輕輕點了點，她迷茫地回頭，眼前帶笑看著自己的女人，有張能收攏人心的漂亮臉蛋，尤其是那雙眼睛，媚眼如絲，靈動俏皮，像隻小狐狸。

美人指了指被擋住的汽水，「妳好，我想拿一下。」

女人也愛看美女，許姿竟看呆了，她才意識到自己擋了別人要的東西。她抱歉地往後一站，「對不起啊。」

美人很高，大概有一百七十公分，一身名牌，許姿認得出，全是新款，甚至還有限量款。只見美人拿起兩瓶汽水，朝她笑了笑，然後結帳，走了出去。

許姿一直望著那個背影，她很少承認別人比自己美，但這個狐系美人真的能勾魂。她想，哪個男人抗拒得了啊。

只在一念間，她睜大了眼睛。

只見那個美人，竟朝俞忌言走去，甚至踮起腳尖，用兩瓶汽水蓋住了他的雙眼。

俞忌言像是習慣了惡作劇，他扒開美人的手，回過身，像變了一個人似的，寵溺地戳了戳她的眉心，笑著聊了幾句，美人很自然地挽上他的手臂，一起往外走。

已經不是親近，而是親密。

許姿盯著那片玻璃，呼吸很重，她舉起手，有氣無力地拿起手機，隨意拍了幾張「捉姦」證據。

B2停車場。

許姿回到了車裡，女司機見她狀況不對，也不敢問別的，只問她是不是還要繼續跟，她兩眼空洞地盯著椅背，點了點頭。

賓士又一次跟上。

這時，許姿接到了靳佳雲的電話。

靳佳雲像是剛剛洗完澡，站在浴室裡，說話有回音，「怎麼樣了？」

許姿像被抽走了靈魂，語氣也空洞乏力，「看到了他的情婦。」

「哇靠！」靳佳雲很激動，「長什麼樣？」

許姿咬了咬唇，眼神抽緊，「一般。」

靳佳雲不信，「傳照片給我看看。」

「沒拍。」

「妳沒拍？那妳要怎麼離婚啊？」

許姿抬起頭，望著前面的邁巴赫，呼吸又急又沉：「我要當面對峙。」語氣還有點惡狠狠。

靳佳雲嘖了幾聲，「我們姿姿長大了啊，都敢當面吵架啦。」

許姿另一隻手已經下意識地握成了拳，哼哧聲很用力，「我要他無地自容！」

靳佳雲笑笑，「好好好。」

掛電話前一秒，電話那頭出現了一個男人的聲音，許姿無意聽到了一些模糊的對話。

靳佳雲有點生氣，「你進來幹嘛？」

男人卻有些不要臉，「我也想洗澡。」

「出去，出去。」

「妳幫我洗，好不好？」

這調情的對話讓許姿嚇到了，還沒來得及追問，下一刻，電話就被掛斷了。

其實她從來不管靳佳雲的私生活，因為好姐妹一向玩得開，但剛剛電話裡的男人聲音，總覺得有點耳熟……

還沒來得及細想，車便駛入了一個熟悉的路段。

許姿按下車窗，往外看去，她確定這是去爺爺茶園的路。

老狐狸帶著情婦去茶園做什麼？

沒幾分鐘，賓士駛入了寬闊的大坪。

許姿眼睜睜看著車從爺爺茶園的入口駛過，拐去了後面的路，穿過一排排闊葉樹影，在一棟私人別院裡停下。

原來，俞忌言把情婦藏在茶園後頭！

女司機將賓士停穩在一側的馬路上。

許姿一路胸口都燃著火，真的到了對峙地點，她又開始猶豫起來，手機在掌心都握燙了。

女司機寬慰道：「該面對的還是要面對，這關闖過去就好了。」

像洩了氣一樣，許姿彎著腰，兩眼無神地看著車前的玻璃發呆，手機的金屬邊磕得大腿肉疼。

咚咚咚！

車窗突然被敲響。

許姿魂都被嚇飛，她扭過頭，看到窗外那張再熟悉不過的臉，霎時緊張起來，手掌微微顫了顫，然後推開了車門。

外面的天色越來越暗，悶得發慌，像是雷雨的前兆。

俞忌言比許姿高出一截，身高的懸殊是無形的壓迫感，他盯著她，語氣相當平靜：「許律師是要去爺爺的茶園嗎？我第一次來的時候也走錯了路，我送妳過去。」

明知故問，許姿就討厭他這樣！

她沒憋住氣，「俞忌言，你明明就知道我是跟著你來的，別裝了。」

俞忌言點了點頭，「好。」

許姿朝四周張望，「我是沒想到你會把情婦藏在這種地方，還頗有品味的嘛。」

俞忌言卻跳過了這句話，指著裡屋說：「快下雨了，進去坐坐。」

厲害厲害，真是高手啊。

帶正宮見情婦，許姿不得不服這隻老狐狸的手段。好吧，看來今天就得有一個結果了，她便跟著俞忌言走進了院裡。

剛走到一半，屋子裡走出來一個女人。

許姿一眼認出來了，是機場的美人，也就是他的情婦。

美人低著頭，一頭卷髮落在肩下，她困難地扯著裙子後背的拉鍊，撒著嬌喊：「你去哪了，幫幫我啊。」

俞忌言走了過去，不過沒有任何動作。

美人抬起頭，看到了許姿，立刻挽上了俞忌言，眼眉一挑，笑得狡黠，真像個媚人的狐狸精，「她是誰啊？」

許姿就這樣驚在原地，看著眼前親暱的兩個人，彷彿自己是個局外人。

在俞忌言回答前，她搶先一步，抬起下頜，姿態高傲地道：「我是他妻子。」

一記下馬威。

俞忌言眼眉輕輕一動，嘴角似乎上揚了些。

「哦？」美人不怕，反而攬得更緊了些，側臉還貼在了俞忌言的手臂上，柔媚地叫了一聲，「那就是姐姐囉？」

俞忌言見許姿臉色瞬間鐵青，便將手臂上的手移開，又戳開美人的小腦袋，「好了，別鬧了。」

美人似乎也意識到自己做錯了事，她伸出手，盈著舒服的笑，打招呼道：「我是俞忌言的妹妹，俞婉荷，叫我 Hanna 也行。」

妹妹？她從未聽說他還有個妹妹。但仔細一看，他們的眉眼、五官的確有幾分相似。

許姿也伸出手，回握了那雙白皙的手，淡淡地應道：「妳好。」

不過，她真給不出什麼好表情。

俞婉荷一副做錯事的表情，但也不好介入他們夫妻之間，只能先進了屋。

院子裡的風越颳越猛，樹枝晃得厲害。

許姿穿得單薄，手臂被吹紅了，俞忌言想帶她先進屋，但她不願意，站在原地，盯著他，眼神很冷，「你一開始就知道我在跟蹤你了，是嗎？」話說不到兩句，她就特憋屈，語氣急得尖銳，「老踩著別人，有意思嗎？」

俞忌言從口袋裡取出手機，點開通話紀錄，冷靜地說：「我並不知道妳會跟來，一路上我都在開會，直到剛剛進了屋，小荷才說在機場看到了妳。」

他像是稍微把姿態放低了一點，「剛剛在車旁邊，是我開了不適宜的玩笑，抱歉。」

看著螢幕裡的幾通會議紀錄，許姿實在相信不了，也懶得信，「算了，這些也不重要，還有十個月而已，很快。」

俞忌言望著她，沒能說話，喉結輕輕滾動了幾下。

這鬼地方，許姿一秒都不想多待，「我要走了。」

俞忌言上前拉住她，「要下大雨了。」

許姿冷冷地盯著那隻手臂，是無聲的警告。

俞忌言收回了手，解釋道：「這裡不好叫車，看看一會天氣如何，我跟妳一起回去吧。」

她都懶得出聲，指了指旁邊，俞忌言知道她指的是茶園，「好，我送妳過去。」

許姿沒拒絕。

可沒走兩步，一道耀眼的白光閃過天際，劃出了一條折痕，跟著就是一聲劇烈的悶雷聲。

許姿頓時嚇得身子一抖。

連在屋裡都怕，更別提是在毫無遮擋物的院子裡了。她不敢走，也不知該往哪裡躲，忽然額邊傳來一陣冰涼感，是個錶帶。

她猝不及防地被摁進了寬闊的胸膛裡，耳朵也被捂住。俞忌言攬抱著她，遮住了她的視線和聽覺，將她慢慢帶回了屋裡。

剛進屋子，許姿立刻推開了對方。至少在此刻，她一點感恩之心都沒有，只有反感。

俞忌言去窗邊拉下了所有窗簾，接著打開了燈，再開了音響，是悠揚舒緩的交響樂。

許姿這才看清楚，原來這是一棟原木風的三層老屋。

沒走近她，俞忌言站在沙發邊問：「還會怕嗎？」

許姿還是不願回答。

「等天氣好轉，我就送妳過去。」

「嗯。」許姿在沙發上坐下。

廚房裡傳來了些動靜，像是什麼東西摔到地面的聲音，還混著爭執聲。

「小姐啊，蕭姨算求妳了，讓我處理吧。」

「我在墨爾本做過好幾次番茄炒雞蛋，妳看看妳，就是不信我！」

俞忌言一走進去，就看到一地的蛋殼和蛋液，他扯下一塊抹布和蕭姨一起擦地，「一回來就不安寧。」

雖擅長隱藏情緒，但胸口的氣焰起伏明顯。

「我——」俞婉荷欲言又止，因為她承認自己犯了錯，「好啦，我去道歉，免得有些人沒了老婆，停了我的卡……」

等俞婉荷出去後，蕭姨朝著俞忌言無奈地搖搖頭，「你還是停停她的卡吧，去了澳洲四年，還是長不大，一回來就惹事。」

俞忌言用力沉下一口氣，沒吭聲，站起身後，拿著抹布去洗手臺沖洗。

這裡的窗簾都是兩層的，極為厚實，所以根本看不到外面的天氣情況。

房子不大，剛剛廚房的小小爭執聲，許姿都聽見了，但她覺得和自己無關，便沒多加理會。

忽然，後背被一根手指輕輕戳了戳，「嗨，蕭姨和我哥做飯還得一會，我帶妳逛逛這間房子吧。」

的確也沒事可做，許姿便點點頭，起了身。看著眼前腳步輕盈的俞婉荷，那種靈動俏皮的確討喜，至少比她哥哥討喜。

俞婉荷將許姿帶到了一間書房。

三面都是高至屋頂的深棕色木櫃，不過還有一面是寬敞明亮的落地窗，窗簾沒拉，屋外轟隆的雷聲亂作，天黑不見底，像是駭人的深淵。

俞婉荷見許姿一直在躲避，似乎還發抖起來，她立刻跑過去，將窗簾全部拉下，然後開了燈。

瞬間，屋裡有了被包裹的安全感。

她笑了笑，「妳怎麼和我哥一樣啊。」

「什麼一樣？」

「哦，也是。」俞婉荷嘖聲諷刺道，「一個三十歲的大男人怕閃電怕打雷，應該也不好意思告訴自己老婆吧，多丟臉。」

「他……」許姿有些驚訝，本想多問幾句，但又吞了回去。

俞婉荷跪在地上，翻出一個大箱子，不知在裡面掏什麼東西，邊翻邊道歉：「剛剛不好意思啊，其實我在機場就認出妳了，是我太調皮，到家才告訴我哥。」

老狐狸真的沒說謊？

許姿眉心皺住，但和俞婉荷又不熟，有火也沒法撒。

俞婉荷見她沒回應，立刻站起來，拉起她的手，撒嬌道歉：「這次真的不好意思，真的，要怪就怪我吧，不要怪我哥……」

許姿向來沒法對女孩子發火，但心底的確慪了口氣。

「而且我哥還……」俞婉荷差點說漏嘴。

許姿好奇，「還什麼？」

俞婉荷支支吾吾：「還……還叫我從澳洲帶了禮物給妳。」

「是嗎？」許姿其實並不在意，問得敷衍。

俞婉荷點點頭，「嗯。」

道了會歉，俞婉荷差點忘了來書房的目的，是要給許姿看點東西。不過，剛好樓梯間傳來了蕭姨的聲音：「小荷啊，番茄雞蛋妳還要不要做？」

俞婉荷走到門邊，「做，我馬上來！」

她轉身，指了指箱子，「大嫂……」

「別叫我大嫂。」許姿很不喜歡這個稱呼，「叫我 Jenny，或者姿姿……」

俞婉荷腦袋轉得快，「好，那我叫妳小姿姐。」

許姿愣了下，反正不要叫那個晦氣的詞，怎麼都行。

「等吃完飯之後，我再帶妳上來看點好東西。」

「好。」

許姿跟著俞婉荷又下了樓，她坐在沙發上，俞婉荷幫她倒了杯熱水後，就進了廚房。廚房還算寬敞，容得下三個人。

蕭姨在一旁煮湯，俞忌言正在切雞肉，碗裡是切好的蔥薑蒜和辣椒。俞婉荷走到他旁邊，拿起一隻番茄，撞了撞他，「我道歉囉。」

顯然，俞忌言的確有些不開心，眼眉極其嚴肅，「嗯。」

俞婉荷可憐巴巴地求饒道：「哥，我真的知道錯了。」

「嗯。」俞忌言將切好的雞肉放到碗裡。

俞婉荷一直跟著他的目光走，「好險啊，剛剛我差點說漏嘴了，你讓我做婚紗的事。」

俞忌言赫然停下手中動作。

長長的木桌上，擺放了近十盤菜，其實就四個人吃而已。但蕭姨說，第一次見少爺的妻子來，她得多備點，甚至把過年燻的臘肉都拿了出來。

許姿哪有什麼心情吃飯，出於禮貌，她還是勉強吃了一碗飯，每個菜也都夾了幾口。這餐飯，幾乎是在壓抑的氣氛裡結束。

餐桌上，許姿和俞忌言有幾次短暫的視線交集，不過她都迅速避開了。一眼都不想看。

午飯結束後，俞忌言和蕭姨去洗碗，俞婉荷拉著許姿又去了書房。剛搬出來的紙箱子還沒有收進去，俞婉荷跪在地上，不停地朝裡面翻東西。

許姿走過去些，「你要找什麼給我啊？」

一隻手好像觸到了毛茸茸邊角，俞婉荷立刻抽了出來，是一本粉色的方形筆記本，中間是粉毛、水鑽裝飾的小狐狸，看起來有點俗氣，像是小學生會買的。

「找到了！」她拍了拍上面的灰，翻開，找到了那張照片，取出來，「給妳看一個祕密，以後只要我哥讓妳不開心，妳就拿出來糗死他。」

「什麼啊？」

俞婉荷將那張遞給了她，「就是這個。」

接過照片時，許姿以為會是什麼開襠褲或者小時候的裸照，當她看到照片裡的少年時，笑出了聲，「這……這是俞忌言？」

俞婉荷揚起眉笑，「嗯。」

許姿不可思議的盯著照片。

照片像是在樓下院裡拍的，男生穿了件白色T恤、藍色牛仔褲，那時還留著青澀的瀏海。其實照片中的他穿著很正常，也不算俗氣，只是跟現在的俞忌言判若兩人，瘦得跟營養不良的猴子一樣。

的確可以拿來糗死他。

許姿還是想笑。

見她終於開心了點，俞婉荷在房裡輕快的踏步，「我哥這輩子也是沒什麼桃花運，小時候很慘，後來好不容易會打扮自己了，又一心放在事業上。」她轉了一圈，誇道，「不過，他命還是挺好的，能娶到妳這種大美人。」

許姿眉眼一挑，算是有被哄開心點。

她捏著照片，好奇地問：「為什麼我從不知道他有一個親妹妹？按理來說，逢年過節，妳應該都會來家庭聚餐啊。」

俞婉荷似乎並不覺得實情有多丟臉，「我是私生女，同父異母，我沒有資格去家庭聚會，所以見不到我很正常。」

「哦……」許姿感到有些不好意思。

俞婉荷收起笑容，「俞老爺和秦阿姨都很討厭我，所以我很感謝哥哥能養我長大。」

她們在書房又聊了一下後，俞婉荷便帶著許姿下了樓，調皮地將照片藏進了她的包包裡。

轉眼間，已經下午四點多了。

屋外的雨小了許多，沒了恐怖的雷聲，只是偶爾還有幾道閃電穿過雲層。

俞忌言從雜物房中取出了一把黑色雨傘，指著木門旁的小窗，問許姿：「雨小了很多，可以出去了嗎？我送妳去茶園。」

許姿往窗口看了一眼，剛好晃過了一道閃電，但弱了很多。其實，她還是有點怕，不過她更不想待在這裡，便欣然同意。

俞忌言先站去了屋簷下，撐開黑傘，傘柄往右一斜，示意許姿進來。她走到傘下，幾乎是半瞇著眼，揣著包包往前挪步。

其實平時步行過去很方便，但他還是打算開車過去，邁巴赫的車面被雨水沁透，還掉落了幾根被吹斷的樹枝。

許姿覺得很費時，「走過去要多久？」

「抄旁邊的小道，五、六分鐘。」

「好了，你別弄了。」許姿給不了他多好的語氣，「趕緊帶我過去吧。」

俞忌言停下了手中的動作，「嗯。」

去茶園的近道，是一條水泥小道，兩旁是稻田，視野開闊，天氣好的時候，風景一定是宜人愜意。

頭頂上空時不時還會閃過白光，以及藏匿在厚雲裡的雷聲。

一條五分鐘的路，許姿感覺走出了五十分鐘。

忽然，又一道白光閃過，她身子一抖，下意識想去扯俞忌言的衣角，但手剛要碰到時，理智讓她的手縮了回去。

俞忌言察覺到了，不過他也沒強行做什麼。

低著頭、不敢抬眼的許姿，被迫盯著腳邊那雙皮鞋，鞋面和褲腿邊都沾濕了，她恍惚間走了點神，想起了俞婉荷的話。

她悄然開了口：「你不是也怕閃電和打雷嗎？」

俞忌言愣了幾秒，「小荷跟妳說的？」

「嗯。」

沉默了一會，他輕輕笑著說：「她很久沒回來了，消息有點不靈通，以前是有點怕，現在還好。」

許姿不覺抬頭，看了一眼他的側臉，然後又垂下目光，沒再說話。

穿過彎曲的小道，到了茶園別院的後門。

進去前，許姿看到了小路的盡頭是「祕密基地」，自言自語嘟囔了句：「原來這裡還有一條小路可以直接去湖邊啊……」

俞忌言沒答這句，只說：「快進去吧。」

「嗯。」

俞忌言把許姿送到了別墅裡，他抖了抖傘上的水。

何姨聽到外面有熟悉的聲音，從裡面走了出來，看到小姐和姑爺，她驚道：「小姐和姑爺怎麼來了？」

許姿拉上何姨的手，笑了笑，「我想爺爺了。」她探頭張望，「爺爺呢？」

何姨越過許姿的肩，看著後面的俞忌言，像是在互通聲息，見他搖了搖頭後，她才對許姿說：「老爺去市區了，定期檢查身體，今天會住在妳大伯家。」

「哦。」見不到爺爺，許姿有點遺憾。

人往屋裡走，沒回身，打住了何姨要叫俞忌言進來的想法。

許姿雙手挽在背後，細腰挺直，以小姐的身分命令她：「何姨，關門。」

何姨尷尬地看著俞忌言，與他簡單點頭道別後，就見他撐著傘離開了。

別墅的茶藝木桌上，放著頗有禪意的荷花陶瓷檀香爐，一根檀香燃了三分之一，整個屋裡是與世無爭的安寧。

身處在極致寧靜的熟悉環境裡，許姿的心情終於舒服了許多。她將包給了何姨，然後扭了扭脖子，吩咐道：「何姨，幫我放水，我想泡澡。」

何姨點頭應：「好。」

屋裡沒人後，許姿站在走廊裡，盯著壁畫發呆，嘆了口氣。一整天都不知道自己做了什麼荒唐事，腦袋、心底亂七八糟，胸口好悶。

頭一陣暈眩的嗡鳴，她覺得自己真不能再想這些事了，需要徹底放鬆大腦和身體。

一夜的暴雨過後，天空像被水沖刷過，瓦藍透亮，幾隻小鳥就停足在陽臺的欄杆上，發出清脆的叫聲。

許姿揭開眼罩，從熟睡中醒來，算是睡了一個舒服的覺。爺爺也不在，她打算收拾一下就回去。

從衣櫃裡翻了件舊裙子換上，許姿繫上腰帶後，下了樓，不過大門敞開，沙發上坐著熟悉的人——俞忌言。

聽到身後的腳步聲，他起身轉過去，等她走到自己身邊，才道：「我送妳回去。」

許姿不同意，但俞忌言說，自己有話和她說。

清晨的院子裡，是像油畫般濃墨重彩的鳥語花香圖，還有潺潺的流水聲。

兩人走到了樹下。

一晚過去，許姿也沒消氣，「你想說什麼？」

俞忌言像是帶著決定來的，壓著眉骨，沉著聲說：「給我一個請罪的機會。」

許姿眼珠暗暗一轉，又抬起頭，冷眼問：「你想怎麼做？」

俞忌言攤開手，「妳決定。」

這老狐狸竟然把主動權拋給了自己！

其實昨晚入睡前，許姿也盤算了一件事，恰好機會就來了，她說：「好，但是我要你同意兩件事。」

將手收回背後，俞忌言一笑，「許律師，已經開始會算計我了。」

「當然。」許姿更傲的抬抬眉，「跟你這種人做交易，我自然是吃一塹長一智。」

俞忌言若有所思地點點頭，「好。」

「不問是什麼事嗎？」許姿盯著他。

「不問。」俞忌言從容不迫，「我是來請罪的，妳的要求，我都答應。」

不知是不是有端倪，但許姿需要抓住機會，試著去反將他一軍，「好，等一下告訴你。」

「嗯。」

邁巴赫停在了茶園的老地方。

俞忌言和許姿過去時，俞婉荷竟然站在車旁，手裡抱著個玻璃罐。

俞忌言按下車鑰匙，扭頭問：「蕭姨又給了什麼東西？」

俞婉荷沒理他，走到了許姿身前，用下巴指了指懷裡的玻璃罐，「這是蕭姨做的辣椒醬，我幫妳拿了三瓶……」

見不是什麼重要的事，俞忌言先上了車。

她們和車隔了一截距離。

俞婉荷說：「每個玻璃罐上我都貼了紙條，標注了辣度。」

許姿瞅了一眼，看到字條上還寫了她和俞忌言的名字。

「妳是不是寫錯妳哥的名字了？」她發出疑惑。

因為字條上寫的是「俞寄言」。

俞婉荷俏皮地聳聳肩，「我討厭那個忌字，我喜歡這個寄，他在我這裡就是這個名字。」

俞忌言設置好導航，驅車離開了茶園。只是，他不明白為什麼許姿要去尾夷山公園。

他單手撐著方向盤，手腕上的銀色錶面反射的陽光有些刺眼，他稍微側過頭，「還有閒情逸致爬山？」

這次換許姿肚裡藏了壞水，沒看他，只哼笑一聲，別開了臉，將車窗按下一小半，吹著鄉間的風，看看開闊的景色。

一夜的暴雨洗滌，空氣裡混著泥土和青草味。

被舒服的陽光曬著，許姿竟然有了些睏意，椅背跟著就緩緩降了下去，她斜睨了俞忌言一眼，然後側著躺下。但隔了會，她還是忍不住好奇地問：「你妹為什麼要把你的忌字寫成寄託的寄？」

駕駛位邊的光線稍暗，俞忌言眼角邊覆上了一層淡淡的陰影，五指在方向盤上怔了幾秒，淡聲道：「她就是古靈精怪，小時候很愛幫我改名。」

真的像是妹妹貪玩而已。

許姿回頭瞥了他一眼，有些不信，但也懶得多問，又側回身子，閉上了眼，陽光暖暖的，太宜休憩。

疲憊的心裡飄過一句——怎麼不叫你俞賤人。

從茶園去尾夷山，有四十分鐘的路程。

還好，早上沒什麼車，一路順暢。

俞忌言將車停在了山腳下，睡了一路的許姿，迷糊地連打了幾個哈欠，又伸了伸懶腰，總算清醒了些。

繞過車走來，俞忌言指著她的腳，「確定穿成這樣能爬山？」

「這就是個公園，沒幾個臺階。」許姿邊說邊往前走。

俞忌言沒說什麼，跟了上去。

尾夷山的確是個公園，因為地不偏，附近還有住宅區，算是成州市市民最常來的休閒地。進入七月，花姿婀娜，枝葉茂盛，湖面上水草婆娑。

其實許姿沒來過，像她這種厭惡戶外運動的人，恨不得一休息就宅在家，連父母都拉不動她。

才剛走一半路，她就雙腿疲軟。

俞忌言低頭看了一眼，她腳後跟都磨紅了，也不知道她是要折磨誰。

他將手臂拱起，示意道：「扶著。」

「不用。」許姿就是累死，也不想碰他。

不過才多走兩步，她就認輸了。

雖然是低跟，但尖頭鞋走起來真的很痛，許姿挽住俞忌言的手臂，整個人幾乎是被他帶著往上走。

一路上，她嘴裡只重複一句話——你慢一點。

終於走到了視野開闊的平地。

涼亭裡是唱戲、耍劍的老人，咿咿呀呀的粵劇聲混在清脆的鳥鳴裡，有點熱鬧。

站穩後，許姿抓著俞忌言的手臂，還在呼吸不勻的喘氣，額頭上是細密的汗，一張雪白的臉，熱到泛紅。而他則相反，常年健身，又喜歡戶外運動，這幾個臺階耗不了他多少體力。

俞忌言望著涼亭，哼笑道：「許律師，還是喝了酒以後，體力比較好。」

無恥下流！

許姿懶得罵他，只看了一眼他的側臉，心底暗自一哼。

再笑啊，等等讓你哭死！

兩人站開後，俞忌言轉過身問：「所以妳要我答應妳的第一件事，是什麼？」

一雙細細的手臂挽在身後，許姿邁著小碎步走到了前面的臺階邊，石階下是延伸到樹林間的涼亭，此時剛好沒有人。

她朝身後的人勾了勾手指。

俞忌言走了過去，雖然才九點多，但毫無遮擋物，陽光直曬，木頭灼燒得發燙。他眺望著遠處，看得到遠處建築，還有隱約的青山。

他指著下面，裝出驚訝的模樣，「許律師上次讓我跳湖，這次不會是讓我跳山吧？」

「當然——」許姿故意賣了關子，「不是。我怎麼會做鬧出人命的事呢？」

「所以？」

像是找到了惡趣味，一種能玩死他的惡趣味，誰讓這老狐狸一直算計著自己！

許姿笑得狡黠，咬字清晰：「我要你，在這裡大喊一句『我俞忌言算什麼男人』。」

俞忌言一怔，壓下了竄上來的悶氣，「許姿……」

「我昨天也很丟臉啊！」許姿給了他一記不悅的眼神後，別開了臉。

潑金的陽光太晃眼，俞忌言瞇起了眼，笑道：「但我是無辜的，機場接我妹妹的事，我真的沒算計妳，非要玩這麼大嗎？」

許姿轉過頭就嗆回去：「這兩個月裡，你算計我的次數還少嗎？總之別廢話，照做就對了。」

說完，她坐在了後面的木椅上，翹起腿，撫平了裙身，雙手挽在胸前，姿態高傲的盯著那個即將丟人的身影。

俞忌言眉眼一抬，下頜線繃緊，他是個說話算數的人，不至於賴帳，轉過身，撐著滾燙的欄杆，朝山下一喊：「我俞忌——」

是男人都要面子，這還真喊不出來。

只見，許姿著急地催促道：「快點，很熱，喊完趕緊走。」

俞忌言又咽下一口氣，動了動喉結，喊道：「我俞忌言，算什麼男人。」

到底還是在意臉面，聲音有點小。

許姿很不滿意，上身往前一挺，絲絨般細長的脖頸撐了起來，「俞老闆，我聽不清楚。」

俞忌言弓著背，手指用力地敲著木欄，看得出來胸口憋著一股勁，不過沒再猶豫，朝山下高吼了一句：「我俞忌言，算什麼男人——」

這次，聲音大到有了回音。

喊的明明是他，感到丟臉的卻是許姿，她四處張望，深怕真的附近有人。

忽然，後頭的林子裡，冒出兩個打太極的老人，什麼都聽到了，其中一個老頭朝俞忌言鼓了鼓掌。

場面一度尷尬到許姿想挖個地洞鑽進去，她抬手掩面，但想起剛剛的喊聲，沒忍住，低頭笑了起來。

有種終於耍到了老狐狸的爽感。

俞忌言走到了離她一步之遙的位置，拍了拍手上的灰，等她抬起眼，和自己目光相接後，他才又問：「下一個條件是什麼？」

許姿起了身，扯平了裙面後，站在他身前，仰起頭道：「我更改了之前的合約。」

俞忌言眉心一皺，「哪裡有改動？」

昨晚，許姿便對合約進行了改動。她拿起手機，傳了一份檔案給他，「這是我更改過的，先發電子檔給你，明天你簽好後，立即生效。」

俞忌言走到樹蔭下，打開手機，匆匆看了一遍。

低著頭，他玩味般地哼笑，「許律師，進步了。」

許姿將先前合約裡的性生活部分去除，並新添上了一條——分居至合約結束日期當日。

這的確徹底扳回了一局。

她漂亮的杏眼裡盈滿了笑意，是占了上風的得意，「你記得早上是怎麼答應我的吧？」

「嗯。」俞忌言關上螢幕，點點頭，「明天我簽好後，讓聞爾拿給妳。」

許姿眼珠轉了轉，在揣摩他是否又有端倪。

臨近中午，半山腰的風都變熱了，俞忌言下頜朝下山口一抬，「走吧。」

「嗯。」

還真是上山氣喘，下山腿軟。

許姿最後還是扶著俞忌言下了山，她累到真的快走不動路了。早知道直接選個平地讓他喊就好了，何必為了保他面子，跑去山頂……

自己還是太善良了。

「我好累啊，讓我在後面躺一下。」

許姿又熱又累。

有時候，身體親密過後的那份隨意感，總在不自覺間展露。比如，俞忌言開了後座車門，她趴著就鑽了進去，連差點走光，她都不在意。

裡頭的人剛躺下，俞忌言就跪在車門邊，替她脫下了高跟鞋，放到一旁，然後又打開了車裡的冷氣。

路過的人紛紛對這世紀好男人的行為表達稱讚。

吹了會冷風後，許姿涼快多了，膚色恢復了透亮的白皙，脖間的汗珠也終於乾了，可能是疲憊再加吹著舒服的冷風，她迷迷糊糊地有了睡意。

砰。

突然，車門被帶關上。

即使閉著眼，許姿都能感受到自己被一片黑影籠罩住，她嚇得猛地睜開雙眼，渾厚不勻的男人呼吸，像在一寸寸吞噬自己。

她沒什麼力氣地推開人，「你走開。」

俞忌言雙臂撐在兩側，真皮凹陷成了漩渦，他聲音放得很低：「許律師，新合約明天才生效。」

到底是老狐狸，精明算計的本事刻在了骨子裡。

不過，許姿敢修改合約，也是看準了某些點。她雖然累到有氣無力，但字字都是有效威脅，「敢在這裡碰我，我就不在乎要不要給家人緩衝期了，直接離婚。」

俞忌言身子俯低了些，快壓到了她的胸口，被曬了一路，T恤都濕了，她面露嫌棄，「都是汗，髒死了。」

他毫不在意，繼續壓了下去，連帶用自己的下體，朝她敏感的私處蹭了蹭、磨了磨。

俞忌言聲音一低，就特別撩人，「許律師，萬一分居饞我了，可就不能隨時吃到了。」

兩人的身體幾乎快緊密地貼在一起。

休閒褲布料有些輕薄，性器突得明顯，抵著那個溫熱的穴口不停地揉蹭，裙子都凹了下去，陰戶形狀都跑了出來。

許姿被磨得頭皮發麻，一會的功夫，底下就濕了。她知道俞忌言就想磨到自己投降，在分居前做一次。但她偏不要，她還學壞了，抬起膝蓋，隔著褲子不停地揉搓他的下身。

她的膝蓋骨肉分明，沒幾下，俞忌言下頜一抬，線條死死繃緊，發出了幾聲帶著爽欲的悶哼。

許姿感覺到他那玩意已經脹得不行了，要從布料裡呼之欲出。沒想到一次丟臉的跟蹤，換來了一次主動權，也算因禍得福。

她盯著他，故意嬌聲嬌氣，「俞老闆，你硬了耶。」

俞忌言低下眼，看著眼底這隻奪人魂魄的小妖精感慨，比起第一次的青澀，現在真欲了不少。

他自然喜歡，很喜歡。

許姿還在又慢又柔地頂，挑戰他的忍耐力，甚至還學起他，壞心地問：「想要嗎？」

原來當主動的一方，這麼爽。

俞忌言沒吭聲，但肉眼可見，眼裡的欲火越燒越旺，真想在車裡，將身下的美人幹到噴水。更要命的是，耳朵還被她好玩般地咬了咬。

不過，他第一次失策了，耳畔的聲音，驟然變冷，「旁邊有廁所，自己去打出來吧。」

從尾夷山回去的當晚，許姿找了個理由，暫時回父母家住。

這兩天，費駿替她找好了房，說來也巧，她最喜歡的一套公寓，離悅庭府就隔了一條街。

不過，她並不介意。

費駿和搬家公司的人，將她的物品全打包搬去了隔壁的清嘉苑。

接下來的兩週，許姿和俞忌言沒什麼聯繫。

許姿一直在跟進江淮平的案子。

其實這件案子，最棘手的不是案件本身，而是和她對打的是韋思任。要與執著了十年的男人對簿公堂，她的確需要做好心理準備，做到在法庭上，不留一絲情面。

也忙到，似乎真的忘了俞忌言的存在。

但，俞忌言終究有點手段。

白天不出沒，夜裡就來找點事做了。

幾乎每天晚上十點半左右，許姿都會收到俞忌言的微信影片，影片裡是可愛的咪咪。

「喵——」

咪咪是隻很愛叫的布偶貓，聲音又嫩又乖，許姿聽兩下，疲憊感一掃而光。她隔著螢幕，逗著牠，直到螢幕裡多了半張人臉。

她笑容一秒消失，冷漠地關掉了影片。

轉眼間，到了週五。

見許姿今天也不用加班，靳佳雲便拉著她去了上次去過的酒吧。因為靳佳雲說她想談戀愛了，請許姿幫忙物色物色。

很幸運，她們擁有了絕佳的觀景位。

坐在廣闊的夜幕下，聽著舒緩的爵士，喝著酒，聊著趣事。許姿發現，自從不受某人壓制後，她的世界都明亮輕鬆了許多。

徑直對角的那桌，坐著三個男人。

來這家酒吧的，都是年輕人，很少有人會穿著正經八百的西裝，所以俞忌言和朱賢宇格外顯眼，像異類。

是費駿把他們叫來玩的。

趁費駿又去拉肚子時，兩人聊了起來。

朱賢宇手肘撐在沙發背上，手裡握著杯加了冰塊的洋酒，笑道：「沒想到『咪咪』就是許老闆，我還以為消失在人海了呢。」

俞忌言朝他胸膛揮去一拳，力氣不算重，是一記警告，「咪咪是你能叫的嗎？」

剛咽下去的酒，差點吐出來，朱賢宇服了他的占有欲，罵道：「有病啊你。」

幸好兩人相當熟識，不介意這些。

朱賢宇仰頭看天，長嘆了口氣，「命運真的很神奇啊……如果高二那年，你姨媽再強勢點，你也不至於被你爸帶回那個噩夢一樣的家。但是，如果你沒有從香港回來，你後來也遇不到許老闆。」

俞忌言沒吱聲，喝了口悶酒。

朱賢宇側著身子，講了些正經話，「你千萬別一下子把那麼沉重的過去全告訴她啊，是個人都覺得你有病，循序漸進一點。」

「嗯。」俞忌言握著酒杯，點點頭。

這時，費駿捂著肚子走了回來，坐下，跟服務生要了杯溫水。

俞忌言有點擔心他的身體，「你已經去了三次廁所，這麼不舒服還出來幹嘛，你快回去。」

儼然一副長輩的模樣。

費駿咕嚕喝了幾口溫水，用手背擦了擦嘴角，一心只有另一件事，「舅舅，你到底做了什麼，舅媽要和你分居啊？」

俞忌言眉眼嚴肅，「大人的事，小孩別多問。」

可能是年紀相差不大，所以私底下費駿總是沒大沒小，他嘖了一聲，「肯定是舅媽受不了你的性格……」

俞忌言下頷一抬，眉蹙得更緊了些，「我性格怎麼了？」

「差。」

費駿幾乎是脫口而出，不過，當他對上眼前那道如刀般鋒利的眼神後，他緊張地低下頭。

朱賢宇在一旁幫忙補刀，「這個差具體表現在精明、強勢和自我上。」

俞忌言嗆回去，「你也一樣。」

「欸，我可比你好。」

「哪裡？」

「我比你風趣幽默。」

俞忌言聽笑了，「你還風趣幽默？你蝦事最多吧。」

「你才——」

聽兩個三十多歲的男人在幼稚爭論，費駿頭大了，他吼了聲停，把矛頭指向俞忌言，「舅舅，兩個禮拜了，你想好怎麼哄回舅媽了嗎？」

他真的很在乎舅舅和舅媽。

朱賢宇也好奇地轉過身，認真聽著。

俞忌言抱著膝蓋，身子前後輕輕晃了晃，眼底的笑自信得過分，「嗯，想好了。」

酒吧裡的音樂聲有些大，費駿湊近了些，想聽清楚點，「你想怎麼哄？」

俞忌言沒有回答，一副神祕兮兮的，生怕別人抄作業一樣。

費駿猜著：「後車廂放九百九十九朵玫瑰，再加個大鑽戒？」

「老。」

「老？」費駿繼續猜，「送親自做的禮物？」

俞忌言嫌棄得眉一皺，「你當我幾歲，三歲嗎？」

算了，費駿懶得猜了。

俞忌言笑了笑，似乎相當滿意自己的計畫，「比這些都浪漫。」

浪漫，這個詞從他口裡說出來，異常違和。

一時間，朱賢宇和費駿面面相覷。

三人沒再聊天，周遭縈繞著爵士樂。

喝了幾口酒，俞忌言拍了拍朱賢宇，「你最近怎麼來成州市來得這麼頻繁？」他翹著腿，晃著酒杯，壞笑道，「這麼想我？」

朱賢宇很是無語，抿了口酒，敷衍道：「我有點事。」

俞忌言放下酒杯，「在這養女人了？」

朱賢宇一怔，跳過了這個問題，身子轉過去，抬起他的右手，摸了摸，揉了揉。

俞忌言皺起眉頭。

「俞老闆，最近沒了老婆，右手一定很累吧，我幫你揉揉。」朱賢宇諷刺道。

俞忌言不悅地迅速抽回手。

兩個對角位置，像是兩種世界。

另一邊，許姿和靳佳雲的那桌則是一片笑聲。沙發上多了兩個男生，一看就是靳佳雲的菜，年輕力壯的大學生。

她撩人真的很有一套，聽得許姿一愣一愣的。

上次來的時候是六月，天氣還不算熱，這會兒吹來的風都是黏膩濕熱的。許姿出了一脖子的汗，有些不舒服，她退出了聊天，往洗手間走。

不過，其中一個大學生跟了過來。

許姿被身後的人嚇了一跳，大學生的確看著就可口，處處散發著朝氣般的荷爾蒙。

「Jenny，妳後背的帶子鬆掉了，我幫妳重綁。」男生一看就目的性很強，想趁機揩油。

「不用。」

非常厭惡這種噁心的行為，許姿真的要發火了。不過，背上的手，突然換了一雙，是熟悉的觸感，正在幫自己綁蝴蝶結。

果然，是俞忌言的聲音。

他好像不屑和一邊的大學生說話，而是裝著溫柔的模樣問許姿：「怎麼，出門太匆忙，連婚戒都忘了戴？」

大學生一秒聽懂，撇頭就走。

背後的帶子剛一扯緊，許姿就被一股無法抵抗的力量，用力推進了洗手間裡。洗手間是一間一間獨立的，不分男女，燈光暗得快看不清人臉。

「想我了嗎？」

逼仄的廁所裡，是男人低啞還帶了些情欲的聲音。

靠在牆壁上的許姿，身子兩側是那雙結實的手臂，西裝上散發著木調和酒精的混合味。

她撇著頭，就是不答。

很快，她遭到了「報應」。

一張濕潤的唇，落在她的脖間，只輕柔吻了一小會，接著就是強勢的啃噬。沿著她纖細的脖線，一路吮舔到鎖骨，然後又打著轉般，吻到了她的下頷。

「嗯嗯……」她發出細碎的呻吟，脖子被他的唇舌舔舐到只能高高仰起，全是濕潤黏膩的口水。

而後，他朝那秀氣的下巴一咬。

「好痛！」許姿真想打人。

俞忌言看著下巴上淡淡的紅色齒印，很滿意自己的「作品」。他做起這些事來，就是凶狠。

他手掌繞過去，撐住了許姿的後腦勺，乾淨修長的手指，陷入了她柔軟的髮絲裡。兩人的身子貼得很近，不知是熱還是羞澀，她臉頰逐漸漲紅起來。

「好熱啊，你走開。」許姿熱得快喘不過氣了。

俞忌言沒放手，灼目盯著人，「在恒盈，也沒碰到妳，晚上影片，妳只看咪咪不看我。」他聲低到令人發酥，「許律師，就這麼不想我嗎？」

知道許姿會躲，他拇指一下就掰緊了她的臉頰，漂亮的臉蛋被擠成了嘟嘟臉。

她眼一瞪，「不想……」

「但我好想妳。」

「想」字剛說出來，俞忌言便搶過話，聲音低沉到甚至是性感的。他垂著眸，眸色變得幽深，情欲和情意漸漸浮了出來。

那幾個柔聲細語的字，跟著外面迴盪的爵士樂，朦朦朧朧的穿入耳裡，許姿的心跟著就猛烈地被撞了幾下，失了章法地跳動起來。

洗手間密不透風。

剛剛那句「我很想妳」，尾音一落，刺鼻的酒精味纏繞在舌尖。

纏綿的吻，遠比言語更能傳情。

許姿被俞忌言親得亂了呼吸，弄得她不覺反扣住了他的肩，喉嚨溢出了些困難的嗚咽。

「嗯嗯……」

她閉緊眼，睫毛越顫越厲害，身體不知是難受還是舒服，被這個侵略性極強的吻弄得頭皮發麻，血液衝上了腦顱。

門外，爵士聲、人聲混雜。

廁所裡，則是男女唇齒相纏的黏膩水聲。

當那一隻手伸進自己的裙子裡，揉摸著臀肉時，許姿使勁將手掰下去，胸口深深起伏，「我月經剛走。」

她臉頰燒紅，脖間也染了層粉暈。

俞忌言收回手，稍微站開了些，替她將裙子規規矩矩地整理好，「那還喝酒？」

許姿沒出聲。

俞忌言拉著她的手，包在自己手掌裡，跟著抬起來，攤開她的掌心。她的手比他的小許多，白淨柔軟，一看就是十指不沾陽春水。

她不懂俞忌言要幹什麼，只見他盯著自己，有些壞心地笑了笑，「上次在三亞，妳抱著我睡的時候，我就發現妳好像有點體寒，還是多注意一點比較好。」

像是聽羞了，許姿別開了臉。

看到她被剛剛的吻弄得頭髮都亂了，俞忌言幫她輕輕撥了撥，他很喜歡摸她的髮絲，很軟很舒服，「一個人住，要學會照顧自己。」

許姿白了他一眼，「說得好像你很照顧我一樣。」

「不是嗎？」俞忌言笑笑，「許律師，不是還在稱體重的時候，罵了我幾句嗎，怪我做的菜重油重鹽，讓妳變胖了。」

許姿皺起眉，「你怎麼偷看我啊！」

「體重機就放在客廳裡，我路過而已。」俞忌言，「而且，妳還叫得那麼大聲。」

許姿無話可說。

不再打趣，俞忌言摸了摸她的手臂，擰開了門，帶著她往外走，「明天下午妳有事嗎？」

許姿疑惑，「怎麼了？」

「想帶妳去個地方。」

「……」

這還是老狐狸第一次正兒八經約自己，許姿在猶豫時，俞忌言又補充了一句：「明天，我有話和妳說。」

許姿想了想後，同意赴約。

兩人在明亮處分開，朝兩個對角走去，但他們發現自己的同伴都消失了。

直到過了十分鐘後，沙發邊少掉的身影，都回來了。

許姿擔心靳佳雲，「妳去哪了？」

靳佳雲像是很渴，連喝了好幾口酒，差點連薄荷都吸進去，放下酒杯，淡定地笑道：「遇到一個熟人，跟他去樓下抽了根菸。」

許姿「哦」了聲，只隱約看到她的脖間有排齒印。

費駿胃不舒服，提前走了。

俞忌言也打算走，但在朱賢宇起身時，不小心看到了他口袋裡，差點掉出來的保險套。他攬著朱賢宇往外走，只壞笑不說話。

朱賢宇沒理他。

不過巧了，在樓梯口，他們撞見了也要下樓的許姿和靳佳雲，她們的笑聲戛然而止。

俞忌言扯著許姿先往下走。

後面的朱賢宇雙手插在口袋裡，用手肘悄悄推了推靳佳雲。兩人暗流湧動的對視，被許姿不經意的回頭，捕捉到了。

關於靳佳雲和朱賢宇的端倪，許姿在睡前琢磨了一番，但想想此前她從未干涉過好友的私生活，便止住了傳訊給靳佳雲的衝動。

第二天，一覺醒來，她收到了俞忌言的訊息。

許姿以為是自己沒睡醒，點錯了頭像，但揉了揉眼睛，定睛一看，並沒錯。

俞忌言竟然把他萬年不變的無趣風景照，換成了自己的半張臉，逆著光，立體的輪廓有些模糊。

許姿盯著照片，一臉嫌棄，「怎麼這麼騷？」

她隨即點開他的朋友圈，更是嚇死了。

老狐狸不僅換了頭像，還破天荒發了一張自拍照——是一張他穿著家居服，抱著咪咪的照片，相當好看。

許姿咦了聲，晦氣地扔掉手機，覺得俞忌言是瘋了。因為，他向來不玩這些社交軟體，朋友圈一年更是發不了兩條，更不會發自拍照。

她理解，因為這是作為老闆需要的嚴肅感。其實換頭像也還好，就是這突兀的自拍，有點驚人。

一段小插曲，讓她都忘了讀他的訊息。她懶懶地伸手，撈起了扔開的手機，點開微信。

「下午四點半，尾夷山公園見。」

「要我過去接你嗎？」

許姿睡眼迷糊地打下回應：「**不用，我自己開車**。」

「**好**。」

話雖如此，下午許姿出門時，仍見到了俞忌言站在陰涼處等自己。明明是一個輕鬆的休息日，卻西裝筆挺。

許姿指著他，開了句玩笑：「你是要去公園和大媽大爺談公事嗎？」

俞忌言越過這句話，抬抬下頜，「上我的車。」

不知道他要搞什麼鬼，許姿收回車鑰匙，跟他上了邁巴赫。

尾夷山一直到晚上十點半才關閉，因為這裡有成州市最漂亮的摩天輪，能觀賞到最浪漫的夜景。一到下午，現場全是年輕人，加上這兩年一些網紅的推薦，連臨城的人也會特意跑來玩，每次至少都要排隊一個小時以上。

此時，隊伍已經像彎曲的長龍。

許姿穿了條草綠色的連身裙，布料很輕薄，但脖間已經熱到發紅，出了細密的汗。

她邊擦汗邊盯著躲在遠處打電話的俞忌言。

俞忌言正不悅地打著電話質問費駿：「你不是說下午四點半沒什麼人排嗎？」

費駿慌亂解釋：「我和前任去過一次，那時就是下午四點多啊，真的沒什麼人……怎麼才過了一年，人就變這麼多啊。」

俞忌言煩得掛斷了電話。

一切，完全在意料之外。

對他這種掌控欲強到不允許任何計畫出錯的人來說，這個意外狀況，真是要了他的命。

回過身，俞忌言對上了許姿的視線，她一直熱得抬手扇風。他握著手機，走了過去，看了看隊伍的長度，沒一個小時絕對上不去。

許姿鼻尖都冒出了汗珠，忍了忍氣，「你為什麼突然要帶我來坐摩天輪？這不是你的風格。」

樹下的風都是熱的。

俞忌言來回跑，滿頭大汗，一身西裝出現在遊樂設施的隊伍裡，顯得格格不入。

他還沒來得及說話，旁邊傳來一個中年男人憤怒斥責的聲音，「你排不排隊啊？」

因為他站在隊伍外，儼然像個插隊的人。

「對不起。」

俞忌言抬起手，做了一個抱歉的手勢，拉著許姿走出了隊伍。

因為暫時沒有其他計畫，俞忌言只能先帶許姿到了較為涼快的湖邊。

湖水很靜，只有微風偶爾吹起的漣漪，像飄帶絲綢般柔軟，織成了一副低飽和的畫捲。

這樣在綠蔭下走走，很是愜意。

俞忌言像做了件錯事，道歉道：「抱歉，沒想到排隊的人這麼多。」

許姿好像沒聽到他的話，一直扭頭，看著淺淺的碧波，想著剛剛他排隊買票、著急地詢問售票員、被陌生人斥責的模樣，有點想笑。

可能是他這個人平時太高傲自大了，像永遠站在高位的贏家，所以偶爾處在這種環境中，被「教育」兩下，也滿有趣的。

見許姿一直沒看自己，怕她真的生氣了，俞忌言有些慌張地道：「我們回車上吧，我帶妳去吃飯。」

不過，許姿沒想走，因為剛剛在排隊的時候，費駿在微信裡說漏了嘴。她扯住了俞忌言的手臂，帶著笑意，注視著他，「你不是有話和我說嗎？」

俞忌言點頭，「嗯。」

許姿指了指地面，「就在這裡說吧。」

俞忌言稍微怔住。

原本是想營造出浪漫的二人世界，在安靜的環境裡，好好和她表白，但計畫全被打亂了。

此時，要在這種人來人往的湖邊小道裡表白，他遲疑了。

見他半晌沒動靜，許姿扇扇風，故意催了催，「好熱啊，你快點說，說完我就要回去了，晚上我有約。」

「妳還有約？」俞忌言有點不悅。

「嗯。」許姿一笑，「所以你趕快說。」

俞忌言轉過身，同她面對面，目光投在湖面上，調整了會內心焦慌的情緒。像他這樣沉穩冷靜，遇事從不慌張的人，頭次感覺到呼吸困難。

他沉沉呼了口氣，然後轉過頭，盯著許姿，目光裡的灼熱，不帶一絲侵略感，是柔和且認真的。

他字字清晰地道：「上次妳問我，是不是喜歡妳。是，我是喜歡妳，和合約和輸贏無關。」

——《異常現象 上》完

BH023

異常現象 上

作　　者　西　耳
封面設計　MOBY
封面繪者　톶　추
責任編輯　林書宣

發　　行　深空出版
出 版 者　星巡文化有限公司
地　　址　臺北市中正區重慶南路一段 57號 3樓之 5
法律顧問　泓準法律事務所 孫瀅晴律師
電　　話　(02)7709-6893
傳　　真　(02)7713-6561
電子信箱　service@starwatcher.com.tw
官網網址　www.starwatcher.com.tw
初版日期　2025年 09月

總 經 銷　聯合發行股份有限公司
地　　址　新北市新店區寶橋路 235巷 6弄 6號 2樓
電　　話　(02)2917-8022

國家圖書館出版品預行編目（CIP）資料

異常現象 / 西耳著 . -- 初版 . -- 臺北市 :
星巡文化有限公司出版 : 深空出版發行 , 2025.09
冊 ;　公分
ISBN 978-626-74126-9-5(第 1 冊 : 平裝). --
857.7　　114006232